À propos de Christina Lauren

« Avec son humour exubérant et ses personnages inoubliables, cette comédie romantique sort du lot. »

Kirkus Review, au sujet de *Josh and Hazel's Guide to Not Dating*
(critique étoilée)

« De l'humour de Christina Lauren à leur goût pour les jeux de mots et la littérature, des scènes d'amour qui vous feront rougir aux héroïnes qui apprennent à surpasser leurs doutes existentiels... Christina Lauren décrit les tourments doux-amers de l'amour et de la perte de l'être aimé avec une clarté perçante. »

Entertainment Weekly, au sujet de *Love and Other Words*

« Un triomphe... de la joie pure du début à la fin. »

Kristin Harmel, auteur du best-seller international *The Room on Rue Amélie,*
au sujet de *Love and Other Words*

« Lauren apporte son charme caractéristique à l'histoire. Le récit de Holland va au-delà du coup de cœur non réciproque ; il parle d'attentes envers soi-même, d'amitiés problématiques, de familles non conventionnelles et de l'étrange pouvoir de l'amour. »

Booklist, au sujet de *Roomies*

« Délicieux. »

People au sujet de *Roomies*

« Tour à tour hilarant et déchirant, c'est une brûlure terriblement drôle et lente. »

The Washington Post, au sujet de *Dating You/Hating You*
(sélection des meilleures romances de 2017)

« Une véritable romance du XXIe siècle. *Dating You/Hating You* est une romance astucieuse et sexy, qui s'adresse aux lecteurs avides de girl power. »

Kirkus Reviews, au sujet de *Dating You/Hating You*

« Christina Lauren décrit les relations modernes d'une manière hilarante. »

Us Weekly, au sujet de *Dating You/Hating You*

« Un récit passionné et doux-amer d'amour dans toute sa réalité merveilleusement terrifiante... Lauren parvient à aborder un sujet grave avec autant d'intensité que de compassion. »

Booklist, au sujet de *Autoboyography*

« Le roman capture parfaitement le désir, l'excitation et les doutes de l'amour naissant dans les temps modernes. »

Kirkus Reviews, au sujet de *Wicked Sexy Liar*

« Les livres de Christina Lauren tiennent une place d'honneur dans ma bibliothèque. »

Sarah J. Maas, auteur de *Throne of Glass*, best-seller international

« À nos yeux, Christina Lauren ne peut pas se tromper. »

Bookish, au sujet de *Sweet Filthy Boy*

« La parfaite lecture d'été. »

Self, au sujet de *Sweet Filthy Boy*

DU MÊME AUTEUR

Standalones

Love and Other Words
Roomies
Dating You/Hating You
Josh and Hazel's Guide to Not Dating
My Favorite Half-Night Stand
The Unhoneymooners: L'anti-lune de miel

La série « Beautiful »

Beautiful Bastard
Beautiful Stranger
Beautiful Bitch
Beautiful Sex Bomb
Beautiful Player
Beautiful Beginning
Beautiful Beloved
Beautiful Secret
Beautiful Boss
Beautiful

La série « Wild Seasons »

Sweet Filthy Boy
Dirty Rowdy Thing
Dark Wild Night
Wicked Sexy Liar

Jeune adulte

Hantée
Sublime
Autoboyography

my favorite half-night stand

Titre de l'édition originale : *My favorite half-night stand*

Première édition en poche de Gallery Books, décembre 2018.
Gallery Books et colophon sont des marques déposées de Simon & Schuster, Inc.
Division of Simon & Schuster, Inc.
1230 Avenue of the Americas
New York, NY 10020

Ouvrage dirigé par Isabelle Solal
Édition en langue française : *My favorite half-night stand*
Design de couverture : © Chelsea Mac Guckim
Mise en page intérieure : Jef Cortes/Studio Hugo
Collection New Romance® créée par Hugues de Saint Vincent,
dirigée par Arthur de Saint Vincent

34-36, rue La Pérouse
75116 - Paris
wwwhugoetcie.fr

ISBN : 9782755688672
Dépôt légal : juillet 2021
Imprimé en France par CPI Brodard et Taupin - N° d'impression : 3041257

CHRISTINA
LAUREN

NEW ROMANCE®

my favorite half-night stand

Roman

Traduit de l'anglais (États-Unis)
par Margaux Guyon

Hugo Roman

Pour tous les amis de CLo
qui nous ont aidées à nager
dans les eaux infestées de requins
des rencontres en ligne.

Chapitre 1

Millie

Quand j'étais à l'école primaire, ma meilleure amie, Alison Kim, était passionnée de chevaux. C'était *la férue de chevaux,* vous voyez le genre. Elle prenait des leçons d'équitation, arrivait à l'école en santiags et exhalait en permanence une légère odeur de foin. Ce qui n'est pas *nécessairement* désagréable, mais qui sortait clairement du lot dans mon école primaire, Middleton Elementary. Les murs de sa chambre étaient couverts de posters de chevaux ; ses vêtements avaient toujours quelque chose à voir avec l'équitation, elle troquait des cartes et des figurines. Cette fille *s'impliquait* dans sa passion et on pouvait toujours compter sur elle pour énumérer des informations équestres ou répondre à des questions relatives aux équidés.

Tu savais que les chevaux commencent à courir à peine six heures après leur naissance ? Nan.

Et leurs dents, tu savais que les dents des chevaux occupent plus d'espace dans leur tête que leur cerveau ? Non plus.

La plupart des petites filles se découvrent une passion à un moment donné et on ne la remet en général jamais en question. Chiots : classique. Les princesses sont également fréquemment idolâtrées. On peut aussi s'attendre à une obsession pour les boys band. Supplier ses parents de vous acheter un poney ou une licorne est normal.

Je ne pense pas avoir été un jour normale. Moi ? J'étais fanatique de tueurs en série.

Plus spécifiquement, j'étais passionnée par l'existence des tueu*ses* en série. Il suffit d'entendre l'expression *meurtre en série* pour imaginer un homme. Ce n'est pas surprenant – soyons réalistes, les hommes sont responsables d'au moins quatre-vingt-douze pour cent du mal dans le monde. Pendant des siècles, les femmes ont été socialement programmées pour être des nourrices, après tout, les protectrices, l'incarnation de la maternité. Une femme qui prend une vie au lieu de la donner, c'est instinctivement choquant.

Cette fascination particulière a commencé quand j'ai interprété le rôle de Lizzie Borden au théâtre, en cinquième. Une comédie musicale originale – née de l'imagination de notre prof, excentrique, c'est peu de le dire – dont j'avais obtenu le rôle principal. Auparavant, le concept de meurtre était flou dans ma tête. Mais, enfant très studieuse, j'ai englouti tout ce que je pouvais au sujet de Lizzie Borden, les meurtres macabres à la hache, le procès spectaculaire, *l'acquittement*. Le fait que, à ce jour, les meurtres restent irrésolus a suffi à me faire cogiter : qu'est-ce qui, dans le cerveau masculin, le rend non seulement plus agressif en général mais aussi plus enclin aux meurtres en série – et qu'est-ce qui fait basculer une femme ? C'est pourquoi, adolescente, j'ai lu tous les livres qui me passaient sous la main, vu toutes les séries criminelles et les thrillers. C'est aussi pourquoi j'enseigne la criminologie à l'Université de Santa Barbara en Californie et travaille actuellement sur mon propre livre, au sujet de la femme qui m'a subjuguée pendant ma jeunesse.

C'est probablement aussi pourquoi je m'enivre avec mes quatre meilleurs amis, strictement platoniques, au lieu de trinquer avec un homme sur lequel j'aurais jeté mon dévolu.

Aucun mec n'a envie d'entendre « j'ai écrit une thèse sur le déterminisme de genre chez les meurtriers en série » en réponse à la question *Parle-moi de toi* lors du premier rendez-vous.

– Millie.

– Mills ?

La voix d'Ed attire mon attention, puis celle de Reid.

– Ouais ?

Reid Campbell – l'un des meilleurs amis strictement platoniques susmentionnés, la raison de notre célébration ce soir, un homme dont les gènes ont décidé de lui accorder injustement autant d'intellect que de beauté – me sourit de l'autre côté de la table.

– Vas-tu finir par choisir ton pion ou bayer aux corneilles toute la nuit ?

Il attend toujours, souriant. Je remarque seulement maintenant le plateau de jeu sur la table et les faux billets qu'il distribue.

Apparemment, pendant que je regardais dans le vide, j'ai accepté par inadvertance de jouer au Monopoly.

– Pouah. Les mecs. Encore ?

Reid, qui étrangement tient toujours la banque, lève des yeux azur faussement offensés vers moi.

– Allez. Ne fais pas semblant, tu adores jouer. Être propriétaire de la rue de la Paix et de l'avenue des Champs-Élysées te procure toujours une joie *obscène.*

– J'adorais le Monopoly quand j'avais dix ans. Il y a deux ans, j'ai plus ou moins apprécié son retour dans ma vie. Mais pourquoi continuerait-on à jouer alors que nos parties se terminent toujours de la même manière ?

– Que veux-tu dire par là ?

Ed – ou *Stephen Edward D'Onofrio !* si vous êtes sa mère – tire une chaise à côté de moi. Ed a pour cheveux une masse de boucles auburn qui lui donnent l'air de sortir du lit ou d'être tellement fatigué qu'il devrait y retourner.

– Pour commencer, Reid choisit toujours le chapeau, toi la voiture, Alex le bateau, Chris la chaussure et moi le chien. Tu iras aux toilettes une vingtaine de fois, juste avant ton tour, pour nous faire attendre. Chris épargnera tout son argent et s'énervera parce qu'il tombera sans arrêt sur les hôtels d'Alex. Reid achètera seulement les compagnies de service public, mais s'en tirera quand même en nous mettant tous sur la paille et je m'ennuierai à mourir, avant de jeter l'éponge six heures après le début de cette torture interminable.

– C'est faux, réplique Ed. La dernière fois, *j'ai* abandonné et Chris a racheté tous les terrains orange pour se venger du gâteau d'anniversaire subtil en forme de coq offert par Alex.

– Mec, quel incroyable gâteau ! s'exclame Alex, ses yeux noirs baissés, en riant dans son verre. Je ne regrette rien, même après deux semaines de bières salées. Merci, Chris.

– Plus incroyable encore, renchérit Chris, le fait que tu n'aies jamais eu de soupçon, même après la quatrième fois.

Comme à son habitude, Reid ne se laisse pas distraire si facilement de ses objectifs. Il continue à trier les cartes des terrains en élevant la voix :

– Les règles étaient très claires ce soir : c'est ma fête, donc c'est moi qui choisis.

Nous grognons à l'unisson parce qu'il n'a pas tort. Reid et Ed bossent tous les deux dans le département de neurosciences – aussi à l'UCSB (l'Université de Californie à Santa Barbara) –, mais alors qu'Ed est chercheur postdoctorant dans le labo de Reid, Reid vient d'obtenir un poste de professeur titulaire. Ladite titularisation explique à la fois pourquoi je porte une robe et un chapeau pointu, et l'invasion du salon de Chris par des banderoles en papier crépon.

Chris prend toujours le parti de Reid ; il rassemble les pions, mais pas pour les ranger, pour trouver un compromis.

– On peut innover. Je prendrai le chien, Mills.

– Je crois que tu n'as pas compris où je voulais en venir, Christopher.

Quatre paires d'yeux se fixent sur moi, m'exhortant à baisser les armes.

– Bon, d'accord.

Résignée, je me lève et me dirige vers la cuisine pour aller chercher une autre bouteille de vin.

Une heure plus tard, j'ai perdu le compte de tous les faux billets que j'ai cédés à Reid et du nombre de verres qu'Alex m'a servis. Alex est professeur de biochimie, ce qui explique que je peux toujours compter sur lui pour m'enivrer. Eh oui, je suis ivre. Je ne sais pas pourquoi je me plaignais : le Monopoly, c'est génial !

Chris bat les cartes de la Caisse de Communauté et les repose sur le plateau de jeu.

– Ed, tu vois toujours cette rousse ?

Chris a vraiment une excellente mémoire. Entre Alex et Ed, le stock d'anecdotes désopilantes sur leurs conquêtes féminines est inépuisable. Venant d'Alex, je comprends. Il est grand, mat de peau, espiègle, et même s'il est né à Huntington Beach, il a passé tous les étés de son enfance dans sa famille en Équateur, d'où il tire un accent qui fait chavirer les femmes. Il a également le chic de ne jamais entamer de relation sérieuse et revoit rarement une conquête après lui avoir appelé un taxi au petit matin.

Ed est... l'antithèse d'Alex. Ne vous méprenez pas, il est loin d'être désagréable à regarder et possède l'impressionnante masse de cheveux à laquelle j'ai déjà fait allusion. Mais il tient plus de l'ado attardé que de l'homme viril. Dans son frigo, il y a du ketchup et des cannettes de soda Mountain Dew. Dans son salon, les flippers ont remplacé les meubles. Et pourtant, il a plus de succès auprès du sexe opposé que Reid, Chris et moi combinés.

Même si faire mieux que nous n'est pas si compliqué, après tout.

Reid est un bourreau de travail. Chris est canon et plein de qualités, mentor de plusieurs chimistes afro-américains à la fac, mais il est aussi pointilleux que sérieux, et travaille le même nombre effroyable d'heures que Reid. Et moi ? Honnêtement, c'est peut-être seulement de la paresse.

Alex compte les cases et se prépare à lancer les dés.

– Tu parles de la fille au bandeau de pirate ?

Ok, *ce détail* me rappelle quelque chose.

Ed ne semble pas trouver ça drôle.

– Elle n'avait pas de *bandeau de pirate.*

Je m'immisce :

– Maintenant que vous le dites, je m'en souviens aussi. Je me rappelle clairement avoir vu un bandeau sur un œil. (Je désigne le plateau et la rangée d'hôtels qui s'y trouve). PS, c'est ton tour et si tu fais autre chose qu'un deux – qui t'enverra en prison –, tu es *fini.*

– Marchands de sommeil, marmonne Ed en jetant les dés.

Je ne sais pas comment, mais il parvient – miraculeusement – à faire un deux, et lève un poing victorieux avant de faire avancer sa petite voiture jusqu'à la case *Prison,* un répit momentané face aux rangées interminables d'hôtels d'Alex.

– Ce n'était pas un bandeau de pirate, c'était un petit pansement, maugrée-t-il. Nous étions en plein... marivaudage et la situation a un peu dérapé.

– Un peu dérapé dans le genre...

Je laisse traîner ma phrase en décidant que je préfère peut-être m'épargner les détails.

Reid glousse, son verre à la main. Ed n'ajoute rien. Son visage redevient sérieux et le silence se fait tandis que nous essayons tous de deviner comment un tel accident a pu avoir lieu.

– Attends. Sérieusement ?

J'organise mes maigres réserves d'argent.

– Il a bien dit que c'était un *petit* pansement.

Reid s'écroule de rire. Sans doute parce que la moitié de mon sang a été changée en vin, je me souviens soudain que la première chose que j'ai remarquée chez lui, c'était son sourire.

Il y a seulement un peu plus de deux ans, Dustin, mon copain de l'époque et président du département de criminologie, m'a présenté Reid. (Oui, vous avez bien compris, mon ex est maintenant mon supérieur hiérarchique, la raison pour laquelle je ne mélangerai plus jamais travail et plaisir.) On assistait à l'inauguration d'un nouveau bâtiment d'informatique, et Dustin l'avait taquiné en disant que c'était la première fois qu'il le voyait hors de son labo. Reid venait d'arriver à l'université et de rompre avec sa fiancée qui lui reprochait de trop travailler. Je l'ignorais à l'époque, mais pas Dustin. Reid a ri à la plaisanterie et a continué à sourire chaleureusement. Nous nous sommes serré la main. J'ai eu un bref coup de cœur pour son sourire pétillant, immuable malgré les piques de Dustin.

Pour des raisons sans lien avec Reid, j'ai quitté Dustin quelques mois plus tard. Mais comme il s'est avéré qu'en fin de compte, personne n'appréciait Dustin, j'ai pu conserver Reid et ses amis. (Chris et Reid ont fait leur master ensemble, Ed a rejoint le labo de Reid en post-doc juste après avoir été embauché et Alex a partagé un espace du labo avec Chris à leur arrivée conjointe à l'UCSB.) Je suis l'unique non-scientifique du groupe, mais au travail et en dehors, ces mecs sont devenus mon adorable petite famille de cœur.

– Bon, reprend Chris, ton silence me fait dire que tu ne la vois plus.

Ed lance à nouveau les dés, heureux de ne pas faire de double et de rester à l'abri en prison.

– En effet.

– Alors, qui vas-tu inviter au dîner de la remise des diplômes ?

Reid relève les yeux du plateau pour regarder Chris.

– Est-il vraiment nécessaire d'y réfléchir dès maintenant ? Le dîner est en juin. Nous sommes seulement en mars.

Chris sourit et nous toise tour à tour, goguenard.

– Je devine qu'aucun de vous n'a entendu la rumeur sur l'intervenant de cette année.

Reid le dévisage.

– Il va me donner envie de venir accompagné ?

Chris se lève pour aller chercher une autre bière dans la cuisine.

– Apparemment, Obama prononcera le discours d'ouverture, en plus d'une allocution pendant le dîner du doyen. Smokings et robes longues, cavaliers, et tout le tintouin.

Nous restons tous bouche bée en même temps.

– Le président de l'université est censé l'annoncer cette semaine, ajoute-t-il.

– Je n'arrive pas à y croire. (Ed le scrute, les yeux écarquillés derrière ses épaisses lunettes.) Oh. Je ne risque pas de passer mon tour cette année.

Reid glousse en ramassant les dés.

– On est censés y aller *tous* les ans.

– L'année dernière, c'est Gilbert Gottfried qui a fait le discours. Je ne crois pas avoir manqué quoi que ce soit.

– Je voulais vous en parler, reprend Chris. On est tous célibataires...

Il se tait en jetant un coup d'œil à Ed qui tente de faire tenir un bouchon de liège en équilibre sur son nez et compte pour savoir combien de secondes il y parvient.

– Observe la maîtrise, Millie. (Ed étire les bras.) Dix secondes, sans les mains.

Chris se tourne vers nous.

– ... sans la moindre perspective sérieuse, poursuit-il lentement. Avec *qui* irons-nous ?

Ed se redresse et le bouchon lui tombe dans la paume.

– Pourquoi ne pourrions-nous pas y aller tous ensemble ?

– Parce que ce n'est pas un bal de promo.

– On ne peut pas y aller seul, et basta ?

– En réalité si, explique Chris, mais il va y avoir beaucoup de tralala, des danses, entre autres trucs de couple. Si tu y vas seul, tu auras l'air d'un ours solitaire. Si on y va en groupe, on sera une table de mecs – avec Mills – assis là, gênés. On devrait se dégoter des cavalières.

Reid lance les dés et commence à compter ses cases.

– Je prends Millie.

– Pardon ?

– Hé ! (Détourné de son argumentation initiale, Chris se tourne vers Reid, les sourcils froncés.) Si on y va ensemble, pourquoi la choisirais-tu ?

Reid hausse les épaules et hoche vaguement la tête dans ma direction.

– La robe de soirée lui va vachement mieux qu'à toi.

Ed semble sincèrement insulté.

– Tu ne m'as de toute évidence jamais vu sur mon trente-et-un.

– On est allés au Dîner du Doyen ensemble l'année dernière, rappelle Chris à Reid. On s'est éclatés.

Après avoir avancé son pion, Reid lâche les dés au centre du plateau et soulève son verre.

– Oui. J'essaie simplement de ne pas faire de favoritisme.

Ed donne une pichenette sur l'épaule de Chris.

– Je suis plus le type de Reid. Tu te souviens du barman mignon qui lui avait tapé dans l'œil ? Avec les cheveux frisés ? (Il désigne ostensiblement sa masse de boucles.) Ose affirmer qu'on ne serait pas magnifiques ensemble.

– Je ne peux pas rivaliser. (Alex pose un pied sur la table et roule le revers de son jean en contractant son mollet.) Reid aime les belles jambes. Regarde ces cannes. Je pourrais te faire tourbillonner sur la piste de danse toute la nuit.

Reid les observe, perplexe.

– Enfin, techniquement, mon type, c'est *Millie*. C'est une fille, etc.

Je demande :

– Est-ce que quelqu'un s'étonne qu'un groupe d'hommes hétérosexuels se batte pour Reid et pas pour moi ?

Chris, Alex et Ed semblent peser leurs mots avant de répondre à l'unisson : « Non. »

Je lève mon verre de vin et prends une longue gorgée.

– Bon, d'accord.

Reid finit par se lever avec son verre vide.

– Millie, tu veux quelque chose ?

– En dehors d'astuces sur la manière de développer mes aptitudes de séduction féminine ? Ça va. Merci.

Dans la cuisine, Reid rince son verre, ouvre le lave-vaisselle et le range à l'intérieur. Je l'ai vu faire des centaines de fois et j'ignore si je devrais attribuer cette pensée à la discussion sur le célibat, au vin, ou si Reid est juste particulièrement beau avec sa chemise gris foncé, mais ce soir, je ne détourne pas les yeux.

Je le regarde s'affairer, ranger les assiettes qui traînent près de l'évier. Les muscles de son dos se contractent lorsqu'il se penche pour caresser l'imposante tête de Maisie, le labrador argenté de Chris.

J'ai suffisamment bu pour me sentir toute molle, une chaleur douce m'a envahie. Je suis un peu dans les vapes, juste assez pour bloquer ma tendance à tout suranalyser. À la place, je me mets à divaguer : observer Reid s'adonner à des activités sans intérêt comme remplir un lave-vaisselle ou caresser un chien me semble soudain absolument *fascinant.*

Une fois la cuisine ordonnée, Reid s'étire les bras par-dessus la tête. Mes yeux sont devenus des sortes d'aimants qui suivent les lignes de son corps, le tissu de sa chemise qui se colle à son torse et moule la courbe de ses biceps. J'entrevois un morceau de son ventre.

Reid a un très joli abdomen.

Je parie qu'il serait encore plus beau sans cette chemise...

Agenouillé sur moi, les bras tendus, les mains crispées sur ma tête de lit pendant qu'il...

Euh.

Enfin... *OUPS. D'où est-ce que ça sort ?*

Je fixe mon attention sur la table et tarde cinq longues secondes avant d'oser bouger. Je viens d'avoir un *fantasme sexuel* au sujet de Reid. *Reid.* Reid Campbell, qui encourage toujours les outsiders lors d'un quelconque événement sportif, qui prétend apprécier la musique classique pour que Chris n'aille pas seul aux symphonies, qui achète religieusement une nouvelle paire de baskets pour courir tous les six mois.

Lorsqu'il revient à la table et s'assoit à côté de moi, si les battements de mon cœur sont une indication, je ne dois pas avoir l'air très disposée à reprendre notre fascinante partie de Monopoly.

Je cligne des yeux, le regard posé sur mon verre de vin vide, prête à désigner du doigt un coupable. Combien en ai-je bu ? Deux ? Trois ? Plus ? Je ne suis pas ivre morte, mais je ne suis pas non plus précisément sobre.

Je suis pompette, ce qui me donne en général envie de faire des câlins à tout le monde, pas de baisser le pantalon de mon meilleur ami.

AARGH !

Meilleur ami strictement platonique. Meilleur strictement platonique ami.

Le rouge me monte aux joues et je me lève si rapidement de ma chaise qu'elle vacille. Quatre paires d'yeux curieux se posent sur moi, je me dirige droit sur les toilettes.

– Millie ? m'interpelle Reid dans mon dos. Ça va ?

– Envie de faire pipi !

Je crie par-dessus mon épaule et m'arrête seulement lorsque je suis en sécurité dans les toilettes, la porte bien fermée derrière moi.

En temps normal, être confrontée à l'un des douze coqs que nous avons offerts à Chris en deux ans me fait rire. Mais en ce moment même ? Pas tant que ça. Cette histoire de coq a commencé comme un gag – Chris a admiré un énorme portrait de coq chez la mère d'Ed, qu'elle lui a immédiatement offert –, donc bien sûr, à chacun de ses anniversaires, à la Saint-Valentin et à Noël, nous lui offrons un cadeau issu de l'univers de la basse-cour. Mais même la vue de l'un de mes préférés – une affiche DEBOUT LÀ-DEDANS BANDE DE COQUELETS que je lui ai offerte pour son dernier anniversaire – me fait penser aux coqs, et donc à des mâles reproducteurs, ce qui me remémore le fantasme de Reid nu, sur moi, dans mon lit.

Je m'agrippe au lavabo et me penche pour examiner mon reflet. D'accord... je n'ai pas l'air très vaillante. J'ai les joues rouges, les yeux un peu vitreux. Mon eye-liner et mon mascara ont convergé dans une coulure noire sous les yeux.

Penché, les bras tendus, les doigts crispés sur la tête de lit...

J'ouvre l'eau du robinet aussi fort que je peux et me rafraîchis le visage. Le froid aide un peu, me permet de m'éclaircir les idées et de réfléchir plus posément.

Ce n'est pas que Reid ne puisse pas me plaire sexuellement – il est beau, brillant et à mourir de rire –, mais c'est mon meilleur ami. Mon Reid. Le type qui m'a tenu la main pendant qu'on me dévitalisait les dents en urgence et qui s'est déguisé en Kylo Ren pour aller voir *Le dernier Jedi* le jour de mes vingt-neuf ans. Je suis proche des autres mecs, mais pour une raison qui m'échappe, c'est différent avec Reid. Pas pour *cette* raison, mais on est... plus proches. Peut-être parce qu'il sait toujours me trouver dans la section crime de la bibliothèque. Peut-être parce qu'il possède un niveau d'intuition jamais égalé par un ami. Peut-être parce que nous pouvons garder le silence et ne jamais nous sentir mal à l'aise.

Je ferme les yeux. Pas facile de vivre une crise existentielle en état d'ivresse. Une part de moi pense que je devrais prendre mes jambes à mon cou, l'autre que nous pourrions régler le souci par... un câlin.

On frappe à la porte. Je l'entrouvre à peine : c'est Reid, joliment échevelé, un torchon sur l'épaule.

Bon sang.

Je me redresse, espérant avoir l'air plus sobre que je ne le suis en réalité.

– Salut.

– Tout va bien ?

– Carrément.

Je m'appuie contre le chambranle de la porte dans une tentative pour paraître décontractée. Ce qui a pour conséquence de rapprocher mon visage du sien et je me sens encore plus ivre.

– Tu sais l'effet que le vin a sur moi. Je suis une vraie éponge.

Je suis une imbécile, mais avant que j'aie le temps de regretter mes paroles, il glousse. *Pourquoi rit-il toujours à mes plaisanteries stupides ?*

– Ed et Alex s'en vont, dit-il tranquillement. Tu n'es pas en état de conduire. Je te ramène ?

– Je ne suis pas bourrée. (Cette affirmation aurait plus de poids si je n'avais pas immédiatement eu le hoquet après.) Et je ne comptais pas prendre la voiture.

Il incline la tête, une mèche brune et soyeuse lui tombe sur le front. Mon cerveau choisit immédiatement son camp : un câlin plutôt que la fuite.

– On y va, lance-t-il. Je te laisse choisir la musique sur le trajet.

Le climat est ensoleillé et parfait à Santa Barbara au moins trois cents jours par an. La majorité de nos maigres précipitations tombe au début du printemps, et tandis que nous roulons sur la Highway 1 à minuit – les fenêtres ouvertes, Arcade Fire hurlant à la radio –, on dirait qu'un orage se prépare.

Je tourne la tête pour le regarder et demande :

– Tu as passé une bonne soirée ?

Il me faut quelques secondes pour retrouver une vision claire. L'habitacle de la voiture est plongé dans l'obscurité, son profil se dessine dans la pénombre.

– Oui.

– Tu te sens différent ?

Il pivote vers moi et sourit, le bout de ses cils illuminé par la lumière du tableau de bord.

– Quoi ? Parce que j'ai été titularisé ?

– Ouais. Savoir que tu peux seulement être viré pour incompétence ou inconduite flagrante.

Il s'esclaffe.

– Tu veux bien définir inconduite flagrante ?

– Harcèlement sexuel, meurtre, détournement de fonds...

– On dirait presque que tu me mets au défi. (Il me prend la main et serre mes doigts entre les siens.) Tu as froid ? Je peux allumer les sièges chauffants si tu veux laisser les fenêtres ouvertes pour prendre l'air.

– Tout va bien. (Il ne me lâche pas la main pour autant.) Avec peut-être un peu moins de temps au labo et un peu plus dans des salles de classe, tu pourras t'économiser un peu. Avoir plus de temps pour toi.

– Pour faire quoi ? Jouer au flipper avec Ed ?

– Je ne sais pas... Pour explorer de nouveaux hobbies, te trouver, rencontrer quelqu'un. Tu travailles trop.

Il se tourne à nouveau vers moi avec un sourire adorable.

– Pourquoi aurais-je envie de rencontrer quelqu'un si tu m'accompagnes déjà au dîner ?

Je lève les yeux au ciel.

– Je parlais en général.

– Minute papillon. Quand es-tu sortie avec quelqu'un qui n'était pas l'un de nous pour la dernière fois ?

Je fouille dans ma mémoire, repense à ces cinq... six derniers mois et ne peux m'empêcher de me remémorer la terre en friche qu'est devenue ma vie sexuelle. J'ai été stressée par des délais impossibles, des problèmes de famille, et mon cerveau cherche simplement une issue de secours, une libération. Pas étonnant que je me sois mise à fantasmer sur Reid.

Face à mon absence de réponse, il fait à nouveau pression sur mes doigts.

– Tu as besoin que je te sorte un calendrier ? Il doit y avoir un boulier dans mon bureau.

– Sans doute Carson ? Le barista qui travaillait chez *Cajé*.

Il plisse les yeux dans l'obscurité, le visage pensif.

– N'était-il pas plus jeune que toi ?

– De quelques années.

Je hausse les épaules.

– *Sept* ans, rectifie-t-il. Et il avait un anneau au nez.

Ce souvenir est d'une précision assez impressionnante, Reid.

– Les mecs sortent tout le temps avec des femmes plus jeunes et on les félicite. Pourquoi sortir avec un type légèrement plus jeune que moi me transformerait-il automatiquement en cougar ?

Il lève une main.

– Je ne te traite pas de cougar. D'ailleurs, si j'avais eu la possibilité, à vingt et un ans, de coucher avec une fille de vingt-huit ans aussi superbe que toi, je n'aurais pas hésité une seule seconde.

Attendez, quoi ?

Un frisson me hérisse la peau, et il le remarque. Il m'effleure le bras.

– Tu as la chair de poule.

– Oh. (Je referme la fenêtre.) Il fait plus froid que je ne le pensais.

– Et donc que s'est-il passé ? Entre toi et...

– Carson ? Rien du tout. Il avait vingt et un ans. Il était improbable que cette relation débouche sur quelque chose.

– Tu veux dire que c'était juste du sexe.

Je remercie l'obscurité qui nous entoure de dissimuler mon malaise et la subite rougeur de mes joues.

– Mon tonus musculaire est à son apogée.

Reid laisse échapper un rire scandalisé.

– Pour de vrai. Et toi ? C'était quand la dernière fois que tu... tu sais ?

– Hum. (Il pianote sur le volant.) Ma dernière, *tu sais.* Je ne suis pas sûr. Tu me connais aussi bien que moi-même. Selon toi ?

– Tu travailles tout le temps.

– D'ailleurs, curieuse coïncidence... renchérit-il avec un sourire. C'est sans doute pour ça que j'ai été titularisé.

J'acquiesce d'un petit hochement de tête. Il bifurque sur State Street qui, à cette heure de la nuit, est le trajet le plus court jusque chez moi. J'observe les lampadaires défiler un à un par la vitre.

Je me mets à réfléchir à voix haute :

– Est-ce que ça fait de nous des canards boiteux ? Le fait d'être célibataires depuis si longtemps, et que personne dans notre groupe n'ait une vraie relation ? Ed et Alex fréquentent plus de gens que nous, Chris aussi, mais ça ne va jamais nulle part. Est-ce qu'on se conforte mutuellement dans un destin commun, mourir seuls ? Sommes-nous en train de nous transformer en secte de célibataires ?

– On se conforte clairement dans cette situation.

– Mais devrions-nous nous en inquiéter ? L'un des nombreux, *si nombreux* problèmes que j'avais avec Dustin, c'était qu'il cherchait une gentille petite femme. J'ignore si je possède ce gène et je n'ai eu aucune longue relation depuis notre séparation. Toi, depuis Isla. Sommes-nous des cas désespérés ?

– Au contraire, dit-il en se garant dans mon allée. (Il plante son regard dans le mien.) Laisse-moi te poser une question. Tiens-tu à ta carrière ?

Je n'ai même pas besoin d'une minute de réflexion.

– Plus que tout au monde.

– Eh bien, voilà ta réponse. Et même si on se conforte dans notre situation, quel est le problème ? Tu ne mourras jamais seule, parce que je suis là.

L'habitacle devient soudain silencieux et je sais que je devrais sortir de la voiture. Je devrais me laver le visage, enfiler mon pyjama et me mettre au lit.

Je devrais laisser Reid rentrer chez lui.

Le problème, c'est que je n'en ai aucune envie.

– Viens, dis-je en ouvrant la portière et en sortant de la voiture.

L'air est aussi frais que salé, mais ça ne suffit pas à calmer la frénésie qui a pris possession de moi, ou à m'obliger à revenir à la raison.

Je n'ai aucune idée de ce que je mijote ou de ce qui se passera entre nous, mais lorsque j'atteins mon porche et sors mes clés, Reid est juste derrière moi.

Chapitre 2

Reid

Je n'ai jamais couché avec une amie avant... mais est-ce de cela qu'il s'agit ?

Bon sang, on dirait bien que oui. Millie est égale à elle-même *et plus si affinités*... Elle me sourit timidement tandis que ses yeux vagabondent bien plus que d'ordinaire, elle a entrelacé ses doigts avec les miens quand je lui ai pris la main dans la voiture...

C'est un peu comme entrouvrir une fenêtre avant que le vent ne s'y engouffre et la fasse claquer. Que se passera-t-il si Millie flirte effectivement avec moi ? Devrai-je lui répondre ? C'est un moment très *Usual Suspects* – je ne connaissais pas ce trait de personnalité de Millie.

Sommes-nous sur le point de nous jeter à l'eau ?

Je fixe ouvertement ses fesses lorsqu'elle ouvre le réfrigérateur pour prendre des cannettes d'eau pétillante. La manière dont je l'observe est presque clinique.

Objectivement, c'est un cul fantastique.

Mais il s'agit du cul de *Millie.* Au début, brièvement, je l'ai vue comme la Millie de Dustin. Plus tard, et tant mieux, elle est devenue Millie l'acolyte, *notre* Millie.

Maintenant, il semblerait qu'elle se soit transformée en Millie Ivre et Enjôleuse.

Bien sûr, j'ai déjà regardé ses fesses. Je l'ai déjà observée de la tête aux pieds, franchement, mais je l'ai fait malgré moi, comme les hommes regardent les femmes – presque sans réaliser qu'ils sont en train de le faire. Occasionnellement aussi, presque automatiquement : en l'aidant à enlever son manteau, en lui tenant sa bière pour qu'elle puisse retirer un pull, en l'observant devant une cabine d'essayage lorsqu'elle me demande si elle devrait ou non acheter tel jean. Quoi qu'il en soit, et aussi jolie qu'elle soit objectivement, Millie Morris a toujours été hors de portée.

Mais j'estime surtout qu'elle est hors de portée parce qu'elle n'a jamais exprimé un intérêt particulier pour l'un de nous.

Elle s'éclaircit la gorge et mon attention revient sur son visage. Honnêtement, c'est sans doute ce qu'elle a de plus beau : ses immenses yeux verts pétillants, sa bouche sarcastique, ses taches de rousseur parsemées sur le nez et les joues. Elle est ravissante, certes, mais je ne suis jamais demandé si *elle était sexy* avant ce soir.

– J'étais en train de regarder tes fesses.

– Et ?

Elle s'appuie contre le plan de travail et m'adresse un sourire qui m'étonne d'elle. Quand elle sourit, c'est à pleines dents, joyeusement. Ou alors elle s'étouffe de rire en tentant d'avaler une gorgée de bière. Ses autres sourires sont en coin, lorsqu'elle s'amuse de nos tentatives pour la dérider. Plus rarement, son sourire est triomphant, quand elle nous envoie sur les roses. Ceux-là sont rares pour l'unique raison qu'elle dévoile très peu ses cartes.

Mais là, on dirait qu'elle me confie un secret. Elle semble avoir la même impression que moi, parce qu'elle se mordille la lèvre inférieure, comme pour se contenir.

Je crois qu'elle attend mon avis sur ses fesses, mais il est sans doute évident, vu mon expression, que je lui accorde la note maximale.

– Que t'arrive-t-il ce soir ?

Elle hausse ses épaules nues.

– Je suis pompette.

J'éclate de rire.

– « Pompette » ? Je serais étonné qu'il reste une seule goutte de vin chez Chris.

– Ne me rejette pas la faute dessus. C'est toi qui as été titularisé. Pour couronner le tout, Ed a descendu deux bouteilles à lui seul et c'est Alex qui me servait.

– 90% du sang d'Ed est constitué d'alcool.

– Et 10% de poussière de Cheetos.

Elle s'approche de moi avec deux verres d'eau. Sa démarche est... aguicheuse. Et tellement théâtrale que je commence à glousser. Nous nous connaissons depuis plus de deux ans et je n'aurais jamais deviné qu'elle pouvait être joueuse et séductrice. Mais mon rire s'étouffe dans ma gorge lorsqu'elle abandonne les verres sur la table à côté de moi et pose les mains sur mon torse.

L'excitation commence à crépiter sous ma peau.

– Mills.

– Reids.

Les mots s'échappent de ma gorge serrée :

– Qu'est-ce que tu fais ?

– Je te séduis. (Elle écarte délicatement une mèche auburn de son visage). Ça marche ?

Je n'ai jamais eu la moindre raison de mesurer mes propos avec elle auparavant, et la réponse m'échappe, sans filtre :

– Oui. Mais pourquoi ?

Elle hausse encore les épaules.

– Ça fait un moment que j'ai pas baisé. Tu remplissais le lave-vaisselle tout à l'heure.

– Le lave-vaisselle ?

– C'était sexy. Et tu t'es étiré. J'ai entrevu des abdominaux et une ligne de poils.

– Ah, et bien sûr, ceci explique cela.

Elle grogne et monte sur la pointe des pieds pour blottir son nez dans mon cou. Elle inspire profondément.

– J'aime ton odeur.

Je me fige. À ces mots, la pièce se met à tournoyer autour de moi. Encore une fois : Millie. Il s'agit de *Millie Morris.* Pitre. Collègue. Voleuse de mon pull Stanford. Une femme qui a exactement les mêmes goûts en matière de bière que moi. Celle qui fait le lien dans notre groupe d'amis.

– Ah bon ?

– Ouais. (La chaleur monte quand sa bouche touche ma peau.) Je la connais bien, mais je n'avais pas réalisé à quel point elle est agréable.

Alors que sa bouche remonte dans mon cou, je suis renvoyé deux ans en arrière, quand Dustin l'avait invitée à boire un verre avec nous. Chris, Alex et moi pensions alors que c'était un chic type, peut-être un collègue avec qui on pourrait bien s'entendre. Le monde universitaire est hostile, faire partie d'une communauté de personnes comprenant les contraintes horaires et la pression aide. Mais une demi-heure plus tard, Dustin jouait aux fléchettes avec des surfeurs et c'est Millie qui enchaînait les Jäger bombs et autres blagues salaces avec nous. À partir de ce soir-là, Millie semblait plus *des nôtres* que des *siens.* Selon la version officielle, ils ont rompu à cause de leur différence de points de vue et de la routine – aussi parce que c'était un enfoiré –, mais je me demande parfois à quel point notre amitié a contribué à cette séparation.

Cette amitié arrivait à point nommé. Je ruminais toujours après la rupture de nos fiançailles par Isla et commençais à peine à constituer mon clan amical à l'université. Chris, Alex, Ed et moi passions du temps ensemble, mais c'était spontané, rien d'organisé ou de planifié. Lorsque Millie a rejoint notre petit gang, se voir est devenu le plan par défaut : des barbecues chez Chris par beau temps, matchs de football américain chez Millie le dimanche devant son énorme télé, dans son salon cosy. Soirée jeux de société chez Ed. *Private jokes* et familiarité croissante. Nous avons pris un rythme. Nous avons construit notre propre communauté. Avant Millie, on se voyait au petit bonheur la chance ; grâce à elle, on déjeune désormais tous les lundis et les mercredis et je suis incapable d'imaginer une semaine sans ces rendez-vous.

Je les aime tous à la folie, putain, mais il n'est pas question de romance. Maintenant, me voilà face à face avec Millie, si proches l'un de l'autre que nos torses se touchent. J'essaie de ne pas penser à ce que les autres en diraient.

Quand je reviens au présent, je comprends pourquoi me raisonner ne sera pas simple ; Millie ne s'est pas arrêtée en si bon chemin. Elle a passé un doigt sous ma ceinture et elle m'effleure le menton du bout des lèvres. C'est le moment de prendre une décision. Tout ce qu'il me reste à faire, c'est de pencher la tête et nous nous embrasserons. Je commence déjà à bander, et la question de savoir s'il s'agit d'une bonne idée ou d'une initiative désastreuse est de plus en plus difficile à trancher.

– Allons-nous le faire ?

Cette fois, je parle à haute voix. Sa respiration contre ma bouche est sucrée par le vin et le bonbon à la pomme qu'elle a pris chez Chris avant de partir.

– J'ai vraiment *vraiment* envie de sexe ce soir, avoue-t-elle. Plus spécifiquement, de sexe avec toi, mais si ça te met mal à l'aise, pas de problème, tu peux partir, je farfouillerai dans le tiroir du péché dans ma chambre.

Je n'ai pas encore pris de décision, mais j'effleure brièvement ses lèvres des miennes – juste pour voir – et me rends compte que ce n'est pas bizarre, absolument pas. C'est doux et fluide.

– Le tiroir du péché ?

– Sex toys.

– Non. (Je l'embrasse encore.) J'avais compris. Mais... tu en as un tiroir *entier* ?

– Ce n'est pas un très grand tiroir. (Elle couvre ma bouche de la sienne, plus fermement maintenant, et sourit dans le baiser.) Mais ouais. Il est plein.

Bon sang, ses lèvres sont incroyables, souples, douces, je suis immédiatement accro. En un clin d'œil, *Millie, mon amie* se transforme en *Millie, le canon,* et pendant un bref instant, j'espère avec ferveur pouvoir faire machine arrière aussi facilement.

Mais lorsqu'elle glisse les mains sous ma chemise, je souhaite plutôt que le temps s'arrête et que cette nuit ne finisse jamais.

Ses paumes brûlantes me communiquent leur chaleur, sur mon ventre et sur mon torse. Elle me taquine du bout des ongles, des phalanges, parcourant chaque centimètre carré de peau. Ses gémissements vibrent contre mes lèvres, dans ma bouche. Ma chemise disparaît. Elle bataille avec ma ceinture, mes boutons, ma fermeture Éclair, jusqu'à ce que mon jean soit un tas de tissu noir à mes pieds.

Toutes les pensées interdites au sujet des amis se déchaînent – sa manière d'embrasser, ses gémissements, prend-elle les choses en main ? est-elle inventive ? – et je devine à son sourire qu'elle pense la même chose. Quel soulagement de découvrir que nous sommes compatibles sur des aspects inattendus.

J'aime son petit halètement lorsqu'elle plonge la main dans mon boxer et me touche. J'aime le sourire malicieux qui embrasse le mien.

– Reid. Je suis en train de toucher ta bite.

– Je sais.

– Ça me plaît, murmure-t-elle.

– Coïncidence ? À moi aussi.

Elle glousse, sort sa main de mon boxer et me prend par la taille pour m'escorter jusqu'à sa chambre. Elle m'embrasse sur la clavicule, le cou, la joue.

Millie est facile à déshabiller : il suffit de soulever un bout de tissu par-dessus sa tête et la voilà uniquement en sous-vêtements. J'avais toujours suspecté semi-consciemment qu'elle avait une poitrine d'enfer et voilà l'occasion de le confirmer de mes propres yeux, mains et bouche. Je sais qu'elle aime nager, qu'elle mange assez sainement, mais maintenant, je distingue les muscles définis sur ses bras, son ventre, la force de ses cuisses. Ses cheveux sont en désordre, ses lèvres déjà un peu gonflées. Ça fait des mois que je n'ai couché avec personne et je suis momentanément débordé, comme un affamé face à un buffet, ne sachant pas par où commencer.

– Tu réfléchis trop, dit-elle avant de glisser un doigt sous l'élastique de mon boxer. Laisse-toi aller.

J'enroule une mèche de ses cheveux autour de mon index.

– Devrait-on établir des règles de base ?

Millie s'écarte légèrement, le regard lourd de désir.

– Si tu veux.

– J'ai juste l'impression qu'on devrait.

Sa bouche revient dans mon cou.

– OK, premièrement, il faut jouir tous les deux.

Je sursaute et la dévisage.

– Sérieusement ? Est-il utile de le préciser ?

Elle sourit, goguenarde.

– Oh, ce n'est pas si évident, crois-moi.

– Ne t'inquiète pas pour ça. (J'embrasse son sourire.) De mon côté, je voudrais qu'on ne dise rien aux mecs.

Ed est tellement optimiste de nature qu'il serait heureux pour nous, même s'il ne s'agit que d'une nuit sans lendemain. Mais Alex est un petit malin qui n'hésiterait pas à s'en servir contre nous et Chris serait horrifié.

À son tour de paraître surprise.

– Est-il utile de *le* préciser ?

– Je pense qu'ils seraient jaloux.

– De moi, bien sûr. Tout le monde a clairement envie de coucher avec Reid.

Je glousse.

– Clairement.

– Donc, tu ne le diras pas à Chris ? Tu lui racontes tout.

Elle a raison, mais il ne me soutiendrait pas dans cette décision impulsive. Chris est la personne la plus réfléchie et prudente que je connaisse.

– Je te jure que non.

Elle m'effleure le ventre, puis la ligne de poils au-dessus de mon boxer.

– D'autres règles ?

– J'ai des préservatifs. Mais ils sont dans ma voiture.

– Il y en a dans le tiroir du péché.

J'entends le sourire dans sa voix, mais la mention directe de quelque chose d'aussi physiquement lié à l'acte lui réchauffe la peau.

Il me suffit d'un pincement pour que son soutien-gorge disparaisse et je perds encore plus de vue mon plan de savourer le moment lorsque j'effleure la courbe de ses seins.

– Qu'est-ce qui te plaît ?

– Tout. (Elle ajoute rapidement.) Sauf la sodomie.

– Ouah. (Je m'écarte pour la regarder.) Laisse tomber. Si c'est non négociable, alors autant m'en aller tout de suite.

Elle me pince le téton et rit lorsque je laisse échapper un petit cri aigu.

– Je plaisantais.

À ces mots, je fais glisser sa culotte sur ses cuisses.

– Je sais. (Elle m'embrasse l'épaule.) Mais pas moi.

– Ce n'est pas tellement mon truc non plus.

– Vraiment ? demande-t-elle, et j'adore la sincérité avec laquelle elle fouille mon regard. (Je n'ai jamais été aussi proche d'elle et elle ne m'a jamais regardé comme ça, avec la tendresse d'une meilleure amie mêlée à celle d'une maîtresse.) Je pensais que tu aimais tout.

– Quand as-tu émis cette hypothèse ?

Sa main se referme sur moi. Elle commence à me masturber lentement, et mon esprit à se brouiller.

– Tu sais... juste une idée au hasard, sur Reid.

– Quand on était chez *Gio* la semaine dernière, tu m'as regardé et tu as pensé : « Ouais, je parie qu'il aime la sodomie. »

– Je pense que c'était plutôt pendant que tu mangeais un club sandwich au déjeuner mercredi, plaisante-t-elle.

Je m'esclaffe avant de grogner lorsqu'elle commence à me mordiller le cou.

– Franchement, Ed devrait jeter cette chemise.

– La blanche ? Celle qui laisse voir tous ses poils ?

– Le tissu est trop fin...

Je me penche pour l'embrasser dans le cou, sur l'épaule, puis j'oublie ce que j'allais dire lorsqu'elle m'attire sur son lit, que son sein est dans ma bouche, qu'elle me caresse. Je serais sans doute incapable de me souvenir de mon propre nom si on me posait la question.

– Est-ce bizarre ? je murmure contre sa peau. Pourquoi parle-t-on des mecs pendant que je fais *ça* ?

– J'aime parler, dit-elle en plongeant sa main libre dans mes cheveux. J'aime te parler pendant que...

Sa voix s'éteint quand je me mets à lui suçoter le cou.

Je m'attends presque à ce que la nuit entière se déroule comme ça, une conversation décontractée comme on en a toujours eu, avec des baisers en plus, des caresses, puis du sexe. Mais quand sa main trouve un certain rythme, quelque chose se meut en moi, qui tient plus de l'instinct que d'une pensée consciente. Je descends sur son corps, elle descend sur le mien, et quand elle me regarde droit dans les yeux en s'empalant sur moi, je me demande pourquoi nous n'avons pas fait ça tous les jours ces deux dernières années.

Je quitte Millie vers deux heures, après l'avoir vue s'endormir en étoile, occupant quatre-vingt-dix pour cent du matelas. Je l'embrasse sur la joue en partant ; m'éclipser après seulement une demi-nuit ensemble est peut-être étrange, mais j'estime qu'il serait sans doute encore plus étrange de se réveiller à côté de son meilleur ami nu.

Je n'ai pas beaucoup bu, mais le lendemain matin, j'ai tout de même l'impression d'avoir la gueule de bois. C'est le cocktail typique de soulagement et de léger tournis qui vient toujours après une nuit de sexe intense... mêlé à l'angoisse d'avoir créé un problème avec une amie.

Non que Millie et moi ayons le moindre problème. En réalité, je suis même incapable d'imaginer Millie en colère. Elle n'était pas *si* soûle que ça, mais elle pourrait s'énerver si elle avait l'impression que j'ai profité d'elle.

Le bureau de Chris se trouve dans le bâtiment juste à côté du mien, et à une porte du kiosque à café le plus proche du campus. Cette proximité signifie qu'il peut se faufiler pour s'acheter un café sans tomber sur quinze collègues dans le couloir, mais aussi que les gens passent constamment lui dire bonjour sur le chemin, interrompant sa journée de travail.

Exactement comme je le fais, en entrant par la porte ouverte.

– Salut.

Pour un professeur de chimie, Chris parvient à faire régner un ordre impressionnant dans son bureau. Il n'y a pas de piles désordonnées de cahiers de labo poussiéreux ou de vieux manuels utilisés comme tables de fortune. Une petite plante orne son bureau, à côté d'un pot à crayons, de quelques modèles moléculaires çà et là, mais – à son image – le bureau de Chris est bien plus ordonné que les nôtres.

Il lève les yeux, retire ses lunettes et les pose à côté de son clavier.

– Salut. Je suppose que vous êtes tous bien rentrés hier soir ?

Je m'attendais à cette question, mais sa formulation paraît presque accusatoire, comme s'il *savait*. La réponse m'échappe, un poil trop enthousiaste :

– Oui, bien sûr !

Il me dévisage encore quelques secondes avant de saisir le mug cartonné que j'ai posé sur son bureau.

– Cool. Merci pour le café.

De nous tous, Chris est le plus intuitif et – parce que nous nous sommes rencontrés en master il y a presque dix ans – celui qui me connaît le mieux. Si ne serait-ce qu'une pensée fugace me traverse à propos d'hier soir, il le verra. Mais c'est peut-être exactement ce qui m'amène. Millie et moi venons de donner un coup de maillet dans notre routine tranquille, créant une ligne de fracture qui sommeillera ou fera tout exploser. Je dois m'assurer de réussir à me comporter normalement... *normalement*, ce qui signifie faire semblant que la ligne de fracture ne se trouve pas juste sous mes pieds.

– Ça va ? demande Chris.

– Oh, ouais.

Je fixe intensément ses étagères, en particulier un vieil exemplaire de *Chimie organique* par Wade, avant de décider de me lancer :

– Je voulais juste te remercier de nous avoir accueillis chez toi hier soir.

– Avec plaisir, mec. Je suis vraiment heureux pour toi.

Mon regard vagabonde plus haut sur ses étagères, jusqu'aux modèles moléculaires, trophées sur de petits piédestaux, et...

– Joli coq.

Il grogne et se lève pour attraper la balle anti-stress en forme de coq et la jeter dans la poubelle.

– Par ta faute, mes étudiants se sont mis à m'offrir des coqs.

– Un étudiant t'a donné un coq ?

Il regarde en direction du couloir, avant de m'adresser une grimace qui montre qu'il m'étranglerait s'il le pouvait.

– Parle moins fort !

Je souris.

– Je peux essayer.

– Quel est ton programme aujourd'hui ?

Je jette un coup d'œil à ma montre.

– Je dirige le colloque du département dans trente minutes. Tu veux venir ?

– Non.

– Alors, je te vois au déjeuner.

J'arrive à la moitié de ma présentation de cinquante minutes sur les inflammations du nerf optique lorsque la porte du fond de l'auditorium s'ouvre bruyamment, comme toujours quand quelqu'un qui ne la connaît pas pousse au lieu de tirer. Les têtes se tournent et ma gorge se serre douloureusement lorsque Millie entre. Vêtue d'un jean noir et d'un pull vert foncé, elle avance sur la pointe des pieds, un sac en papier à la main, l'air désolée d'avoir perturbé ma présentation. Millie n'est jamais venue assister à l'un de mes séminaires. Dans la mesure où je suis en neurosciences et elle en criminologie, elle n'a pas vraiment de raison de s'y intéresser. Comment a-t-elle su où me trouver ? Veut-elle me parler ensuite... ? Cette pensée me met la boule au ventre.

Nous avons passé un bon moment hier soir, n'est-ce pas ? J'en garde un souvenir incroyable. On a couché ensemble deux fois. On a discuté pendant une heure, de sujets dont on ne parle jamais : les derniers désastres d'Ed au labo, la prochaine conférence de Millie à Princeton, la possibilité qu'Alex soit titularisé cette année. Rien de trop personnel, rien de profond. La conversation sur l'oreiller s'est transformée en caresses, puis je suis monté sur elle et nous nous sommes tus. Avant hier soir, je n'aurais jamais imaginé ses gémissements calmes et rythmés ; aujourd'hui, il paraît impossible de me les sortir de la tête.

Je jette un coup d'œil à l'écran et retrouve le fil. Étant l'unique spécialiste de la rétine, je m'efforce toujours de faire des présentations concises, intéressantes et accessibles. Le reste du département de neurosciences a tendance à oublier que la rétine est une partie du cerveau. Millie sait que rien ne m'irrite plus. Je la surprends à sourire lorsqu'une image du système nerveux central arrive, la rétine surlignée au milieu. Son sourire dissipe les restes de tension en moi.

C'est de Millie qu'il s'agit. Elle ne se laisse jamais démonter. Bien sûr que tout va bien.

Elle finit par me rejoindre quand tout le monde commence à partir et me tend un petit carton de pâtisseries. À l'intérieur se trouve un cupcake surmonté d'une licorne en glaçage.

– En quel honneur ? (Je lève les yeux vers elle.) Nous avons célébré ma titularisation hier, et mon anniversaire est encore dans un mois.

Millie sourit.

– C'est un cupcake du lendemain. (Je reste muet, elle ajoute dans un murmure.) C'est un cupcake qui veut dire *bravo pour les orgasmes.* (Elle marque une pause et regarde mes mains.) Et c'est un cupcake qui dit aussi : *est-ce que ça va entre nous ?*

Cette rare démonstration de vulnérabilité me décontenance, donc je referme la boîte et lui pince le nez, comme elle nous le fait toujours.

– Tu sais qu'il n'y a pas de problème.

– Alors, accompagne-moi chez *Cajé.* (Elle me tire par la main.) J'ai besoin de caféine.

– J'ai pris une dose... avec Chris... tout à l'heure...

Mais elle a déjà tourné les talons. J'aurais dû utiliser l'excuse plus convaincante de *je dois retourner au labo* (pour Millie, le travail passe toujours en premier), mais est-il possible de boire trop de café ?

Cajé est le coffee-shop le plus proche du campus, généralement accaparé par les étudiants les plus dépenaillés. Je dirais qu'il y a autant de jeunes à dreadlocks sur la terrasse que de baristas à l'intérieur. Et même si je sais que Millie peut avoir l'air tout aussi négligée le week-end, à cet instant, avec son jean ajusté, ses talons et son pull en cachemire, elle se distingue comme un parterre de fleurs au milieu d'un champ en friche.

Sans même prendre la peine de me demander ce que je veux – de toute façon, elle le sait déjà –, elle commande deux Americanos moyens, très chauds, et gesticule soudain vers une table miraculeusement vide pour que je la réserve.

J'essuie la table avec une serviette, essayant de calmer l'anxiété inhabituelle que je ressens à la perspective de ma conversation avec Millie.

Millie, ma meilleure amie, qui m'étale des masques hydratants sur le visage devant nos films préférés de gangsters des années 90 et qui a toujours la générosité de manger le melon de mes salades de fruit.

Deux tasses fumantes à la main, elle me rejoint à la table, et je dois déployer un effort conscient pour avoir l'air normal, ce qui annihile sans doute mes probabilités de succès.

C'est tellement bizarre.

Mais je ne peux pas faire abstraction de ses hanches mises en valeur par son jean, et j'en suis réduit à me demander si j'y aurais fait attention avant hier soir.

Elle s'assoit sans un mot, sourit, se touche la joue, et ce geste attire mon attention. Elle lisse quelques mèches et les replace derrière son oreille. Je perçois une sincérité nouvelle, brute, une communication tacite en quelques coups d'œil, criant *on a couché ensemble !* Je contemple son cou et m'arrête soudain. Je ne crois pas que je remarquerais en temps normal le petit suçon rouge si je n'en avais pas été l'auteur.

Elle remarque que je remarque et le cache du bout du doigt.

– Je mettrai du fond de teint avant le déjeuner.

C'est vrai. C'est mercredi, l'un des deux jours où nous nous retrouvons au *Summit Café*, près de la bibliothèque.

– Pas de problème. C'est discret. Mais, euh... désolé.

– Oh, ne sois pas désolé.

Le sexe est au cœur de tout maintenant. Millie me dévisage. Être l'objet de son attention n'est pas rien. Seulement maintenant, au lieu de me contenter de l'apprécier, mon esprit jongle entre l'assurance calme de son visage et le souvenir de ses yeux fermés, et de son soulagement lorsqu'elle a joui hier, sur moi.

– Tu es sûre que ça va aujourd'hui ?

Elle acquiesce avec détermination.

– Certaine. Toi ?

– Pareil.

A-t-elle elle aussi des flashs de la veille ? Je ne sais pas comment passer à autre chose, mais lancer :

– C'était quand même vraiment bien.

... n'était probablement pas le plus approprié.

Elle pourrait rendre la situation gênante, et je m'y attends, parce que nous mettre mal à l'aise est le passe-temps préféré de Millie. Mais elle est apparemment d'humeur généreuse.

– Bien évidemment. Nous sommes tous les deux extraordinaires au lit.

J'éclate de rire. Elle ajoute :

– Mais... on est toujours sur la même longueur d'onde, pas vrai ? Sur le fait de... rester amis ?

– On est d'accord.

Et c'est vrai. Aussi spectaculaire qu'ait été la nuit dernière, je n'ai pas envie de recommencer avec Millie. Du moins, je ne crois pas. Je ne devrais vraiment pas. Nous aimons beaucoup trop nous chamailler pour devenir des amoureux transis. Et d'ailleurs, j'ai du mal à l'imaginer comme ça.

Elle serre ma main dans la sienne.

– Tu es mon meilleur ami, Reid.

– Tu vas me faire pleurer.

Elle glousse et repousse ma main.

– Mais sérieusement, je ne risque pas de ressortir avec un collègue... Quel désastre !

– Un collègue nommé *Dustin,* tu veux dire ?

Je suis reconnaissant de saisir sa perche vers la *normalité.* Elle avale rapidement une gorgée de café avant de pouvoir protester.

– Certains pourraient arguer que *Reid* est un prénom particulièrement prétentieux.

Je feins d'être insulté et pose une main sur ma poitrine.

– *Personne* n'a jamais dit ça.

Millie arrête un étudiant de la main.

– Excuse-moi. Question rapide. Est-ce que « Reid » est un prénom de connard ?

Le type n'hésite même pas et ne prend pas la peine de me regarder.

– Carrément.

Millie lui lâche le bras avec un sourire goguenard. Elle porte son mug à ses lèvres.

J'imite son geste.

– Il a juste dit oui parce qu'il était intimidé par le professeur sexy qui l'a soudainement pris à partie.

– Je t'en prie, dit-elle en esquissant un geste large de la main. Demande à quelqu'un.

– Excusez-moi, je commence en arrêtant une étudiante. Diriez-vous que le prénom « Reid » est prétentieux ?

Elle est très jolie – une peau ambrée, un halo de cheveux frisés – et elle rougit en croisant mon regard.

– Est-ce votre prénom ?

– C'est sans importance.

J'adoucis mes propos avec ce que Millie appelle mon Regard de Dragueur.

– Euh... rectifie la fille. *Je* ne trouve pas que ce soit un prénom prétentieux.

Je la remercie et elle s'éloigne lorsque je me retourne vers Millie.

– Tu vois ?

– Sa réponse ressemblait à une version diplomatique de : « Tout le monde pense que c'est un prénom de connard. »

Je ris.

– Sa réponse était un non très clair.

– Si c'était un non, c'est parce qu'elle avait envie de te mettre dans son lit.

Le mot *lit* dans sa bouche perturbe mon pouls. Elle dit souvent des choses dans le genre, mais hier soir, elle me l'a murmuré à l'oreille, juste avant de me dire qu'elle allait jouir.

Encore.

J'essaie de prendre le ton le plus offensé possible.

– J'ignorais que tu pensais que j'avais un prénom de connard.

Millie ne se laisse pas prendre. Elle sourit.

– En fait, c'était juste une blague.

Nous nous taisons, sans qu'il y ait la moindre gêne, et je m'efforce de ne pas trop penser à Millie au Lit ou d'examiner de trop près Millie mon Amie.

Elle a repris contenance. Millie est définitivement aussi inébranlable qu'elle y paraît.

Et bon sang, elle est aussi délirante au lit que je m'y attendais.

– Donc, reprend-elle après un silence. Pour être sûrs de redevenir amis, nous devrions probablement aller à l'inauguration avec quelqu'un d'autre.

– On dirait bien.

Chapitre 3

Millie

– Salut Taylor. C'est Millie. Millie Morris ? Je ne sais pas si tu te souviens de moi, on a vu *La fille du train* ensemble au ciné l'été dernier. Tu soutenais mordicus que la nouvelle épouse ne pouvait pas être la tueuse parce que c'était une mère, et je t'ai appris que quarante-deux pour cent des enfants tués par un parent sont tués par leur mère, seule ou avec un complice. Hum, bref, je dois assister à cet événement en juin et je me demandais si tu accepterais de m'accompagner. C'est formel et je dois confirmer à l'avance, donc si tu pouvais me passer un coup de fil assez rapidement. Et, ah ah, je promets de ne pas parler de mères qui tuent leur progéniture...

La ligne se coupe. *Étrange,* me dis-je, tout en cochant quand même la colonne PEUT-ÊTRE à côté du nom de Taylor Baldwin.

– Un « PEUT-ÊTRE » ?

Je sursaute au son de la voix de Reid si proche de mon oreille. Il tente de lire par-dessus mon épaule, de la chaleur émane de sa peau. Ses cheveux mouillés effleurent ma joue ; il sort de la douche et se tient si près de moi que, même dans la cohue des étudiants à l'heure du déjeuner, je distingue l'odeur de savon à la citronnelle qu'il garde toujours dans son sac de sport. Notre sexcapade date d'il y a déjà trois jours, mais ma tension artérielle ne s'en est toujours pas remise.

Un coup de coude dans le ventre le remet à sa place et me permet de glisser mon carnet de rendez-vous hors de sa vue.

– Tes pieds touchent-ils le sol quand tu marches ? Je ne t'ai pas entendu arriver.

Il penche la tête pour attirer mon regard.

– Viens-tu vraiment de citer des statistiques criminelles pour inviter un mec à sortir ? J'ai peut-être une vague idée du pourquoi tu n'as fréquenté personne depuis le jeune fœtus de barista rencontré chez *Cajé*.

– Euh, pardonnez-moi, Monsieur. Je les utilisais comme *contexte* parce que je n'étais pas sûre qu'il se souvienne de mon prénom. Ce type va peut-être beaucoup au cinéma.

J'efface agressivement la croix avant d'envoyer des miettes de gomme sur Reid.

Il retient un fou rire, les coins de sa bouche se relèvent, je suis fascinée. Sa bouche me fait penser à ses lèvres, puis à sa langue et à tout ce qu'il sait faire avec. J'aimerais désinfecter mon cerveau à la Javel. Essayer de la jouer cool après avoir couché avec son meilleur ami est bien plus difficile que ce à quoi je me serais attendue.

– Je lui donnais seulement quelques détails pour lui rafraîchir la mémoire.

– Plusieurs adjectifs me viennent à l'esprit pour te décrire, renchérit-il. (Il glisse son plateau à côté du mien et s'assoit.) *Peu mémorable* n'en fait pas partie.

Une vague de chaleur me submerge, j'adorerais lui demander : *tu veux dire, même au lit ?*, mais j'observe ostensiblement mon cahier à la place, ignorant la rougeur qui me réchauffe le cou.

– Euh... merci.

Il déroule la serviette en papier qui enveloppe ses couverts en plastique.

– Tu appelles des mecs en pleine tempête du déjeuner ?

– Le bruit me sert de camouflage ! Je ne peux pas le faire dans mon bureau. Et si Dustin entrait et m'entendait laisser un message vocal à un mec ? J'aurais à endurer son expression de satisfaction malsaine pendant un mois.

Reid me dévisage pendant quelques instants avant de baisser les armes. Moi aussi. Il plante une fourchette dans sa salade et se met à feuilleter une revue scientifique de l'autre main. En dehors de mon court-circuit momentané quelques minutes plus tôt, tout s'est plutôt... bien passé entre nous. Rien d'anormal. *Pas de gêne.* Sommes-nous parvenus à éviter l'embarras post-sexe-avec-son-meilleur-ami ? Suis-je vraiment aussi chanceuse ?

J'attaque ma propre salade du bout des dents.

– Et donc, qui appelais-tu ? demande Reid en désignant mon téléphone du menton.

Je transperce une rondelle de concombre.

– Si tu m'avais espionnée depuis le début, tu saurais qu'il se prénomme Taylor.

Reid mâche, pensif, en fouillant sa mémoire.

– Taylor. Pourquoi est-ce que ça ne me dit rien ?

Je hausse les épaules, en poussant les tomates de ma salade sur le côté. Je ne suis pas surprise que Reid ne se souvienne pas de lui. Pour commencer, Taylor et moi sommes sortis ensemble seulement une fois, l'année dernière, et quoi qu'il en soit, je ne parle pas souvent de ma vie amoureuse. Reid et les mecs en font souvent des tonnes sur leurs rencards – ou leur absence de rencard –, mais ça n'a jamais été mon genre.

– Combien de mecs as-tu appelés jusque-là ?

– Trois. (J'en ai appelé sept.) Pourquoi me harcèles-tu ?

Il lève les mains, vexé.

– Je fais juste la conversation.

– Tu sais, *j'essaie,* au moins. Combien de filles as-*tu* contactées, Reid ?

Il enfourne plusieurs feuilles de laitue dans sa bouche et grommelle une réponse indistincte.

Je me redresse.

– C'est bien ce que je pensais.

Il déglutit avant d'attraper sa bouteille d'eau.

– J'ai dû préparer une conférence sur la névrite optique et nous devons soumettre plusieurs articles pour la Société des neurosciences. Pour couronner le tout, il faut passer en revue plusieurs exemplaires de *Passion Flipper* pour le prochain cadeau d'anniversaire d'Ed. (Il marque une pause juste assez longue pour que mon expression goguenarde disparaisse.) Je suis très occupé, d'accord ? Je m'y mettrai en temps voulu.

Je lève les sourcils.

– Nous sommes *tous* occupés.

L'équipe des jardiniers s'affaire devant le café et le vent frais nous apporte une fragrance d'herbe coupée lorsque la porte s'ouvre. Chris entre, manifestement nerveux, et avance jusqu'à notre table.

– Avez-vous une idée du nombre de jeunes femmes célibataires disponibles, raisonnablement attirantes et âgées de plus de vingt-cinq ans, avec qui j'interagis sur une base quotidienne ? demande-t-il au lieu de nous saluer.

Je bats des paupières.

– Salut, Chris.

Il pose son thermos de café et tire la chaise à côté de Reid.

– Je vais vous donner la réponse : *deux*. Ma voisine du dessus qui promène ses chats et toi.

Je coince une feuille de laitue entre mes dents de devant et lui adresse le sourire le plus ringard possible.

– Donc, ce que tu dis c'est que... j'ai une chance avec toi.

Reid et Chris me dévisagent, le regard vide, pendant un long moment avant de se tourner l'un vers l'autre.

– Ça fait seulement quelques jours, le rassure Reid. Tu te mets trop de pression.

– C'est de Chris dont on parle, je lui rappelle en me défaisant de la laitue. Il prend les choses très au sérieux et fait tout bien mieux que nous.

Ed apparaît derrière la chaise de Chris, tire la dernière chaise autour de notre petite table et s'enquiert :

– Ce n'est pas toi qui as baisé Rebecca Fielding pendant la fête de Noël à la fac ? Tu pourrais l'inviter, puisque vous avez déjà une relation.

Chris laisse échapper un soupir sonore, mais c'est Reid qui répond :

– Une relation sexuelle. Ça ne compte pas.

– Bref ! s'exclame Chris. Je n'ai personne en vue pour ce truc.

– Nous sommes tous logés à la même enseigne, lui dis-je. Mais tu as tout le temps.

– Est-on vraiment obligés d'y aller avec quelqu'un ? gémit Reid.

– Attends. (Ed nous désigne tour à tour.) Je pensais que vous y alliez ensemble.

Reid engloutit une autre bouchée de salade.

– Nous avons changé d'avis.

– Pourquoi ?

Ed paraît déconcerté et je le comprends. J'adresse un regard mi-menaçant mi-paniqué à Reid, mais il reste imperturbable.

– Parce que Millie est indépendante et qu'elle peut se trouver un cavalier toute seule. C'était un peu salaud de ma part de la réserver comme si elle était mon nouveau joujou.

J'adresse à Reid un sourire condescendant signifiant *en effet, espèce de phallocrate* et il me donne un coup de pied sous la table.

Ed laisse échapper un soupir dédaigneux.

– C'est Millie. Ce n'est pas comme si tu pouvais l'offenser.

Je suis sur le point de le contredire au moment où je réalise qu'il a raison.

– Eh bien, je devrais sans doute être encore plus offensée. Mais je ne suis sensible qu'à une seule émotion, et c'est la faim.

Chris, resté silencieux contrairement à son habitude, lève les yeux de son café.

– J'y pense depuis un moment... pourquoi pas un site de rencontre ?

Il formule cette suggestion avec précaution, comme s'il tentait de mettre un panier en lançant le ballon de très loin.

Un site de rencontre ? Je me gratte le nez.

– Beurk.

Ed abonde dans mon sens, évidemment, parce que c'est le premier à ouvrir la bouche. Bien vu, Ed.

– Tu veux mettre *ces deux-là* sur un site de rencontre ? s'écrie-t-il en nous désignant, Reid et moi.

Chris semble aussi perplexe que moi.

– C'est comme ça que ma sœur a rencontré Ashley.

– Reid et Mills sont les trentenaires les plus vieux jeu que je connaisse.

Ouah. Ed est nul. Je lui rappelle :

– J'ai vingt-neuf ans.

– Et tu regardes *Columbo* tous les soirs, seule, dans ton lit.

Je fronce les sourcils et lance une tomate cerise en visant sa touffe de cheveux.

– Parce que c'est une excellente série et que mon lit est vachement confortable.

– Et tu utilises toujours le mot « vachement »...

– Ed, l'interpelle Reid. Tu recommences.

– Quoi donc ?

– À te comporter comme un enfoiré. Près de quarante millions de personnes s'inscrivent sur des sites de rencontre. Ça ne peut pas être si compliqué.

Ed se tourne vers nous, avec un sourire qui est l'équivalent d'une pichenette condescendante sur la joue.

– D'où sors-tu ce genre de statistiques ? Et non, ce n'est pas compliqué en soi. C'est subtil. Il y a tout un langage lié à ce genre d'activité.

– Nous possédons six diplômes à nous quatre. (Reid fixe son assiette.) Je pense que nous pouvons tenir la distance.

Chris se penche vers Ed.

– Quel genre de langage ?

– Pourquoi ai-je l'impression de recommencer à expliquer comment utiliser un enregistreur de vidéosurveillance à ta mère ? (Ed se passe une main sur le visage.) OK, par exemple, un « thirst trap[1] » est une personne qui poste intentionnellement des photos sexy pour attirer l'attention.

Je secoue la tête.

– N'est-ce pas le but d'une photo ? Attirer l'attention ?

– Ouais, mais dans ce cas, la légende dit quelque chose dans le genre « regardez ma nouvelle montre » alors que la photo de la montre est en réalité une excuse pour zoomer sur tes seins.

Chris attrape mon carnet, mon stylo, ouvre une nouvelle page et demande à Ed de continuer, prêt à prendre des notes.

– OK. Quoi d'autre ?

– Des geeks, je soupire. Nous sommes des geeks. Et vieux, par-dessus le marché. Ed, tu as raison. Bon sang, nous sommes trop jeunes pour être si vieux.

Tout le monde m'ignore. Ed s'affale sur sa chaise, les yeux fixés sur le plafond, plongé dans ses réflexions.

– Voyons voir... Le « ghosting », c'est quand une personne avec qui tu chattes en ligne disparaît soudainement. Sans donner la moindre explication. Opposé à « slow fade », lorsque les gens commencent à répondre de moins en moins avec le temps.

Chris prend tout en note.

1. Littéralement « un piège à soif ». (NdT, ainsi que pour les notes suivantes)

– « Benching[2] » se passe d'explication, continue Ed. On t'aime bien, mais on te garde sous le coude pour rester dans la course. « DTR » signifie définir la relation, donc « La Conversation » pour exprimer tes attentes. « F2F », soit « Face to face », là on propose une rencontre en personne. Oh, et si la rencontre a lieu, un « half-night-stand », ou « coup d'un demi-soir » c'est quand tu baises, mais que tu ne dors pas chez l'autre.

Quelque chose se fige en moi et je mobilise toutes mes forces pour ne pas lever les yeux vers Reid. Lorsque je le regarde, il détourne immédiatement son attention de moi.

Personne ne dit quoi que ce soit. Chris finit de prendre ses notes. Reid et moi nous évitons soigneusement du regard. Ed se penche vers nous, l'air excité.

– Sérieusement, vous voulez vous lancer ? Genre, go Application de rencontre ?

– Hum, dis-je. Non ? Mais... peut-être. (Je jette un coup d'œil à Reid.) S'il le faut.

– D'accord. Eh bien, si vous êtes tous partants, Tinder est assez cool.

Tinder ? Quand a-t-il le temps de l'utiliser ? Ed est soit au labo, soit en train de jouer à la demi-douzaine de jeux d'arcade qu'il possède. J'essaie d'imaginer un scénario dans lequel une fille se prépare pour un rendez-vous sexy, ouvre la porte et tombe sur Ed. Comme je l'ai dit, Ed est beau gosse à sa manière mais il est juste... tellement *Ed.*

Je suppose que sa vie amoureuse est plus palpitante que je ne le pensais. Cette réalité me frappe de plein fouet. Ed a du succès parce qu'il se lance dans l'arène.

Je m'exclame :

– *Tu* es sur Tinder ?

Il tend la main vers moi, prend l'une des tomates que j'ai mises sur le côté et la gobe.

2. De *bench*, « banc ». *To bench* : laisser quelqu'un sur la touche. Dans le contexte des relations en ligne, ne pas rompre la conversation pour garder quelqu'un sous le coude, sans avoir de réel intérêt pour lui.

– Parfois.

– *Et ?*

Je meurs soudain d'envie d'avoir le résumé des plans cul Tinder d'Ed.

– Non, interrompt Chris. Pas de Tinder, Grindr ou toute autre app pour baiser. Nous avons besoin de *rencards*, pas de sexe.

Je me révèle incapable d'ignorer que les yeux de Reid se posent sur moi.

Ed sort son téléphone et parcourt ses applications avant de tourner l'écran vers nous.

– On l'utilise pour trouver des *partenaires*. On les rencontre, on couche avec, on s'amuse – vous voyez le genre – et *puis* on les invite à la réception.

– J'adore le fait que le sexe vienne avant l'invitation, lâche sèchement Reid.

Ed acquiesce sagement.

– Le sexe, c'est juste du bonus.

Chris appuie son menton dans sa main, l'air amusé.

– Seigneur, dans quel univers du sexe avec toi est-il un bonus ?

– J'ai un QI de cent quarante-huit, affirme Ed. Je te laisse faire le lien.

– En réalité, les gens intelligents baisent *moins* en moyenne, intervient Reid. Une étude de 2007 montre que l'intelligence et la fréquence sexuelle sont corrélées négativement. Figure-toi que seuls soixante-cinq pour cent des diplômés du MIT ont perdu leur virginité à la fin de leurs études.

– Arrête ton char, Reid, dis-je.

Il éclate de rire.

– D'accord. En résumé, je pense que Chris et Ed ont raison. La sœur de Chris est heureuse. Je connais plusieurs personnes qui ont rencontré leur moitié en ligne. Bon sang, je connais beaucoup de gens qui ont rencontré leurs meilleurs amis en ligne. Un site de rencontre n'est peut-être pas une si *mauvaise* idée.

Je reprends mon carnet et désigne mes colonnes bien tracées.

– J'ai une liste entière de peut-être. Je n'ai pas besoin d'aide pour trouver un rencard.

Reid me le prend délicatement des mains.

– Je crois que tes « peut-être » sont un poil optimistes.

– Et si à l'arrivée, on n'a aucun rencard ? demande Chris. Alors quoi ?

– Celui qui n'aura trouvé personne ira à la soirée avec Millie, suggère Ed.

Je fais mine de couiner :

– Pourquoi supposez-vous que je ne trouverai personne ?

Je repère soudain Avery Henderson juste derrière Reid, qui attend son café au comptoir, et j'étouffe un gémissement. Dernière arrivée dans le département d'anglais d'UCSB, Avery était la camarade de chambre de ma petite sœur à l'Université de Washington et, franchement, elle parle davantage à ma sœur et est plus proche d'Elly que je ne le suis moi-même. Avery s'en est rendu compte en réalisant il y a neuf mois que j'ignorais que ma sœur attendait des jumeaux. Depuis, elle adore me prendre de haut chaque fois que nous nous croisons au cours de Pilates du samedi. Mais là, en plein déjeuner avec mes amis, je ne suis pas prête pour cette embuscade. Je tente de me cacher dans l'épaule de Reid, en espérant passer inaperçue.

Malheureusement, au moment où le barista lui tend son café, Avery croise mon regard. Je hume la chemise de Reid en prenant l'air le plus naturel possible.

– Je peux faire quelque chose pour toi ? marmonne Reid.

– J'étais... peu importe, joue le jeu. *Joue le...*

– Oh mon Dieu. Millie ! (Avery trottine vers nous.) J'allais t'appeler cette semaine pour savoir comment tu allais.

Je lui souris aussi calmement que possible.

– Très bien. Comment allez-vous, Doug et toi ?

Elle esquisse un geste vague de la main comme je m'y attendais, indiquant que Doug et elle devraient être le cadet de mes soucis. Elle chuchote :

– Enfin... avec ton père.

Je baisse le menton, suant intérieurement sous le poids des mines interrogatives de Reid, Chris et Ed.

– Ça va. *Tout le monde* se porte à merveille.

Avery bafouille :

– Mais Elly m'a raconté...

Je me lève abruptement pour lui faire un câlin gêné.

– Merci de prendre des nouvelles. Je passerai le bonjour à Elly.

– Avec plaisir ! (Par bonheur, elle regarde sa montre.) Oh Seigneur. J'adorerais continuer à discuter, mais j'ai cours à deux heures. Appelle-moi s'il y a du nouveau, d'accord ?

– Bien sûr !

Elle s'éloigne rapidement, café à la main, et je prends le plus de temps possible pour me rasseoir, agiter ma serviette et la glisser à nouveau sur mes genoux.

– Donc. (Je jette un coup d'œil à la tablée.) Où en étions-nous ? Pas Tinder, mais une autre application... peut-être ?

Reid secoue la tête.

– De quoi parlait-elle ? Un problème avec ton père ?

Son regard me met mal à l'aise.

– Rien de grave. (C'est terrible.) Juste... un parent qui vieillit.

Juste un père à qui on vient de diagnostiquer la maladie de Parkinson.

J'ouvre ma bouteille d'eau et prends une longue gorgée, en essayant de remettre l'inquiétude et la tristesse à leur place, là où elles ne remonteront pas si facilement à la surface.

Ed sort le sandwich qu'il venait de ranger... quelque part, et mord dedans.

– On vient de retirer la vésicule biliaire à ma mère la semaine dernière et elle a geint pendant une heure au téléphone hier soir parce qu'elle ne peut plus manger de McDonald's.

Je lui adresse une grimace de compassion, intérieurement soulagée d'avoir peut-être échappé à leur interrogatoire.

– Houlà.

Mais comme à son habitude, Reid ne se laisse pas décourager si facilement.

– Attends, Mills. Est-il malade ?

Et me voilà coincée.

Je ne parle pas beaucoup de ma famille, en partie parce que je ne les vois pas beaucoup, mais aussi parce que ma mère est morte quand j'avais douze ans, que c'était dur et que maintenant, je déteste vraiment parler de ce genre de choses.

Mais je n'ai pas non plus pour habitude de mentir, encore moins à mes amis. En extrapolant un peu, je dis simplement :

– Il ne se sent pas très bien ces derniers temps, mais ça va s'arranger.

J'espère que mon ton dissuadera Reid de continuer à m'interroger.

Il semble que ce soit le cas, il repousse sa salade dans son assiette, comme toujours lorsqu'il n'a plus faim mais qu'il se sent coupable de gaspiller de la nourriture.

Mais non, je me trompe :

– Tu sais que tu peux nous parler si tu as des soucis.

Je sens la légère insistance, l'insistance sur le *nous* qui veut dire, en réalité, *tu peux me parler, à moi, ton prétendu meilleur ami.*

Heureusement, Chris et Ed semblent avoir cessé de nous prêter attention, donc je me tourne vers Reid et baisse la voix.

– S'il y avait quelque chose à raconter, je te le raconterais. Avery est très théâtrale. Elle adore faire tout un plat de détails insignifiants.

– Mais toi, en revanche, tu ne mentionnes même pas les choses importantes, réplique-t-il.

– Tout va bien.

Je lui tapote le menton.

– Tu as vraiment du mal à t'ouvrir aux autres. Tu en es consciente, n'est-ce pas ?

– J'ai cru comprendre.

Ce n'est pas la première fois qu'il s'en plaint, mais j'ignore comment faire autrement. Il n'y a pas grand-chose à dire à ce stade, la maladie de mon père a été diagnostiquée, il suit un traitement, on gère. Ou plus exactement, ma sœur gère, et je m'efforce de les soutenir à distance autant que je peux. En parler avec mes amis alors qu'aucun d'entre nous n'a le moindre contrôle sur la situation ne ferait que me stresser et me donner l'impression d'être encore plus impuissante.

Ed regarde son téléphone.

– Je dois aller surveiller des cellules, il faut que je file. Alors, on se lance ? L'application de rencontre ? On vote tous pour ?

Trois paires d'yeux se posent sur moi et je grogne.

– Étudions un peu nos possibilités, suggère Chris. On trouvera la meilleure et on s'exposera aussi peu ou autant qu'on voudra.

– Et tu pourras arrêter à tout moment, ajoute Reid sur un ton plein d'espoir.

Je suis certaine de ne pas être prête pour cette aventure, mais je ne risque pas de passer pour la poule mouillée du groupe.

– Bien, dis-je, mais la première photo de bite que je recevrai figurera sur votre fond d'écran pendant une semaine.

Ed hausse les épaules.

– Marché conclu.

Chat du Campus de l'Université de Santa Barbara

Christopher Hill
Donc, il existe apparemment un MILLION
de sites de rencontre.

Reid Cambell
J'en ai trouvé un pour hommes occidentaux désireux
de se mettre en contact avec des filles de Russie.
Au cas où ça vous tenterait…

Millie Morris
Mon Dieu, il y a un site qui s'appelle Bernie Célibs
et qui est conçu pour les fans de Bernie Sanders.
Tout de même.

Stephen (Ed) D'Onofrio
Il y a des gens qui cherchent quelqu'un qui ressemble
à Bernie Sanders ??? FÉ-TI-CHI-STES !

Millie Morris
Attends…

Stephen (Ed) D'Onofrio
Oh attends. Laisse tomber.
Je comprends.

Reid Cambell
Tu es sûr que ton QI est de 148
et pas seulement de 48 ?

Alex Ramirez
J'essaie toujours de comprendre pourquoi je suis dans cette boucle.

Millie Morris
Ça t'apprendra à rater un déjeuner.

Stephen (Ed) D'Onofrio
Mec : Célibs Céliaques, Passion Mulet, Rencontres 420. Je vais noter celui-là dans mes favoris pour plus tard.

Millie Morris
Ces noms : Célibataires Équestres. Épouse-moi. Sors avec mon chien.

Millie Morris
Ooh, Chris : Rencontres à la basse-cour.

Stephen (Ed) D'Onofrio
BIEN TROUVÉ, MILLS !

Christopher Hill
...

Reid Cambell
Les enfants. Pouvons-nous rester concentrés ?

Stephen (Ed) D'Onofrio
Pourquoi ne pas utiliser Tinder tout simplement ? Les utilisateurs font un milliard de swipes par jour pour une raison.

Millie Morris
1 MILLIARD ?

Stephen (Ed) D'Onofrio
Le mieux est l'ennemi du bien.

Reid Cambell
Que pensez-vous de celui-là ? IRL. In Real Life ? C'est malin. C'est un site premium, donc il faudra payer mais on pourra filtrer nos préférences, voir quand quelqu'un a consulté notre profil, lu ou effacé des messages. Les hommes n'ont accès qu'aux résumés des profils et peuvent répondre, mais pas insister ou envoyer des photos avant qu'ils ne soient acceptés.

Christopher Hill
Ça semble efficace.

Reid Cambell
C'est assez cool, non, Mills ?
Pas de mecs louches ou de photos dénudées
que tu n'aurais pas demandées ?

Alex Ramirez
Pourquoi demanderait-elle une photo de pénis
alors qu'elle nous a tous les trois ?

Millie Morris
Je regarde.

Millie Morris
J'ai regardé bite fait, et j'admets
que ça a l'air à peu près décent.

Millie Morris
Putain : vite*.
Pourquoi je fais toujours ça
en écrivant ?

Stephen (Ed) D'Onofrio
Parce que tu as des petites mains
de lutin ?

Millie Morris
Je pourrais te traiter de trou du cul, Ed, mais cela
impliquerait pour toi trop de proximité avec un vagin.

Stephen (Ed) D'Onofrio
Cruel.

Reid Cambell
Donc on est tous d'accord ?

Millie Morris
Soupir. Je suppose que oui.

Reid Cambell
Super ! Tout le monde s'inscrit
et on se retrouve chez Millie
ce soir pour créer
nos profils. C'est parti !

Alex Ramirez
À DONF !

Christopher Hill
DE OUF !

Millie Morris
Mouais…

Reid arrive vers 18 heures avec des plats de chez le traiteur thaï et son ordinateur portable. L'absence de vin est notable. Dieu merci.

– Où sont les autres ?

Je lui prends le sachet des mains et l'emporte dans la cuisine.

– Ed a eu des problèmes avec des échantillons, il doit recommencer sa manipulation. Alex passera sans doute plus tard, mais pour être honnête, son intérêt pour un autre site de rencontre est flaccide au mieux.

– Parce que Tinder le comble clairement.

– Ouais. Et Chris a une urgence avec un étudiant, ce qui tombe bien parce que j'en ai profité pour commander le poulet piquant qu'il déteste.

Il me suit dans la cuisine, sort des assiettes et des couverts tandis que j'ouvre les récipients. Il se déplace dans ma cuisine avec la même aisance que chez Chris, me tend un verre au moment où je monte sur la pointe des pieds pour atteindre le placard. L'harmonie entre nous est totale, comme tous les jours. Il n'y a pas de gêne. Nous nous servons en nouilles sautées, en poulet et légumes au curry. Je nous remplis deux verres d'eau du robinet, évitant les cannettes d'eau pétillante du frigo – trop tôt – et nous nous dirigeons vers la salle à manger.

Le dîner servi, les ordinateurs ouverts, nous créons nos profils IRL[3] (*In Real Life**). Après avoir confirmé nos adresses mail, un questionnaire assez détaillé nous attend. La plupart des questions sont simples : nom, âge, job, tranche d'âge visée, zone géographique, description physique, si j'ai ou je veux des enfants.

Mais les autres sont un peu plus détaillées et au moment où j'arrive aux hobbies et à la partie « À propos », puis à mes

3. *In Real Life* : *Dans la Vraie Vie*, c'est-à-dire pas sur Internet.

aspirations dans la vie, je commence à caler. J'ai toujours été meilleure pour donner des détails sur les autres que sur moi-même.

À côté de moi, Reid ne semble pas avoir le moindre problème et il pianote sur le clavier sans s'arrêter.

– Maintenant que j'y pense, lance Reid en terminant ses nouilles, c'est un excellent moyen d'apprendre à se connaître.

Je lui jette un coup d'œil par-dessus mon verre.

– Tu me connais depuis deux ans.

– Oui, mais tu sais, même si on parle à quelqu'un presque tous les jours, on ignore parfois certaines choses. (Il jette un coup d'œil à son écran.) Comme le numéro quatre : ton endroit préféré. Quel *est* ton endroit préféré ? Si on jouait aux devinettes, je dirais *Cajé*, mais seulement parce que tu y bois un café au moins deux fois par jour.

Je fredonne.

– J'aime vraiment le café.

– Je sais que tu prends ton café sans sucre, et qu'au contraire, tes préférences en matière de cocktails m'occasionneraient au moins trois caries par jour. Tu lis tout ce qui te tombe sous la main, mais tu as une collection d'exemplaires cornés d'Agatha Christie sur ta table basse, et des fanfictions de *Sherlock* sur ton téléphone. Tu connais presque tous les détails sur ma ville natale et ma famille alors que j'ignore complètement où tu as grandi, si tu te disputais avec ta sœur ou à quel âge on t'a embrassée pour la première fois. (Il incline la tête avec une expression entre l'adoration et l'examen clinique.) Tu es un mystère, Millie Morris.

– J'ai grandi à Seattle, tu le savais déjà. Mon père et Elly, ma sœur, vivent toujours là-bas. Elly est mariée, elle vient d'avoir des jumeaux et elle me surnommait Poil de Carotte parce que mes cheveux étaient plus roux à l'époque.

– Et ta mère est morte quand tu avais douze ans.

Je garde les yeux fixés sur l'écran en face de moi, en essayant de réprimer l'angoisse diffuse qui monte chaque fois que quelqu'un aborde le sujet. Ce n'est pas de la faute de Reid. C'est juste que... j'ai fait la paix avec mon deuil. Et chaque fois qu'on m'en parle, mon interlocuteur semble déçu que je ne sois pas plus sensible.

– Cancer de l'utérus.

Reid serre brièvement ma main dans la sienne.

– Ça a dû être tellement difficile. J'essaie d'imaginer la petite Millie à l'époque.

Je sens qu'il s'attend à ce que je développe. Il n'insiste pas, il le fait avec douceur, aussi discrètement qu'à son habitude.

Chez Reid, il y a des photos encadrées de ses parents et de sa sœur, Rayme, même des photos de lui à plusieurs âges. Bien sûr, ses parents ont aussi des photos de Reid et de Rayme de l'enfance à l'âge adulte un peu partout chez eux. Voir Reid à tous les âges me donne l'impression de vraiment le connaître, je sais à quoi il ressemblait quand c'était un petit garçon au visage poupin, quand ses dents de lait sont tombées, quand il est devenu un gros bêta de préadolescent, puis un gamin de dix-sept ans dégingandé qui n'avait pas encore conscience de son charme.

Donc je comprends qu'il me pose des questions sur mon passé pour mieux me connaître – *vraiment* –, mais repenser à mon enfance n'a jamais été une expérience agréable. Le besoin de changer de sujet devient urgent, la pression monte. Je me lève pour ouvrir le robinet et laisse couler l'eau avant de remplir mon verre.

– Mon père a vraiment fait de son mieux après la mort de ma mère. On a eu de la chance.

Je renverse un peu d'eau sur le plan de travail. Sans doute parce que je suis gênée par ce que je viens de dire. Ce n'est pas faux en soi – mon père n'était ni violent, ni méchant, ni absent –, ce n'était juste pas ma mère. Et ça n'a jamais été de sa faute, même si c'est son plus grand échec.

– Et mon endroit préféré... (Je sens la tension s'évacuer en changeant de sujet.) Hum. Il doit y avoir une meilleure réponse que *Cajé*, même si leur café est très bon.

– Un endroit à visiter, par exemple ?

– J'adore les sources de Artist Paint Pots dans le parc de Yellowstone, lui dis-je en continuant à dévider mes pensées.

– Ça ressemble à des eaux thermales ?

– À peu près, mais avec de la boue en prime. (Je me rassois en face de mon ordinateur.) Tu marches sur des petites passerelles suspendues à quelques centimètres du sol, où tu vois l'eau et la boue gargouiller. La couleur dépend de la teneur en sulfure de la terre, je crois que ça change en fonction du moment de l'année et du climat, mais c'est incroyable. On dirait un lieu préhistorique, d'une certaine manière. On y allait tous les étés quand j'étais petite.

Reid paraît à l'aise – il acquiesce et m'écoute –, mais je le connais suffisamment bien pour savoir qu'il archive ces bribes d'information et les stocke dans le tiroir Millie où presque toute mon histoire pré-Santa Barbara reste un mystère pour lui.

– Quel est le tien ? Le vignoble de tes parents ?

Reid se balance en arrière sur sa chaise et se gratte le menton, oubliant temporairement le questionnaire. J'aime ce trait de caractère – son goût pour les grandes conversations fait de lui une personne au contact si facile. J'aimerais être plus comme lui.

– Peut-être, dit-il, songeur. Ou la route de San Gregorio ? Vallonnée, longée de séquoias. Magnifique, encore mieux à vélo, d'ailleurs.

– Avec qui as-tu fait ça ?

– Des amis de l'université. On l'a fait une fois avec Chris, et mon père nous a retrouvés sur la plage avec des sandwiches et de la bière de contrebande.

– C'est à ce moment-là que Chris et ton père sont tombés amoureux ?

Chris et James Campbell vivent une bromance[4] à en faire pâlir de jalousie Ed et Alex.

---

4. Bromance : idylle masculine, sorte de fraternité virile sans connotation sexuelle.

Reid glousse.

– Probablement. (Puis il cligne des yeux et me sourit, pas dupe de mes tentatives pour faire diversion.) Prochaine question. (Il lève le menton.) Premier baiser.

– Hum.

Je récupère nos assiettes et les rapporte dans la cuisine. Le regard de Reid me donne envie de me gratter le cou ou de lui demander pourquoi il me fixe. Mais il pourrait en profiter pour me demander pourquoi ça me met mal à l'aise, et que dirais-je ? *Parler de moi m'incommode parce que j'ai toujours été tragique ou ennuyeuse ?* Ou peut-être, *parler de moi m'incommode lorsque tu me regardes comme ça parce que je me souviens de ton regard au lit et que je ne devrais plus penser à toi de cette manière ?*

– J'avais quatorze ans. Je ne sais pas pourquoi, mais j'avais une peur panique que nos nez se heurtent, donc je me suis contentée d'ouvrir la bouche et de tourner la langue plusieurs fois. Il s'appelait Tim Chen et semblait un peu perplexe ensuite, mais il ne s'est pas plaint. (Je souris.) Je t'assure que je me suis bien améliorée depuis.

– Oh, je sais. (Reid laisse échapper un rire rauque et semble réaliser ce qu'il vient de dire en même temps que moi.) Merde, voilà. (Nous restons silencieux et il ajoute.) Je viens de créer un malaise.

Je me mets à rire, un peu jaune.

– En fait non, c'est ce bruit qui a créé un malaise. (Il fait le tour du plan de travail et s'approche de moi.) Qu'est-ce que c'était ?

– Un gloussement ?

Il range son verre dans le lave-vaisselle. Quand je regarde dans sa direction, je vois ses cils et l'ombre duveteuse qui se dessine sur ses pommettes. Je n'avais jamais remarqué de tels détails chez Reid jusque-là, mais maintenant, le souvenir de ses yeux fermés, de sa tête penchée en arrière, de son cou tendu me revient.

Je referme l'eau. Ce type de moment de tension est exactement le genre de choses que le *Cupcake-du-Lendemain/Est-ce que Tout va Bien entre Nous ?* était censé éradiquer, tout comme il était censé nous permettre de tourner la page.

Reprends-toi, Millie.

– On a toujours adoré jouer à se mettre mal à l'aise. (Je m'efforce de neutraliser toutes les pensées sexy dans mon esprit.) Le sexe en a juste rajouté une couche.

– Notre *coup d'un demi-soir ?* demande-t-il avec un sourire mêlant adorablement la tendresse et l'autodérision.

Je secoue la tête. Il faut que je résiste à son charme d'intello.

– Stop. Tu n'as pas le droit d'utiliser le jargon d'Internet.

– Allons, glousse-t-il. Vous vous comportez tous comme si j'avais l'âge de mon père. J'ai trente et un ans ! Internet, c'est *moi*.

Reid s'appuie contre le plan de travail à côté de moi. Mon cœur se met à battre la chamade à la minute où je hume son savon. Je ne crois pas avoir *déjà* été aussi obsédée par le sexe, même quand j'étais en couple.

– Je suis content qu'il n'y ait pas de *vrai* malaise entre nous, dit-il.

Je souris pour lui montrer que je suis d'accord.

Nan.

Pas de malaise.

Pas du tout.

Il hausse les épaules, nonchalant.

– C'est différent, mais il n'y a pas de malaise. D'ailleurs, je ne comptais pas en reparler.

Je lui pince le nez.

– Ne t'inquiète pas, je suis certaine de sortir un truc encore plus gênant la prochaine fois que je cuisinerai un plat à base d'aubergine, par exemple.

– Tu dis aubergine, et pas mini-carotte. Je ne risque pas de m'en plaindre.

– *Oooooo-kkkkkkkkk.* (Je me sèche les mains et retourne dans la salle à manger.) Et si on terminait de répondre au questionnaire chacun de notre côté ?

Comprendre : et si tu arrêtais de me faire du charme et me laissais en tête à tête avec mon vibromasseur ?

Reid est très ostensiblement content de lui.

– Je suis allé trop loin ? Que dis-tu d'un concombre ? Non ? Une asperge blanche ?

Je ferme son ordinateur portable et le lui tends.

– Bonne nuit, Reid. Merci de m'avoir sustentée. Si tu n'avais pas apporté le dîner, j'aurais été réduite à grignoter un vieux morceau de fromage.

– Tu es la seule fille que je connaisse qui ait autant de points communs avec un membre d'une fratrie universitaire en pleine soirée de bizutage.

– C'est du manchego acheté chez le fromager à prix d'or. Je te mets au défi de trouver du manchego dans le frigo d'un vulgaire membre d'une fratrie.

– Tu sais que je t'aime, lance-t-il avec un sourire de plus en plus éclatant.

Nous arrivons au niveau de la porte. Mon cœur se serre un peu en percevant la sincérité dans sa voix. Reid est une si belle personne. Jamais je ne risquerais de le perdre pour quelque chose d'aussi trivial que du sexe.

– Ouais. Je sais.

– Alors, tu dois aussi savoir qu'on peut plaisanter sur ce qui s'est passé. Ça nous rapprochera peut-être encore plus.

– Peut-être. (Je tapote sur son ordinateur.) Mais si notre objectif est de rencontrer d'autres personnes, tu dois terminer de répondre aux questions ce soir et m'envoyer tes réponses demain matin pour que je te donne mon feu vert.

Il baisse les yeux vers moi avec un immense sourire. Bon sang, Reid Campbell est sacrément craquant.

– Oui, Madame.

J'ouvre la porte et le pousse dehors.

– Et assure-toi que les mecs le fassent aussi. J'ai hâte de tous vous juger.

– Il sera fait selon tes désirs, crie-t-il.

Lorsqu'il disparaît dans l'embrasure de la porte, je me sens libre de disparaître dans ma chambre.

Chapitre 4

Reid

Millie Morris
Les mecs. Sérieusement.

Christopher Hill
Quoi ?

Reid Cambell
Quoi ?

Millie Morris
Vos profils sont nuuuuuls.

Alex Ramirez
Il y avait au moins 600 questions !

Millie Morris
Je suis au courant. J'y ai répondu moi aussi.
Je parle plus spécifiquement de votre présentation.

Stephen (Ed) D'Onofrio
J'ai passé au moins deux heures dessus !

Millie Morris
Vraiment Ed ? Deux heures ?

Stephen (Ed) D'Onofrio
Presque.

Millie Morris
Je vais copier-coller le meilleur exemple,
qui est celui de Chris.

Christopher Hill
Eh ouais, les mecs !
Apprenez du meilleur.

Christopher Hill
Bon, je dois filer, j'ai une réunion.
Je reviens dans 1 heure.

[Christopher Hill a quitté le chat]

Millie Morris
Il est parti avant de réaliser qu'il devra aussi tout réécrire.

Reid Cambell
Hé, ma description n'est pas si terrible.

Millie Morris
Si, Reid, elle est T E R R I B L E. Tu as reformulé le résumé de ton CV. Aucune femme n'a besoin d'entendre parler de névrite optique avant, genre, le quatrième date. OK, voilà ce qu'a écrit Chris :
Je suis divorcé, 29 ans, 1m90, et professeur de chimie à l'Université de Santa Barbara. J'aime courir, brasser ma propre bière et les Golden Bears de Californie.

Reid Cambell
Il a oublié de mentionner les coqs.

Millie Morris
Il a oublié de mentionner, genre, tout ce qui est intéressant chez lui.

Stephen (Ed) D'Onofrio
Attends, qu'est-ce qui ne va pas dans cette présentation ?

Reid Cambell
Ed, tu n'es pas censé aider Shaylene à transfecter ses cellules ?

Stephen (Ed) D'Onofrio
Merde.

Alex Ramirez
Lol, l'inconvénient de chatter avec ton boss.

Millie Morris
Chris a opté pour une approche minimaliste. Alex, tu as préféré l'approche exhaustive. Je peux vous assurer que ces choix sont également mauvais pour des raisons entièrement différentes. Ed, ta description comprenait 700 fautes de frappe.

Stephen (Ed) D'Onofrio
Désolé d'être celui qui doit te l'annoncer, mais 90% des profils sont comme ça. La plupart des gens écrivent sur leur téléphone.

Millie Morris
Je suis tellement vieille.

Stephen (Ed) D'Onofrio
Tu devrais peut-être les écrire pour nous.

Millie Morris
Euh, PARDON ?

Stephen (Ed) D'Onofrio
C'est ton rayon et tu as l'air de beaucoup tenir à ce que nos présentations soient bien écrites.

Reid Cambell
Ed. Cellules. MAINTENANT.

Millie Morris
Je refuse d'être la femme organisée et lettrée qui résoudra ton chaos masculin.

[Stephen (Ed) D'Onofrio a quitté le chat]

Reid Cambell
J'ai du mal à croire à ce que je vais écrire, mais il n'a pas tort.

Millie Morris
EUUUUUUH

Reid Cambell
S'il te plaît, Mills ?
Je t'invite à déjeuner.

Millie Morris
Tu me dois déjà un déjeuner.

Reid Cambell
Deux déjeuners alors.
Tu peux porter un jogging demain.

Millie Morris
Non.

Alex Ramirez
S'il te plaît, Millie.

Millie Morris
Non !

Alex Ramirez
C'est une bonne idée Mills !

Millie Morris
Non !

Je sens que la victoire est proche – Millie est sur le point de craquer –, mais la sonnerie de mon téléphone m'ôte la possibilité de continuer à la supplier. Mon sourire s'évanouit lorsqu'une photo de ma mère apparaît sur l'écran. Sur la photo, elle se trouve devant notre maison de famille, porte une chemise en jean élimée, un pantalon kaki, des bottes en caoutchouc lui arrivant au genou. Ses longs cheveux gris sont attachés par un ruban. Nous avons toujours eu une bonne relation, mes parents, Rayme et moi. Mais il y a trois mois, à Noël, à l'occasion d'une longue promenade dans notre vignoble familial, ma mère a commencé à me parler de ses problèmes de couple. J'ignore si elle a été prise d'un coup de folie ou si elle a soudain décidé qu'en tant qu'adulte, j'étais prêt à devenir son confident. Non seulement j'ai dû l'écouter se plaindre du manque de relations sexuelles avec mon père mais elle m'a raconté qu'il ne lui faisait plus de compliments, et j'ai dû la raisonner quand elle a commencé à évoquer une possible liaison avec la femme vivant au bout de la rue, une artiste de quarante ans du nom de Marla qui crée des sculptures avec ce qu'elle trouve dans son jardin : des brindilles, des feuilles... des rongeurs.

Donc ces derniers jours, malheureusement, tout appel de ma mère déclenche chez moi une légère nausée.

– Salut, maman.

Elle ne semble pas être d'humeur à papoter.

– Quel soir arrives-tu pour la fête ?

Je me fige – à quoi fait-elle référence au juste ? –, en regardant vaguement les messages du chat apparaître sur mon écran. Finalement :

– Pardon ?

– Ton anniversaire. Je suppose que nous le célèbrerons ici ?

– J'avais pensé me contenter de boire des verres avec des amis, ou autre.

– C'est sans doute un jour d'anniversaire anodin pour toi, mais il y a trente-deux ans, commence ma mère avec des trémolos dans la voix, j'ai mis au monde le plus...

– D'accord, maman.

– ... beau bébé...

– Ouaip. D'accord.

– Vingt-sept heures de travail, me rappelle-t-elle. Tu pesais quatre kilos trois cents ! As-tu idée de ce que ça représente ? Oh, je me suis *déchirée.*

Je me frotte les tempes.

– Merci d'avoir enduré tant de souffrances.

– Donc si tu crois que tu vas le célébrer avec quelqu'un d'autre, tu te mets le doigt dans l'œil.

– OK, laisse-moi jeter un coup d'œil à mon agenda. (Je ferme la fenêtre du chat, entrapercevant un gif de Kristen Bell faisant semblant de se mettre du rouge à lèvres avec son majeur, envoyé par Millie, et ouvre mon calendrier.) Le 2 avril tombe un lundi.

– Viens ce week-end-là. Invite Chris. Et Millie.

Ces mots réduisent à néant le dernier soupçon d'espoir que j'avais de m'épargner cette épreuve.

– Mais si j'invite Chris et Millie, il faut aussi que j'invite Alex et Ed.

Ma mère tolère *à peine* Alex qui, entre autres, a réussi à faire virer toutes ses serviettes blanches d'invités au vert, et Ed, que ma mère a accidentellement vu nu à trois reprises.

Elle soupire.

– D'accord. Juste cette fois, mais pas de courses-poursuites en tenue d'Adam dans le vignoble.

Je souffle longuement et cède.

– Je ferai ce que je peux, mais tu sais qu'ils sont difficiles à contrôler.

Je pensais avoir atteint tout ce que j'aurais à endurer aujourd'hui jusqu'à ce qu'elle me dise :

– Avec un peu de chance, d'ici-là, ton père se sera magné le cul.

Dépité, je parviens seulement à lâcher :

– Oh ?

– J'ai acheté de la nouvelle lingerie, mais il a encore...

Mes organes internes s'entremêlent et les mots m'échappent.

– Oh merde, je suis en retard pour un rendez-vous, maman.

Absolument pas perturbée par mes salutations abruptes, elle embrasse le combiné.

– Bisous bisous, Reidy.

Ce n'était *techniquement* pas un mensonge. Je dois assister à une réunion... qui débute dans quinze minutes. Ce qui me laisse suffisamment de temps pour boire un café et passer prendre Ed au labo.

Il me retrouve dans le couloir et ignore délibérément mon regard acerbe lorsque je le surprends en train de balancer sa blouse sur la chaise la plus proche de la porte.

Je demande :

– Shaylene est prête ?

Il acquiesce.

– Ce sont juste des cellules HEK, Reid, et Shaylene est super forte. Elle n'avait pas vraiment besoin d'aide.

Shaylene est peut-être « super forte », mais c'est sa première année dans mon labo, avec une expérience pratique minimale à son actif. Dans la mesure où Ed affirme aspirer à commencer un post-doc avec moi, il est devenu le mentor des nouveaux étudiants de troisième cycle. Mais il oublie parfois que la biologie moléculaire n'est pas innée pour tout le monde.

– En outre, il faut que je travaille sur mon texte à rédiger pour Millie.

Il me faut quelques secondes pour comprendre ce qu'il vient de dire.

– Le *profil pour les sites de rencontre* ?

Il passe une main dans ses boucles, tendu. Je remarque qu'un peu de sueur perle à la racine de ses cheveux.

– Ouais.

– Ed, je crois que tu prends ça un peu trop au sérieux.

Il s'arrête près de la fontaine à eau et commence à boire bruyamment. Lorsqu'il se redresse, il essuie l'eau qui lui coule sur le menton.

– Chris m'a fait stresser, mec. Regardez-vous, les gars ! Et si je suis le seul à ne pas trouver de fille ? Il s'agit de Chris – M. Chris le Chimiste à la voix grave – et de toi – M. Le Geek de la Neuro au corps de Maître-Nageur –, sans oublier Alex – le Latino sexy qui baise des filles dans la chambre noire tous les jours. Et puis il y a moi. Une sorte de Seth Rogen[5] en encore plus blafard.

Je m'apprête à lui répondre qu'en réalité, il ressemble plus à Zach Galifianakis, mais je marque un temps d'arrêt en passant devant la chambre noire en question. La pancarte EN SERVICE est éclairée à l'extérieur.

– Attends, qu'as-tu dit sur Alex ?

– Mec, tout le monde sait que c'est là qu'il baise, disons, tout le temps. (Ed esquisse un geste de la main et m'arrête à l'extérieur de la salle de conférences.) Mais que se passera-t-il si j'accepte et que vous terminez tous avec des cavalières pour le gala, puis que ces cavalières deviennent vos compagnes. Et moi, qu'est-ce que je deviens là-dedans ?

Je réalise soudain que ce n'est pas anodin pour Ed. Au fond, ce savant fou potelé a vraiment envie de rencontrer quelqu'un et de construire une relation durable. Mais comme je ne pense pas qu'il apprécierait la tournure condescendante de ces pensées, je lui tapote l'épaule, rassurant, et opte pour la désinvolture.

– Tu trouveras quelqu'un. Et dans le cas contraire, il te reste encore les Cheetos et *Madden NFL 18* sur ta PlayStation 4.

– Ta gueule, mec !

---

5. Acteur et humoriste canadien aux cheveux parfois hirsutes.

Heureusement, seule une autre personne a pu nous entendre. Malheureusement, c'est le directeur du département de neurobiologie, Scott Ilian. Il lève les yeux, remarque qu'il ne s'agit que de Ed, puis reprend sa lecture de l'article de journal devant lui.

– Messieurs.

Les réunions de l'université sont tellement ennuyeuses que même moi, bourreau de travail notoire, ai souvent envie de m'achever pendant les interventions. Chaque semaine, des professeurs émérites viennent pour continuer à se sentir importants, mais surtout pour s'écouter parler, en général des nouvelles politiques du département dont ils ne savent rien et qui n'auront pas le moindre impact sur leur vie de retraité. Les nouveaux membres de l'université qui ont à cœur d'être vus et entendus demandent avec ferveur des outils technologiques qui ont déjà été pris en considération et rejetés ou dont l'utilisation ne peut pas être justifiée que pour un ou deux laboratoires accessoirement. Arrive toujours le moment où des décisions sont prises, faisant l'unanimité, mais pour lesquelles tout le monde veut mettre son grain de sel. Résultat : dix personnes disant la même chose, se paraphrasant les unes les autres.

Au bout de quarante minutes, en pleine Phase de Paraphrase, je prends une profonde inspiration et jette un regard circulaire dans la pièce.

Norm McMaster, le plus vieux membre de la faculté, doté d'oreilles de la taille de chaussures, s'est assoupi et dodeline de la tête. Anika Stark, la seule neuroendocrinologue du département, fusille du regard son ennemi juré/plan cul, Isaac Helm, actuellement en train de reformuler l'argument de Scott sur la nécessité de rendre les critères d'admission plus sévères. Annika a récemment dû exclure un étudiant de sa classe parce qu'il n'avait pas eu la moyenne deux semestres de suite, Isaac est clairement en train de lui chercher des noises, espérant déclencher une dispute qui se transformera ou ne se transformera pas en sexe un peu plus tard.

Installé à sa place habituelle au fond de la salle, Ed joue discrètement à *Clash of Clans* sur son téléphone. Mon écran s'illumine : un message d'Alex, seulement adressé aux autres mecs et à moi.

Les gars, vous avez vu ce que Millie a envoyé ?

Chris répond quelques instants plus tard.

Ces profils sont bien.

Je glisse mon téléphone sur la table, en résistant à l'envie de consulter tout de suite mes mails. Millie a-t-elle fini par réécrire nos descriptions, après tout ? Et si elle s'est chargée de la mienne... est-ce bizarre ? *Mon nom est Reid Campbell, j'ai 31 ans, je mesure 1m88, et quand je ne suis pas bêtement en train de bosser comme un fou, j'aime courir, préparer des barbecues et faire délicieusement l'amour à ma meilleure amie ?*

Lorsque je retourne dans mon bureau, je vois qu'en réalité, c'est bien, bien mieux que ça.

De : Morris, Millie <Morris.Millie@ucsb.edu>
À : Campbell, Reid Campbell.Reid@neuro.ucsb.edu>
Objet : BON.

J'ai écrit ta description parce qu'elle m'est venue toute seule et puis j'ai réalisé que je devais toutes les écrire parce que c'est ma personnalité et que je suis bien trop sympa avec vous quatre. Si tu n'aimes pas la tienne, ne me dis rien. J'ai juste perdu une heure à les écrire.
Mills

J'ai grandi dans un vignoble et je vis près de l'océan, et pourtant je suis un ignare en matière de vinification et de surf. Mais j'adore les activités de plein air : la randonnée, la voile, même aller à la plage avec des amis. La liste des endroits que j'ai envie de visiter mesure un kilomètre de long. Certains week-ends, je décompresse chez moi, devant Netflix, et d'autres, je me lance dans un road-trip avec mes amis pour dénicher les meilleures bières artisanales de la région. J'ai couru plusieurs marathons, mais je ne résiste jamais à une pâtisserie ou à un barbecue. On me considère sans doute vieux jeu en matière de drague – je pense qu'un premier rendez-vous ne peut avoir lieu qu'autour d'un dîner, pas seulement devant un verre –, mais j'ai été élevé par une femme qui pense qu'un homme doit prendre son temps et se faire respecter, et je suis d'accord. Je suis complètement fou de mon travail, mais je cherche quelqu'un pour m'aider à vivre des aventures en dehors du monde professionnel. Si vous pensez qu'on pourrait s'entendre, j'adorerais recevoir un message de votre part.

Je relis le texte une fois, puis encore une autre. C'est simple mais... bien mieux que ce que j'aurais pu inventer tout seul.

Je me souviens du jour où je me suis pointé chez Millie l'été dernier, d'humeur à filer sur l'autoroute les fenêtres ouvertes et la musique à fond.

Nous avons pris la route de San Luis Obispo et avons découvert une petite brasserie là-bas, mangé quelques burgers, bu des IPA acidulées, puis sommes repartis, plus calmes sur le chemin du retour, le ventre plein, cheveux au vent, Tom Petty en fond sonore. C'était une journée parfaite avec la personne parfaite.

Et je me souviens de la fois où nous avons essayé de surfer tous les cinq, et que seul Chris a réussi à se lever sur sa planche. Nous avons tous abandonné, et nous l'avons observé depuis le sable chaud. Millie était à côté de moi, elle portait un deux-pièces bleu. Elle n'avait pas pris la peine d'étaler sa serviette ; son ventre et ses jambes étaient saupoudrés de sable, elle avait les yeux fermés et le visage incliné vers le ciel. Notre amitié était toute fraîche ;

sa rupture avec Dustin datait seulement de quelques semaines en arrière et c'était la première fois que nous en parlions ouvertement. Après beaucoup de sollicitations de ma part, elle m'avait confié les absences de Dustin, l'impression bizarre que lui procurait le célibat, et son soulagement de ne plus vivre avec une personne aussi colérique.

Entre les lignes de cette description se profilent nos moments passés ensemble, à l'exception d'un : j'ignore comment elle sait que je ne peux pas envisager de rencontrer une femme dans un bar, ou qu'un premier date autour d'un café me semble étrange. Me déchiffre-t-elle aussi profondément ? Voire à un niveau auquel je n'ai pas accès moi-même, et qui comprend mieux que la propre conscience que j'en ai de mon côté, la gêne que je ressens en pensant que Millie a aussi écrit un profil sur *elle* pour que d'autres le lisent.

Je ne suis pas prêt à être aussi affecté par cette information. Ces pensées me donnent une nausée qui ressemble à ce que j'ai ressenti un peu plus tôt en parlant à ma mère, le sentiment que *tout sonne faux*. Je me frotte les yeux et ouvre le chat des mecs.

Reid Cambell
Ok, le profil que Millie m'a écrit est assez bien.

Christopher Hill
Voyons voir.

Reid Cambell
Le tien aussi. Voilà le mien…

Je colle le texte et lis les leurs lorsqu'ils s'affichent sur l'écran.

Christopher Hill
Mes amis diraient que je suis le plus calme du groupe et même si je crois que c'est vrai, j'ai parfois l'impression de brûler de tellement de curiosité que je ne sais pas si je pourrai un jour prendre ma retraite. J'ai un labrador argenté qui s'appelle Maisie et c'est actuellement l'amour de ma vie, mais il y a de la place pour quelqu'un d'autre. Avoir épousé (puis divorcé de) mon amour de lycée ne me fait pas douter des relations, mais m'a appris que trouver la bonne personne n'est pas facile et que nous évoluons constamment, en même temps que le monde qui nous entoure. Je suis un grand fan de l'équipe des Golden Bears de Californie, des coqs sous n'importe quelle forme, du vélo de route, et suis capable de rouler cent kilomètres pour trouver le meilleur donut.

Christopher Hill
La remarque sur le coq va disparaître, mais en dehors de ça… c'est plutôt pas mal.

Alex Ramirez
Avoir réussi à la placer fait d'elle une reine. Voilà le mien : *Tellement de gens clament à qui veut l'entendre à quel point ils sont décontractés. Je serai honnête : ce n'est pas du tout moi. J'adore attirer l'attention et en devenir le centre. J'ai grandi sur un VTT à Huntington Beach et je passe le plus clair de mon temps à faire du vélo dans les collines qui entourent Santa Barbara. J'adore cuisiner, j'adore manger et j'adore danser jusqu'au bout de la nuit aux mariages. Mais ne vous inquiétez pas, je ne cherche pas quelqu'un qui ait les mêmes goûts que moi, plutôt une personne qui se connaisse, à qui je convienne et qui soit prête à sortir de sa routine pour s'éclater.*

Stephen (Ed) D'Onofrio
Et par s'éclater, tu veux dire baiser.

Alex Ramirez
100% !

Reid Cambell
Ed, où est le tien ?

Stephen (Ed) D'Onofrio
Je vis dans l'un des endroits qui fourmillent le plus d'activités en Californie, mais je dois admettre que je suis un peu casanier. Ne vous y trompez pas, j'adore les activités de plein air, mais j'en préfère toujours la version paisible : la plage à la tombée du jour, les rivages arborés, les collines au crépuscule. Certaines personnes trouvent leur bonheur en vadrouillant, moi je suis heureux dans mon labo ou avec mes amis proches, autour d'un bon repas, en faisant des plaisanteries. Je ne serai peut-être jamais le premier à franchir la ligne d'arrivée mais j'aurai ri pendant tout le voyage. Sincèrement, je cherche quelqu'un qui ait envie de se bidonner à mes côtés.

Reid Cambell
Waouh. Ces descriptions sont top.

Christopher Hill
Quelqu'un a lu celle de Millie ?

Stephen (Ed) D'Onofrio
Non.

Christopher Hill
De toute façon, si on se lance maintenant, on verra bientôt le sien apparaître, n'est-ce pas ?

Stephen (Ed) D'Onofrio
Pas nécessairement parce que même si elle le met en ligne, les hommes ne peuvent pas consulter l'intégralité du profil des femmes à moins qu'elles leur en donnent l'accès. Donc tu dois aimer sa photo et le résumé de son profil et attendre qu'elle t'en donne l'accès.

Reid Cambell
Nous le donnerait-elle ? À nous ?

Christopher Hill
Enfin, on ne compte pas sortir avec Mills, donc peut-être pas.

Alex Ramirez
Et pourquoi pas lui demander de te l'envoyer, espèce d'idiot ?

Reid Cambell
OK, je vais l'ajouter.

[Millie Morris a rejoint le chat]

Millie Morris
Salut les tocards !

Reid Cambell
Ces descriptions sont incroyables.

Millie Morris
Je sais ! Je suis très forte.

Alex Ramirez
Envoie-nous la tienne.

Millie Morris
Alex, je t'en prie.
Pas avant de m'avoir invitée à dîner.

Alex Ramirez
Oh, mon trésor, je t'inviterai à dîner ET t'offrirai le dessert, si tu vois ce que je veux dire.

Millie Morris
Eh bien, ça dérape vite.

Reid Cambell
Dans la chambre noire, n'est-ce pas, Alex ?

Alex Ramirez
Hein ?

Millie Morris
Hein ?

Reid Cambell
Laissez tomber. Mills, envoie-nous ta description.

Millie Morris
OK attendez. Après je dois filer en cours…
Très bite : Je vous laisse apprécier par vous-mêmes. *« Il vaut mieux allumer une chandelle que maudire l'obscurité. » Eleanor Roosevelt. J'ai toujours été attirée par l'excentricité, le bizarre, l'incroyable. Je suis une amoureuse des livres et de la plage, du cinéma et du désordre. Si tu veux en savoir plus, contente-toi de demander !*

[Millie Morris a quitté le chat]

Christopher Hill
… une citation d'Eleanor Roosevelt ? Millie est-elle lesbienne ?

Reid Cambell
Pas que je sache, mais maintenant je remets tout en question.

Alex Ramirez
Mmm. Je sens que la dernière phrase pourrait donner des résultats intéressants dans la boîte de réception de Millie.

Reid Cambell
Donc je ne suis pas le seul à avoir été déçu ?

Christopher Hill
L'un de nous est-il étonné qu'elle ne dévoile rien de personnel ?

Stephen (Ed) D'Onofrio
Elle s'attend peut-être à ce que les mecs soient lourds donc elle partage moins de choses sur elle ?

Christopher Hill
Peut-être.

Stephen (Ed) D'Onofrio
Quelqu'un devrait lui dire que c'est nul. PAS MOI.

Christopher Hill
Pas moi.

Alex Ramirez
PAS MOI.

Reid Cambell
W A O U H.

Stephen (Ed) D'Onofrio
Quoi ? Tu es son préféré.

Reid Cambell
Ça vous étonne ?

Reid Cambell
Donc on se lance ? Je dois me remettre au travail.

Stephen (Ed) D'Onofrio
Mon profil est prêt. Je vais utiliser la photo que Chris a prise de moi l'été dernier.

Christopher Hill
Celle où tu es déguisé en Grimace[6] ? Je ne crois pas que ce soit une bonne idée.

6. Grimace : grand monstre violet doté de plusieurs bras, utilisé dans la stratégie marketing des restaurants McDonald's.

Stephen (Ed) D'Onofrio
Non, celle où je suis sur ta terrasse, espèce d'enfoiré.

Christopher Hill
À peine mieux.

Alex Ramirez
Je mets en ligne dans 3… 2… 1…

Reid Cambell
C'est parti.

Stephen (Ed) D'Onofrio
Oh et « bite ». Tout le monde a remarqué qu'elle a encore tapé bite ?

Alex Ramirez
Millie tout craché.

Reid Cambell
Un peu de concentration.

Chapitre 5

Millie

Mon téléphone sonne avant même que le soleil ne soit levé.

Enfin, *sonne* n'est pas tout à fait exact ; c'est une vibration incessante qui vient d'un lieu incertain dans le lit. J'essaie de rouler sur moi-même avant de réaliser que je suis entortillée dans les draps et que m'en extraire risque de s'avérer difficile, j'ai des fourmis dans les bras, l'esprit embrouillé et je ne suis pas encore prête à quitter mon rêve avec Chris Hemsworth.

Dans le rêve, je lui demandais de rester après les cours et il entrait dans mon bureau en refermant la porte derrière lui. En temps normal, je serais horrifiée par ce genre de rêve étudiant-professeur, mais comme j'étais habillée en Prof Sexy, et Chris Hemsworth en Thor (un *Thor : Ragnarok* aux cheveux courts, pour être exacte), je suis prête à fermer les yeux sur ces détails.

Je plains la personne qui a le culot de me tirer de ce rêve merveilleux à – je plisse les yeux en direction de l'écran – *5 heures 30 du matin,* parce que je vais la tuer.

Les mains tremblantes, je parviens à décrocher, les paupières toujours fermées. Je croasse :

– Allô ?

– Salut Millie.

Ma sœur. Ma sœur qui a des jumeaux de six mois et qui suppose que tout le monde est debout à l'aube.

– Je voulais t'avoir avant que tu partes en cours.

Je parviens laborieusement à me mettre sur le côté. Pas sûre que ce soit une grande amélioration.

– Mon premier cours est à 9 heures, Elly. (Je me frotte les yeux.) Il n'est pas encore 6 heures.

– Oh oups, chantonne-t-elle.

En fond sonore, j'entends de l'eau couler et sans doute des bruits de vaisselle dans l'évier. Elly est toujours en action, elle fait toujours au moins deux choses à la fois, ce qui explique que je sais qu'elle ne m'a pas appelée juste pour prendre de mes nouvelles. Ce n'est pas vraiment notre truc, de toute manière.

– Désolée. Je voulais savoir si tu avais consulté ton agenda ou pensé à ce que je t'avais dit.

La culpabilité me submerge soudain.

Malgré ce que j'ai affirmé à Reid, la maladie de Parkinson de mon père est grave. Certains jours, il arrive à peine à bouger le matin. Son neurologue pense qu'une opération pourrait aider à stimuler certaines zones de son cerveau. Avec ses deux bébés et sa vie surchargée à Seattle, Elly a besoin d'aide. Elle voudrait que son unique sœur fasse ce qu'elle sait que je peux faire : prendre tout l'été pour m'occuper de mon père après l'opération, histoire de la laisser un peu respirer.

Le problème, c'est que l'idée de retourner dans ma ville natale provoque une vague de panique en moi et m'empêche de respirer. Je n'ai pas envie de rentrer à la maison.

J'ai six ans de plus qu'Elly, nous n'avons donc jamais été camarades de jeu. J'étais le vilain petit canard de ma mère – dans mes bons jours, j'étais joueuse et polissonne ; dans les mauvais, j'étais têtue comme une mule. Elly, au contraire, était calme et studieuse, fiable. Je voulais présenter un reboot[7] des *Enquêtes extraordinaires* arrivée à l'âge adulte ; Elly voulait être infirmière.

J'avais douze ans quand ma mère est morte, Elly seulement six, et soudain, je suis devenue la deuxième personne la plus âgée de la maison. Nos six années de différence d'âge signifiaient que j'étais la baby-sitter, la cuisinière, la femme de ménage, la grande sœur, celle sur qui mon père pouvait compter. Si j'avais eu le tempérament d'Elly, tout aurait été beaucoup plus facile, je le comprends maintenant.

Mais j'étais aussi folle de douleur. Je me souviens de chaque détail concernant ma mère : son rire, son sourire, ses câlins affectueux. Franchement, je ne savais pas comment me comporter, comment supporter le quotidien et me construire sans mère. Elly était presque trop jeune pour avoir une telle lucidité et je vivais comme une injustice l'obligation de m'occuper d'elle alors que j'avais tellement besoin qu'on s'occupe de moi. J'étais à peine capable de démêler mes sentiments, je pouvais encore moins aider un autre enfant à faire de même.

Elly posait des questions sur notre mère – ce qui s'était passé, quand elle reviendrait, si elle avait eu mal –, et mon père changeait de sujet, donc je m'efforçais de lui répondre autant que possible. Je lui racontais que maman était tombée malade, qu'elle ne reviendrait pas, mais que moi, j'étais là. Je lui disais qu'elle n'avait sans doute pas souffert longtemps et que maman nous aimait plus que tout au monde. Mon père pensait sans doute nous protéger en nous cachant le fait que la mort de notre mère avait été rapide et douloureuse, ou c'était peut-être simplement pour lui trop difficile d'y faire face lui-même. Quoi qu'il en soit, la maison manquait d'oxygène depuis la disparition de ma mère. Quelques années plus tard, Elly avait arrêté de poser des questions

7. Reboot ou « redémarrage », terme qui désigne une nouvelle version d'une série de films, d'un jeu vidéo ou d'une série télévisée.

et nous étions tous devenus vraiment, vraiment taciturnes. On aurait dit que mon père attendait juste que nous soyons en âge de quitter le nid.

Je ne peux pas expliquer ce sentiment de n'avoir de lien avec personne. Dans l'un de mes rêves récurrents, je suis au milieu d'un océan, je peux voir des kilomètres de mer dans toutes les directions, mais il n'y a personne autour de moi.

Après avoir fêté mes dix-huit ans, je suis pratiquement partie en courant.

Elly est restée à Seattle pour étudier et s'est mariée, transformant son deuil en ce dont elle avait besoin : un ancrage et une famille. Sa relation avec notre père est-elle différente parce qu'il a été son parent principal pendant la majeure partie de sa vie ? Peut-être. Mais maintenant, après s'être chargée de tout ces douze dernières années, Elly, ma sœur douce et patiente, perd patience avec moi.

– Je ne dis pas que tu devrais te réinstaller ici. Mais tu devrais au moins revenir *plus souvent.* Rester un peu plus qu'un week-end. Je pense que l'été pourrait nous faire du bien, à nous tous.

– Je dois rendre mon manuscrit à la fin de l'été. J'ai besoin de temps pour m'y mettre. (C'est vrai, mais c'est aussi une excuse qui arrive à point nommé. À en juger par son silence à l'autre bout de la ligne, nous le savons toutes les deux). Attendons de voir si j'arrive à avancer suffisamment d'ici là pour aviser.

– Merci, Millie.

Je sens à quel point ma sœur voudrait se réjouir pour moi, mais la déception plane dans sa voix.

– Je te donnerai des nouvelles dès que j'en saurai plus. (Je roule à nouveau sur le dos et regarde le plafond. De la lumière bleu-gris se fait jour à travers les rideaux. Cette couleur morne reflète mon humeur). Comment va-t-il ?

– Il… (Elle referme l'eau et le silence se fait tandis qu'elle choisit ses mots. Si attendre sa réponse m'angoisse autant, que vit-elle au quotidien ?) Ce n'est pas la grande forme.

Plus lent maintenant, et moins autonome. Il n'a plus du tout d'équilibre, donc on commence à considérer la possibilité de chercher une autre maison. Sans escaliers.

Jared et Elly ont acheté leur maison juste après leur mariage. La situation doit avoir beaucoup empiré s'ils considèrent qu'il leur faut la vendre.

– Je peux aussi t'aider avec les frais. (Je déglutis avec difficulté.) J'aurai reçu une partie de mon avance d'ici là, elle est à toi si tu en as besoin.

Deux donuts Cocoa Krispies améliorent incroyablement mon humeur quand j'arrive à la fac, mais ma conversation avec Elly continue à me hanter comme un film nuageux à travers la vitre. Je sais que j'ai fait de mon mieux pendant mon enfance, mais j'ai l'impression d'être devenue une connasse égoïste à l'âge adulte. Elly a besoin de moi. Mon père a besoin de moi. Pourtant, honnêtement, je préférerais marcher sur des braises plutôt que de passer l'été dans ma ville natale.

C'est par instinct que j'arrive, un café dans chaque main, devant le bureau de Reid. Je dois ouvrir la porte avec le pied. Il est en train de terminer un appel, le téléphone coincé entre le menton et l'épaule, et gribouille rapidement des notes.

Le plus correct serait d'attendre dehors ou de lui suggérer de me retrouver plus tard, mais Reid et moi n'avons jamais jugé nécessaire de fixer des limites – c'est assez évident –, donc je pose son mug devant lui et m'assois en attendant qu'il raccroche. Je ne suis pas vraiment d'humeur à discuter, mais si je m'enfermais dans mon bureau, je me sentirais encore plus mal.

Étant donné l'esprit tatillon de Reid, le désordre de son bureau me surprend. Au-delà des boules de papier habituelles en attente d'être jetées dans une poubelle, des copies d'élèves et des livres, comme Reid prend compulsivement des notes, il y a des Post-it et des morceaux de feuille partout, des notes scotchées à son écran d'ordinateur, à la fenêtre, aux murs. Il a accroché un tableau de liège à portée de main, qui est tellement chargé de papiers, de rapports et de gribouillis que je me demande comment il ne s'est pas encore effondré.

À côté de son ordinateur se trouve le dessin d'un cerveau – pas seulement un croquis, une illustration anatomiquement correcte – avec des flèches et des mots comme *limbique* et *colliculus supérieur.* Voilà pourquoi on ne joue plus à *Draw Something* : Reid va toujours trop loin. Le Post-it juste sous le dessin exhibe le prénom *Lillie* et un numéro de téléphone calligraphié avec des cœurs.

Ai-je déjà entendu parler d'une Lillie ?

– Désolé de t'avoir fait attendre. Ça va ?

Je sursaute, renversant un peu de café sur son bureau. Je ne l'ai même pas entendu raccrocher.

– Merde. Quoi ?

– Tu... as une drôle de tête.

Il semble impressionné.

Mes yeux se posent sur le numéro de téléphone épinglé puis reviennent vers le bureau, que j'essaie sommairement d'éponger avec mon unique serviette.

– Ouais. Complètement. Je suis ailleurs.

Reid me dévisage avec un sourire curieux avant de me tendre des mouchoirs. Il saisit sa tasse.

– Merci. Je voulais prendre un café ce matin, mais je n'ai pas eu le temps.

– Avec plaisir.

Il sirote une gorgée et se brûle la langue.

– PS : c'est chaud, dis-je, avant de jeter les mouchoirs dans la corbeille à ses pieds. Dure matinée ?

– On peut dire ça. Je suis venu récupérer des copies et plusieurs élèves m'ont coincé pour me demander un délai supplémentaire. *Mais* je suis content de te voir. (Il me dévisage plus intensément maintenant.) Tu es sûre que ça va ?

– Oui, Reid.

– Tu as l'air... exténuée.

– Dis donc, tu me fais du charme ou quoi ?

– Sérieusement, que t'arrive-t-il ?

– Rien, je te promets.

Il me fixe, sceptique, pendant une, deux, trois secondes, avant de secouer la tête.

– OK, peu importe. Je voulais te montrer quelque chose.

Il saisit son téléphone et me montre l'écran.

Je me penche.

– Bon sang, Reid. Tu as quatre-vingt-dix-huit actualisations à faire ? Amazon, OpenTable, Facebook... qu'est-ce qui ne tourne pas rond chez toi ?

– Regarde, Millie. (Il désigne une icône bleue avec une bulle rouge de notifications.) L'application IRL. J'avais dix-huit notifications au réveil.

– Des notifications de... ?

Il pense clairement que je vais deviner, parce qu'il n'ouvre pas la bouche pendant quelques secondes supplémentaires avant d'abandonner.

– Tu n'as pas fait un tour de l'application quand tu l'as téléchargée ?

J'esquisse un geste signifiant qu'il devrait connaître la réponse à cette question.

– Bien sûr que non.

Il rit :

– OK, ça signifie que dix-huit filles ont partagé leur profil avec moi.

– Oooooh.

Je fouille dans mon sac accroché au dos de la chaise et sors mon propre téléphone. Je n'avais même pas pensé à regarder.

– J'ai tout rempli sur mon ordinateur. (Je lui montre l'écran.) Oh, regarde. Je n'ai même pas encore téléchargé l'application.

– D'après Ed, tu ne vas plus lâcher ton téléphone. (Il lève le menton.) Cherche-la dans l'App Store.

– Oh, oh, tout doux avec le langage technique. (Je fais mine d'écarquiller les yeux.) Tu peux me l'écrire, Monsieur je-sais-tout ?

– Seigneur, Millie.

– Je sais comment fonctionne un iPhone, Reid.

Il se penche en arrière et pousse un soupir patient avant de continuer à faire défiler ses propres messages.

– Il y en a une qui parle français et donne des cours de plongée, lance-t-il fièrement en zoomant sur la photo.

Une fois l'application téléchargée, j'entre mon nom d'utilisateur et mon mot de passe.

– Comment cela fonctionne-t-il exactement ? Il ne faut pas swiper à droite, n'est-ce pas ? Ça semble terrible.

– Tu te rends compte que tu étais là quand on en a parlé ?

Je souris au-dessus de ma tasse de café.

– Je n'écoutais probablement pas. Ça m'arrive fréquemment avec toi.

– Comme je l'ai mentionné *avant,* les hommes voient seulement un résumé des informations et une vignette de ta photo. Ils ne peuvent pas consulter ton profil en entier avant que tu ne les approuves. Ce qui signifie que tu recevras sans doute des demandes.

– Mais pas dix-huit...

Reid m'ignore et, comme il fallait s'y attendre, une alerte me signale que j'ai des messages non lus. Je suis surprise par la montée d'excitation causée par cette petite bulle rouge.

– J'ai douze demandes en attente.

Reid hausse les sourcils, impressionné.

– Pas mal, Mills. Ed en avait quatre.

– Tu me compares à Ed maintenant ? Attends, quelle photo de profil a-t-il utilisée ? A-t-il mis celle en peignoir où il prend la pose de Captain Morgan ?

Ed, qui voulait porter une toge comme dans *American College* pour la photo de l'université.

– Oui.

– Et tu es surpris que j'aie plus de succès que lui ? Reid. Allons...

– Je dis qu'avec des informations aussi limitées et seulement une vignette pour voir ton joli visage, douze, ce n'est pas si mal.

– Quelle photo de profil as-*tu* utilisée ? Celle avec le tee-shirt FBI ?

Je commence à me tordre de rire. Je ne me remettrai jamais de la fois où Reid a dû emprunter un tee-shirt d'Alex quand le sien a disparu à la plage, et sur le seul qu'Alex avait dans sa voiture était inscrit *FBI: Female Body Inspector.* Nous sommes allés boire des verres ce soir-là et oh, Reid s'en est pris plein la figure.

– Malheureusement, Ed a renversé du vin rouge dessus. Je ne pourrai jamais le remettre.

– Eh bien, ça t'évitera au moins de donner davantage d'explications.

Il se penche, redirigeant mon attention vers mon écran.

– Le petit pourcentage de la bulle bleue en haut de la demande montre...

– Notre comptabilité, je sais, je sais. Sérieusement, comment crois-tu que je me nourris et que je me lave tous les jours ?

– Contente-toi de les parcourir et de voir avec qui tu as envie de partager ton profil.

Avec un étrange mélange d'angoisse et d'impatience, j'ouvre le premier message, en grimaçant un peu quand je vois la photo. Je ne veux pas paraître complètement superficielle, donc je ne fais aucun commentaire sur la casquette de baseball à l'envers ou le collier en coquillages, et commence à lire.

– « *Je suis peut-être l'homme que tu cherche. Je suis plombier depuis quinze ans donc je m'y connais en canalisations ;) J'aime passé mes week-ends au lac ou faire des barbecues, et voudrais qu'une personne spéciale soit à mes côtés. Si tu te sens prête à relever le défi, envoie-moi une ligne. Je mordrai peut-être à l'hameçon.* »

Mon roulement d'yeux doit être audible, parce que Reid m'adresse un regard interrogateur.

– Il y a tellement de matière et de sujets à traiter. Par où commencer ? « Je m'y connais en canalisations » ?

– La virilité est un signe de santé.

– Il veut quelqu'un pour l'accompagner à des barbecues.

– Je trouve ça assez mignon. Arrête de me regarder comme ça.

– Reid, il a oublié le « s » à « cherches ».

– Tu tapes toujours « bite » au lieu de « vite ». C'est peut-être un accident ?

– À deux reprises ?

– Et confondre un participe passé avec un infinitif ?

– D'accord. Voyons le suivant.

– « *Je m'appelle Greg et j'ai trente-deux ans. Je suis ingénieur en structures parce que j'aime comprendre le fonctionnement des choses. On dit que les voyages forment la jeunesse et je le crois fermement. J'ai étudié à l'étranger à l'université et je me considère chanceux d'avoir vu en personne la tour Eiffel, Big Ben, le Colisée, les Highlands écossaises et le Parthénon avant de terminer mes études. Si tu penses pouvoir devenir ma nouvelle aventure, j'adorerais qu'on discute.* »

Ce discours est presque trop beau pour être vrai, j'ouvre sa photo. Il est... eh bien, pas mal. Cheveux blonds, bronzé, appuyé contre une planche de surf au soleil. Je tourne le téléphone vers Reid.

Il regarde de plus près.

– Hum. Il est peut-être... (Il se fige.) Est-ce une alliance ?

– Quoi ? (Je zoome. Il y a quelque chose à son doigt.) Est-ce que ça pourrait être une ombre ?

– Euh... on dirait de l'or.

Je regarde à nouveau et il a raison ; il porte une alliance.

– C'est peut-être une vieille photo ? suggère Reid. Dit-il qu'il est divorcé ?

J'ouvre son profil. Sous le statut relationnel, je lis *célibataire*. Sous le déjà marié, je lis *jamais*.

– Comment quelqu'un peut-il être aussi stupide ? Ou répugnant ? Pourquoi est-ce que je ne m'attends pas à ce que les gens mentent ? Bon sang, je suis criminologue.

Déçu, Reid lève une main.

– Laisse-moi voir ton téléphone.

Je le fais glisser sur le bureau en sentant la vague de scepticisme vis-à-vis des sites de rencontre me submerger à nouveau.

– Je ne vais pas te dire que je m'y attendais, mais...

Il ouvre le message suivant.

– OK, ce mec... (Il s'arrête et grimace.) Laisse tomber.

– Quoi ?

– Il y a... il y a le mot « bite » dans sa bio, mais je ne crois pas qu'il s'agisse de ta charmante faute de frappe.

Je fronce le nez.

– Non, non. Continuons, ils ne peuvent pas tous être aussi terribles.

Il ouvre un message, puis l'autre, et son sourire s'estompe progressivement.

– Je crois que ce mec pourrait être Dustin.

Je grogne.

– Je t'en supplie, dis-moi que tu plaisantes.

– Ai-je l'air de plaisanter ?

Il lève les yeux vers moi. Il ne plaisante pas, c'est manifeste.

– C'est déprimant, lui dis-je. Comment puis-je avoir confiance en une app qui me suggère mon ex ? Seigneur !

– Enfin, c'est peut-être bon signe après tout. (Reid s'efforce de rester optimiste.) À un certain moment, Dustin et toi... Oh. Mon Dieu. Ce type a mis son pénis en photo de profil. Son pénis, en gros plan. Enfin, j'espère que c'est le sien.

– Reid, tu es trop pur pour ce monde.

Je reprends mon téléphone et parcours le reste des demandes. Un message dit simplement *Salut*. Un homme m'assure qu'il a une énorme bite dans le suivant, un autre veut voir une photo en pied avant de demander l'accès à mon profil, et deux souhaitent savoir combien je pèse.

– C'est tout ? (J'agite mon téléphone.) Tu as une instructrice de plongée qui parle français et moi, je me retrouve avec ça ? *Voilà* le genre de mecs avec lesquels je pourrais *matcher* ?

On toque discrètement à la porte et Ed entre.

– Voilà les dernières analyses FACS, dit-il en déposant plusieurs pages avec des diagrammes de dispersion sur le bureau de Reid.

Trois morceaux de scotch permettent à la blouse de laboratoire d'Ed de rester fermée, mais je ne prends même pas la peine de demander pourquoi.

Il m'observe, affalée sur la chaise, les bras croisés devant la poitrine, et croque dans la pomme qu'il a sortie de sa poche. Je ne suis pas scientifique, mais je sais que c'est dégoûtant.

– Salut, beauté.

Je laisse échapper un grognement. Il hoche la tête en direction de Reid.

– L'enfant chéri t'a-t-il montré ses prétendantes ?

Je jette un coup d'œil à Reid.

– En effet.

Il mâchonne bruyamment un autre morceau de pomme, puis tire la chaise à côté de moi.

– Et toi ?

Il désigne mon téléphone.

– Elle en a douze, répond Reid à ma place.

Les yeux d'Ed se mettent à étinceler.

– Ah ouais ? Avec du potentiel ?

J'ouvre la bouche, puis je la referme. Il n'y a pas de bonne manière de répondre à cette question.

– Quelques mecs bizarres, explique Reid.

Ed me prend mon téléphone des mains et ouvre l'application.

– Peut-être que si tu évitais de mentionner que tu es fan de tueurs en série...

Je devrais probablement m'inquiéter parce qu'il connaît mon code, mais me défendre me semble être la priorité.

– Tout d'abord, je n'ai absolument pas mentionné mon travail. Deuxièmement, je ne suis pas *fan* de tueurs en série.

– Ouais, mais tu as dit que l'excentricité, l'étrangeté et le chaos t'attiraient. Le chaos, vraiment ? Tu as cité Eleanor Roosevelt, Mills. Bien sûr que tu as attiré des mecs bizarres.

– *Quoi*, je suis tellement ennuyeuse qu'il faudrait que je mente ?

– Tu as écrit une thèse de trois cents pages sur les meurtres de « Jolly Jane » Toppan et tu es incapable d'écrire un petit paragraphe intéressant sur toi. Sois plus créative. Ce n'est pas toi qui es ennuyeuse, c'est ton profil. Un *ami* aurait dû te le dire.

Sur ce, il se tourne vers Reid. Je leur jette un coup d'œil avant de décider de ne poser aucune question.

– Merci pour la clarification.

Reid se lève et contourne le bureau pour s'appuyer contre. Il porte le pantalon ajusté que j'aime, à la coupe droite. J'ai déjà surpris des étudiantes en train de reluquer ses fesses dans le couloir quand il le met. Maintenant qu'on aborde le sujet, le devant n'est pas mal non plus.

– Tu sais que je t'adore, commence-t-il doucement. (Je lève un sourcil.) Ne le prends pas mal, mais Ed n'a pas tort. Ton profil ne dit rien de toi.

– Il dit que j'aime la plage.

Ed boit une gorgée de mon café.

– Qui n'aime pas la plage ?

D'un doigt délicat sous mon menton, Reid tourne mon visage vers lui.

– Sois honnête, Mills. Penses-*tu* que ton profil soit intéressant ? Tu nous as rédigé des profils avec des descriptions incroyables, complètement uniques, qui en disaient très long en un minimum de mots. Enfin, tu as même réussi à nous faire croire qu'Ed était charmant et intéressant. *Tu* as réussi cet exploit !

Ed acquiesce vigoureusement, sans se moquer.

– Mais le tien était, je ne sais pas... *bof.*

De retour dans mon propre bureau, je relis mon nouveau profil sur l'écran.

Certains ne deviennent jamais fous
Leurs vies doivent être bien ennuyeuses.
Charles Bukowski

On a tous un ami qui planifie toujours tout et s'enthousiasme souvent un peu trop, n'est-ce pas ? C'est moi tout craché. J'adore les fêtes d'anniversaire parce qu'il y a un gâteau, la moindre excuse pour me déguiser et les films dont je n'arrive pas à deviner la fin. Je cherche une personne qui passe son temps à rire, qui n'ait pas peur de tomber amoureux et de perdre un peu les pédales, et avec qui je puisse m'installer en haut des falaises de Hendry's Beach pour écouter le roulis des vagues jusqu'à ce que le soleil disparaisse à l'horizon.

Pas mal.

J'accepte peut-être la défaite trop facilement, mais au lieu de me confronter à la forêt de pénis qu'est devenu mon profil, je décide de recommencer à zéro.

Je me rebaptise même « Catherine M. ». On pourrait m'accuser de concocter une sorte d'arnaque mais d'une, en dehors du pseudo – qui est mon deuxième prénom et l'initiale de mon nom de famille –, tout est vrai dans ma bio. Deuxièmement, ma photo est prise de côté, elle est un peu plus artistique que la majorité des photos de profil, mais c'est bien moi, et troisièmement, je n'ai pas la moindre intention néfaste. Pour couronner le tout, je viens de promettre solennellement à l'univers que si un homme âgé et riche devait tomber sous mon charme, je me contenterais de ne pas répondre. Facile.

Il s'agit d'une étude du comportement humain, je songe, en parcourant le reste des informations que j'ai mises sur le site. Une étude de marché mais pour la drague – pas si éloignée d'un restaurant qui choisirait d'utiliser du rouge ou du jaune pour créer une ambiance qui donne envie au chaland de s'arrêter pour y manger. En ce qui me concerne, j'ai lancé quelques perches pour susciter l'intérêt. C'est toujours moi, mais mon moi *secret.* J'ai indiqué l'État plutôt que la ville. J'ai dit trentaine au lieu de vingt-neuf ans. J'ai dit *université* au lieu de *criminologie.* Je ne suis peut-être pas précise dans ce nouveau profil, mais je suis sincère.

C'est bien. Je me sens à l'aise.

Sans y penser davantage, je clique sur SOUMETTRE et me dirige en classe.

Mon cours de méthodologie de la recherche en criminologie tombe en fin de journée, et à 16 heures, les étudiants se transforment en un troupeau d'écureuils. Ce cours peut être fascinant, abordant la cartographie de la criminalité et les analyses qui y ont trait, mais il peut aussi devenir fastidieux. Quand ils n'ont pas un projet de recherche dont le rendu se profile à l'horizon, avec d'interminables conférences, statistiques et procédures à mémoriser, les étudiants deviennent parfois leur pire ennemi.

Comme la plupart des membres de l'université, je fais la guerre aux téléphones, aux ordinateurs et aux réseaux sociaux sous toutes leurs formes pour conserver l'attention de ma classe. Reid m'a expliqué que la capacité à rester concentré dépend exclusivement de deux processus neuronaux : diriger notre attention sur des activités ayant un objectif et bloquer les distractions non pertinentes. Ce qui, en des termes plus simples, signifie : *ton objectif est d'obtenir ton diplôme, alors ferme ton maudit Instagram.* Ce devrait être facile – mais apparemment, il y a des jours où même moi, je ne suis pas immunisée.

À cinq minutes de la fin du dernier cours de la journée, j'entends une vibration provenant de l'intérieur de mon pupitre. Les étudiants sont plus ou moins en train de travailler, ils complètent et mettent au propre leurs notes grâce au slide de PowerPoint toujours affiché sur l'écran derrière moi. À la deuxième vibration, je marque une pause.

Je suis un peu tendue depuis que j'ai mis mon nouveau profil en ligne il y a quelques heures. J'ai ignoré la plupart des messages du chat, la cafétéria, les garçons en général. Je me suis rendu compte qu'ils avaient raison et que mon profil Millie craignait vraiment. Mais... et si ce n'était pas seulement mon profil ? Et si c'était *moi* ? Et si même avec une version plus authentique, je n'attirais aucune personne qui m'intéresse ? Vais-je leur parler de Catherine ? Je lui ai déjà donné le surnom de Cat, et je compte bien la rendre beaucoup plus mature émotionnellement que Millie. Entre autres, Cat parlera facilement de ses sentiments, de ses peurs et de ses objectifs à long terme.

Je peux sans doute y parvenir, même si c'est anonyme.

Heureusement, aucun étudiant ne s'attarde à la fin du cours et je me retrouve libre de trottiner vers mon bureau pour retrouver le calme et la solitude. L'application tarde à s'ouvrir, et quand c'est enfin le cas, une bulle rouge avec le chiffre six apparaît sur l'écran. Six matches, et deux types qui ont déjà demandé l'accès à mon profil. Un mélange d'adrénaline et d'appréhension afflue dans mes veines. Je jette un coup d'œil au premier candidat : un écrivain en herbe de San Francisco.

Je passe. Les écrivains sont fous.

Le suivant est un pédiatre qui vient d'emménager à Santa Barbara. Sa bio est marrante, sa photo est top, et il n'y a ni alliance ni épouse accidentellement immortalisée derrière lui sur une photo. J'appuie sur OUI et partage mon profil avec lui.

Mais mon intérêt pour lui se dissipe soudainement.

Vous avez un nouveau match. Voulez-vous partager votre profil avec Reid C. ?

Il me faut une seconde pour réaliser. J'ai un match avec Reid ? Ou plutôt, *Catherine* a un match avec Reid, mais dans la mesure où son profil *me* correspond bien plus que celui de Millie...

Je me propose d'ignorer la notification, mais allons, c'est assez cocasse. D'après l'application, Reid et moi sommes compatibles à *98%*. Il va adorer.

Ma décision prise, je clique sur AUTORISER et tape un court message avant de changer d'avis. Je suppose que les mecs découvriront l'existence de Catherine, après tout. Reid me comprend comme personne. Une plaisanterie sur le Monopoly ? Enfin, c'est tellement évident.

Chapitre 6

Reid

Au réveil, je découvre comme toujours une longue série de textos tardifs d'Ed et Alex – cette fois, ils débattent de la meilleure BD sous-estimée des vingt dernières années. Ed défend férocement *Hawkeye, Squirrel Girl* et *Fence*. Alex est tout aussi véhément : d'après lui, le comic-book Marvel *Hawkeye* de Kelly Thompson est aussi bon que celui de Matt Fraction, et Ed est un connard sexiste. Millie leur demande à tous les deux de la fermer aux alentours d'une heure du matin, puis le fil de conversation évolue vers des GIFS obscènes, dont le point culminant est un homme déguisé en cheval couchant avec une femme. Je vous présente mes amis.

Sans vraiment prêter attention aux vidéos, je réponds :

Je suis tellement content d'avoir sombré à 23h hier soir.

Il est tôt – mon réveil n'a pas encore sonné – et dehors, la couleur du ciel est vaporeuse, entre le bleu et le violet. Je suis sur le point de me rendormir lorsque je me souviens que j'ai eu un nouveau match sur IRL hier. La curiosité de savoir si j'ai reçu de nouveaux messages déferle sur moi comme une vague de caféine.

En réalité, j'ai deux nouveaux contacts. Catherine M. et Daisy D. m'ont accordé l'accès à leurs profils.

Mon ventre se serre lorsque j'ouvre la photo de Daisy : elle a vingt-trois ans, elle est blonde et belle à en couper le souffle. Je devine que sa photo de profil a été prise sur les rochers escarpés de Leadbetter Beach. Son profil complet m'apprend qu'elle suit un master de pédagogie et qu'elle est originaire du Texas. L'algorithme suggère que nous aurions 82% de compatibilité, mais je suis prêt à mettre de côté les 18% restants vu sa photo de profil.

Son message est simple : Salut Reid ! Ton profil est très chouette. C'est la première fois que je fais une chose pareille, donc je ne sais pas trop comment ça marche, mais j'adorerais qu'on discute.

Catherine est aussi professeur – et même si elle ne précise pas dans quelle université, je ne connais personne portant ce prénom dans le département de biologie d'UCSB, donc aucun signal d'alarme n'est déclenché.

Salut Reid, commence son message. Nous avons apparemment 98% de comptabilité. (Avec une telle chance, on devrait filer à Vegas ou jouer au Monopoly. Les deux me vont.)

Cette introduction brève et fluide me fait rire, et je ressens tout de suite de la sympathie pour elle. Mais je n'ai pas de réponse instinctive au niveau physique : sur sa photo de profil, on distingue seulement son épaule et son cou. Elle a le visage tourné, donnant seulement un aperçu de sa mâchoire. Comme c'est une photo en noir et blanc, je ne sais même pas de quelle couleur sont ses cheveux.

La voix d'Alex résonne dans mes oreilles : *Seules les moches utilisent des photos de profil « artistiques ».*

Il gâche décidément vraiment l'ambiance.

Je passe toute la matinée au labo avec Ed à regarder la démo d'un nouveau système d'imagerie, mais il m'a clairement fait des cachotteries : à l'instant où nous nous retrouvons pour le déjeuner, il montre à Millie la photo de la fille avec qui il a eu un match hier soir. Je le dévisage longuement, à nouveau déconcerté par son investissement dans cette aventure.

Si j'en crois la réaction de Mills, la fille est soit superbe soit hideuse – ces deux cas de figure peuvent expliquer sa surprise.

Alex s'assoit à côté de Millie et se penche pour regarder.

– *Tu* as un match avec *elle* ?

Ed marque une pause suffisamment longue pour que tout le monde, sauf Alex, puisse reconsidérer son emphase.

– Oui.

– Et tu as posté une photo de *toi* ?

Alex reçoit immédiatement la serviette roulée en boule d'Ed.

Millie rend son téléphone à Ed.

– Elle a l'air chouette.

– Chouette ? (Alex déballe son sandwich.) On dirait qu'elle va te baisser le pantalon et te faire une putain de gâterie, si tu vois ce que je veux dire.

– Qu'est-ce que j'ai raté ?

Chris s'assoit et pose sa salade Cobb devant lui.

– Alex est un troll, explique Millie. D'ailleurs, je voulais partager avec vous le message que j'ai reçu hier de la part d'un gentleman. (Elle sourit.) Il m'a donné des instructions détaillées sur la manière de lui traire les couilles.

– Lui *traire* les couilles ?

Je demande clarification.

Alex ouvre la bouche pour répondre, mais avant qu'il n'en ait le temps, Chris le devance :

– Mec. Non.

Alex change tout naturellement de sujet :

– Cette application est nulle. Personne ne m'a encore donné accès à son profil.

– C'est parce que ta description ressemble à s'y méprendre à celle de Jean-Marie des *Muppets*, lui dis-je.

Millie proteste :

– Hé ! C'est moi qui ai rédigé la description de ton profil. Et soyons honnêtes, tout est vrai.

– Tout est *effectivement* vrai, renchérit Alex. Ma grandeur ne transparaît peut-être pas sur l'écran, mais il est impossible de l'ignorer en personne.

– Sans oublier ton ego, lance Chris.

Alex lui sourit. Je repousse mes pâtes de ma fourchette.

– *J*'ai eu un match hier soir.

– Oh vraiment ? gazouille Millie.

Son sourire est sournois.

– Tu ne me crois pas.

Elle éclate de rire.

– Oh si, je te crois.

– Deux en réalité. (Étrangement, son sourire chaleureux perd un peu en intensité.) Une dénommée Daisy et une Catherine.

Je sors mon téléphone, ouvre l'application et le tends à Chris. La photo de Daisy apparaît. Il siffle longuement.

– Putain, mec.

Alex lui prend le téléphone des mains et réagit de la même manière.

– Alors, Catherine est sexy ? demande Millie en attrapant le téléphone après Ed.

Je secoue la tête.

– On ne voit pas grand-chose sur sa photo. C'est Daisy et putain, *elle*...

– Que veux-tu dire par « on ne voit pas grand-chose sur sa photo » ?

Je récupère mon téléphone et dévisage Millie. Son regard est intense, elle ne cille pas, comme lorsqu'elle tente de percer un mystère ou de manger un piment plus fort que Chris sans fondre en larmes.

– Sur la photo de Catherine, on voit seulement son cou, genre. Pas son visage.

Alex lance, comme c'était à prévoir :

– Donc elle est moche.

– Alex, *franchement*, le réprimande Millie.

– Eh bien, qui sait, fais-je. Mais une chose est sûre, je vais répondre à Daisy et...

Millie me coupe.

– Peut-être que pour *Catherine*, il faut aller voir au-delà des apparences, tu sais ?

– Si elle était sexy, raisonne Alex, elle montrerait son apparence.

Ed roule en boule son emballage de burrito et le jette sur le plateau :

– Elle est peut-être jolie, mais elle pense que la compatibilité n'est pas seulement une question de physique ?

Millie se redresse et le montre du doigt avec un mélange d'enthousiasme et d'agressivité.

– Ce qu'Ed vient de dire. *Exactement.* Pourquoi sommes-nous aussi obsédés par le physique ?

– Qu'est-ce que ça peut te faire ? demande Alex. *Tu es* sexy.

– Ce que je veux dire, c'est que *Catherine* s'en fiche, argumente Millie. Et merci pour le compliment, Alex.

Chris renchérit, la bouche pleine de salade :

– Enfin, il faut regarder les choses en face. Reid est le portrait craché de Zac Efron dans *Boy Next Door (Un voisin trop parfait)*. Il ne va pas sortir avec une moche.

J'éclate de rire et réplique :

– Si l'un de nous est un Zac Efron, c'est toi, Chris.

– Meuf, arrête. Tu crois vraiment que l'Amérique pense à un type noir en pensant à ce film ? (Il déglutit et désigne Millie de sa fourchette.) En général, l'apparence compte. Il faut une bonne raison pour ne pas montrer son visage, n'est-ce pas ?

Millie renifle.

– Comme vouloir conserver son *jardin secret* ? J'ai reçu dix questions sur ma taille de poitrine sur l'application.

Je peux comprendre pourquoi une fille pourrait ne pas vouloir montrer tout de suite son visage.

– Ce n'est pas un mauvais argument...

Je regarde Alex, en espérant qu'il la fermera cette fois, et lorsqu'il semble que ce sera le cas, je me tourne vers Millie.

– Tu veux bien m'aider à lui répondre, Mills ?

– À Catherine ? demande-t-elle.

– À Daisy, dis-je avant de rectifier : eh bien, aux deux, non ? Je pourrais peut-être commencer par copier-coller tout ce que j'écris à Daisy à Catherine.

Millie me dévisage longuement avant de se lever.

– Bien sûr, Reid. Envoie-moi leurs messages et je t'aiderai.

Nous nous figeons tous.

– Vraiment ?

Je remarque ses yeux plissés et sa posture crispée, ce qui ne lui ressemble pas, sauf la fois où nous avons joué au *cornhole*[8] chez Chris, et Millie – la championne en titre incontestable du *cornhole* – a brièvement perdu des points face à Alex.

– On dirait que tu projettes de me tuer par décapitation.

Elle laisse échapper des éclats de rire, mais ce sont des *ah ah ah* étranges. On dirait un rire de méchante de film.

– Je ne vais pas te tuer.

Millie glisse son sac en bandoulière sur sa poitrine.

– Je ne me sens pas rassuré.

– Je pense juste que tu te comportes de façon superficielle.

La déception inhabituelle dans sa voix me déstabilise immédiatement et... un autre type de malaise commence à me gagner. Que se passe-t-il ? Avec Millie... et la perspective que je sorte avec une fille ?

– Pourquoi est-il si important pour toi de savoir à qui je réponds ?

8. Jeu d'extérieur dans lequel les participants lancent tour à tour des sacs remplis de grains de maïs ou de granulés plastiques sur la plateforme inclinée adverse percée d'un trou. *Cornhole* est la contraction des mots « maïs » et « trou ».

Je prends autant de pincettes que possible. Je suis un peu chamboulé par la possibilité qu'elle soit *énervée*. D'ailleurs, maintenant que j'y pense... à quoi ressemble une Millie énervée ?

– C'est juste une question de solidarité féminine. Pourquoi devrait-on toujours partager des photos de nous les seins à l'air à la plage alors que les hommes ont le droit de poser à côté de leur chien plein de bave ?

– Je tiens à te rappeler, dit Ed, que ce même groupe a émis des opinions tranchées sur les photos que *je* partage, moi aussi.

– Tu te fais des films parce que je n'ai pas envie que tu ressembles à une pub pour McDonald's ? lui demande Chris.

– Je n'allais pas mettre la putain de photo de moi déguisé en Grimace ! s'écrie Ed.

Environ quatorze personnes se tournent pour nous regarder.

Lorsque je m'apprête à dire à Millie qu'elle a raison et que je suis prêt à donner sa chance à Catherine, elle a disparu.

Chapitre 7

Millie

Au moment où j'arrive dans mon bureau, je suis sérieusement en rogne. *Copier-coller ?* Vraiment ? Sans déconner, Reid !

Je m'affale dans mon fauteuil, attrape le sachet de M&M's au beurre de cacahouète que je garde dans le tiroir du bas. Non, ce n'est pas le meilleur mécanisme de compensation, mais j'ai déjà terminé la bouteille de whisky que je rangeais là. Les M&M's feront l'affaire.

Superficiel n'est pas un mot que j'aurais utilisé pour décrire Reid jusqu'à aujourd'hui. Manipulateur ? Peut-être. Après tout, ne le sommes-nous pas tous un peu ? Peut-être aussi légèrement égocentriques ? Bien sûr, je plaide coupable. Mais *superficielle* ? Non. C'est pourquoi j'ai l'impression que l'enjeu est important, parce que la facilité avec laquelle Reid a mis la priorité sur Daisy au lieu de Catherine me déçoit plus qu'elle ne m'énerve.

Ce n'est pas une émotion dont j'ai l'habitude avec Reid. C'est lui que j'ai appelé quand mon pneu a crevé à mi-chemin de Monterey, c'est l'ami qui pense à apporter des smoothies à tout le monde après une soirée trop arrosée, c'est lui qui refuse toujours de dire du mal des gens, surtout dans leur dos. Il est toujours attentionné.

Être déçue par Reid me donne l'impression d'avoir une indigestion.

J'ouvre l'application mais ne prends pas la peine jeter un coup d'œil au profil de Millie. Je reste connectée à celui de Catherine. Elle a reçu deux nouvelles demandes, l'une venant d'un type qui a l'air à peu près normal et une autre que je refuse immédiatement.

Eric est un maquilleur professionnel de vingt-six ans et, d'après l'application, nous sommes compatibles à 84%. On ne va pas se mentir, l'idée de sortir avec quelqu'un capable de me maquiller mieux que moi est assez diablement séduisante, donc je clique sur AUTORISER pour lui octroyer l'accès au reste de mon profil.

Puis j'ouvre la biographie et clique sur sa – *ma* – photo. C'est une photo que ma sœur a prise de moi la dernière fois que je suis allée à Seattle. Je l'ai choisie parce qu'on ne voit pas vraiment mon visage, mais aussi parce que personne ne la connaît. Je contemple la pluie à travers la fenêtre, l'air pensif, presque serein. Ce n'est pas Daisy à la plage avec son immense sourire et ses seins omniprésents, mais ce n'est pas une *mauvaise* photo. Certainement pas une photo qui mérite un copier-coller en guise de réponse.

Les messages que Reid a reçus de Daisy et Catherine étaient tous les deux brefs et la différence de compatibilité assez importante – 98% versus 82 ! Je commence à penser que Reid est un faux scientifique qui se fiche des chiffres. Toute préférence pour Daisy à ce stade est purement visuelle. Quel connard !

Est-il dément que je sois aussi déterminée à faire gagner Catherine ? Pour leur donner une leçon ? Pas seulement pour me défendre moi-même, pour lutter au nom de... *toutes les femmes sur cette terre ?*

Si je demandais aux garçons, je suis sûre qu'ils me diraient que la première étape – celle de *Catherine* - devrait être de choisir une nouvelle photo. Malheureusement, je ne peux pas montrer mon visage et un zoom sur mon décolleté ne serait pas non plus très convaincant. Je vais donc devoir rendre Catherine plus intéressante. Ce serait plus simple si je pouvais être créative et raconter beaucoup d'histoires, en utilisant des bribes de celle des autres ou en puisant dans les livres, pour les transformer en détails à partager avec Reid. Mais j'agis déjà de manière un peu louche, je ne peux pas me permettre de mentir. Les histoires de Catherine doivent être mes histoires, ce qui signifie que je ne peux pas lui servir les anecdotes frivoles et marrantes que je lui ai servies jusque-là. Je vais devoir aller chercher un peu plus loin.

Mais pour commencer, il faut que Reid me réponde.

Il m'a déjà transmis les messages de Daisy et de Catherine. Il me faut seulement quelques minutes pour écrire une réponse à leur envoyer à elles deux – je suis littéralement en train de m'écrire des messages à moi-même, mais *pourquoi pas, putain* ? Et donc j'ouvre une fenêtre de chat privé.

Millie Morris
J'ai tes réponses. Tu veux que
je te les envoie ici
ou par mail ?

Reid Cambell
Tu es une déesse. Ici ça ira.

Millie Morris
PROFOND SOUPIR.

Millie Morris
Pour Daisy → compatibles à 82% ? Pas mal !
Tu as lu mon profil, donc tu sais que j'ai grandi en Californie. Si je ne me trompe pas, ta photo de profil a été prise à Ledbetter Beach ? Je suis professeur (fraîchement titularisé) à l'UCSB qui se trouve à deux pas. Je suis allé à plusieurs fêtes dans le parc juste à côté de la plage et j'ai même essayé de prendre des leçons de surf. Ça ne s'est pas bien passé. Je dirais même que ma fierté et mon short préféré flottent toujours autour de moi quelque part. Je vois aussi sur ta photo de profil que tu as d'énormes nichons, ce qui signifie sans doute que ta fertilité et ta qualité de vie sont plus importantes que celles de ceux qui t'entourent.

Reid Cambell
Je laisserai peut-être la dernière phrase de côté…

Millie Morris
Comme tu le souhaites.

Reid Cambell
Mills, c'est tellement génial de ta part. MERCI.

Millie Morris
Pour Catherine → Je suppose que 98% de compatibilité signifie que nous nous départagerons sur le dilemme Coca-Cola versus Pepsi (Coca-Cola pour toujours), notre Chris préféré (je suis assez sûr de ma virilité pour accorder un 10/10 au Chris Evans barbu) et si on peut

faire l'impasse sur les épisodes I, II et III de *Star Wars* (la réponse correcte est toujours oui). Pour voir si nous sommes en fait la même personne : comédie préférée ?

Des points de suspension apparaissent dans la fenêtre de chat tandis que Reid tape, avant de disparaître à nouveau.

Millie Morris
Allô la Terre ?

Reid Cambell
Désolé. Je suis là. La réponse de Daisy semble un peu… je ne sais pas, plus raide que celle de Catherine ?

Millie Morris
Ah bon ? D'accord. Je sais comment tu peux arranger ça.

Reid Cambell
Comment ?

Millie Morris
ÉCRIS-LES TOUT SEUL.

Reid Cambell
Désolé, Mills. Merci. Qui eût cru que j'étais aussi charmant ?

Millie Morris
Et humble !

Reid Cambell
Sérieusement, ce sont d'excellentes réponses. Tu veux mon mot de passe pour les envoyer directement ?

Millie Morris
Vais-je aussi coucher avec l'une de ces filles pour toi ?

Reid Cambell
Si ça te tente, je n'y vois pas d'inconvénient.

Millie Morris
Je ne veux pas ton mot de passe. Je crois aussi que tu devrais écrire tes propres messages. C'est bizarre, même pour nous.

Reid Cambell
Miiiiiilliiiiiiieeeeeee. Tu es bien meilleure que moi à ce jeu-là. C'est clairement ton truc.

Millie Morris
Tu vas y arriver. Je file, j'ai un cours. À très bite !

[Millie Morris a quitté le chat]

Il est presque 9 heures quand je me gare devant chez moi, à la fin d'une longue journée de travail. Comme tous les soirs, le chat du voisin attend devant ma porte d'entrée. Je me penche et le caresse derrière les oreilles en me demandant pour la centième fois si je devrais adopter un animal de compagnie. J'adore vivre seule, mais je suppose qu'il serait sympa qu'un être m'attende quand je passe la porte.

Hélas, je ne suis jamais chez moi. Je ne suis jamais ici – et la voix d'Elly me le rappelle – je le suis encore moins à Seattle.

Je pose mes affaires, commande à dîner, me sers un généreux verre de vin et allume mon ordinateur. Je lui ai dit que je chercherais une date pour y aller et je vais m'en occuper avant d'être distraite par autre chose.

Tiens donc, j'ai reçu un mail de mon nouvel éditeur avec une suggestion de planning et quelques questions sur mon projet. J'envoie une fenêtre vague de dates à Elly, mais je sais qu'une seule semaine – que ce soit en juin, en juillet ou en août, comme elle voudra – ne suffira pas.

La bulle rouge sur l'onglet IRL attire mon attention et je l'ouvre, avec un petit grognement irrité, en sachant exactement ce que j'ai reçu.

Une lettre de moi-même, comme c'est excitant.

Mais mon côté compétiteur renaît et je tape ma réponse aussi vite que je devrais écrire le livre qu'il faut que je rende dans deux mois.

De : Catherine M.
Envoyé : le 28 mars à 19:39

Reid,
Je n'arrive pas à croire que tu aies fait allusion aux Chris si tôt dans notre relation épistolaire. C'est à la fois courageux et signe de génie. J'ai eu la chance de voir Chris Evans

au Comic-Con il y a quelques années à San Diego, et tu n'arriveras jamais à y croire, mais il est encore plus beau en personne. J'approuve ton amour viril pour ce Captain America barbu.

Je suis aussi d'accord pour sauter les Épisodes I-III ou *L'éveil émo de Anakin Skywalker*. En revanche, les autres épisodes sont non négociables. Notre compatibilité me fait un peu paniquer : le Pepsi et le Coca ont un goût de sucres rapides en train de s'entre-tuer. Qui t'a fait autant de mal, Reid ? À consommer autant de calories, autant qu'il y ait de l'alcool en jeu.

Et ma comédie préférée… voyons. Je ne sais pas si je vais réussir à en choisir une seule. Dans la sélection sans ordre de préférence : *Le courage d'un con, Présentateur vedette, Bonjour les vacances, SuperGrave, Comment se débarrasser de son patron, Les Blues Brothers*… je pourrais continuer. Mention spéciale pour *Les Tronches* car mes parents nous avaient emmenées à une soirée années 80 dans un drive-in et s'étaient attendus à ce que nous nous endormions sur la banquette arrière pendant les films. Super, maman. J'ai vu les premiers seins de ma vie au ciné ce soir-là.

Et je vais conclure maintenant, pour ne pas te noyer de paroles. À ton tour : film préféré et citation préférée ? Moi, j'opterai pour celle de *Girls Trip* : « Tu rigoles, aucune infection n'entre par la porte de derrière. C'est une pompe à crotte. »

Ai-je rompu le code implicite de la drague sur Internet en parlant de fesses dans ce premier message ? Je fais le pari que c'est à la fois génial et courageux.

À plus, Reid.

Cat

Enfin, sérieusement. S'il ne comprend pas que c'est moi avec la blague sur le trou du cul, alors il n'y a plus aucun espoir pour ce garçon. En plus, je l'ai obligé à voir ce film trois fois avec moi, *au ciné* ! Allons, Reid !

La sonnette retentit dans l'entrée. Je me lève, appuie sur ENVOYER avant de me diriger vers la porte, mon portefeuille à la main, salivant d'avance car ma pizza est là.

Ce n'est pas le pizzaïolo.

C'est Reid, sur le pas de ma porte, et il entre sans me demander la permission.

– Tu as de quoi grignoter ? (Il arrive dans la cuisine.) Je meurs de faim.

– Tu devrais manger un peu plus qu'une salade au déjeuner.

– J'adore les salades !

Oh, il a les crocs.

Il entre dans la cuisine et, putain, mon ordinateur est toujours sur le comptoir, ouvert sur la page du site de rencontre.

Je crie :

– Reid !

Dieu merci, il se tourne. Il était *en face* du profil de Cat et de sa photo « artistique » en noir et blanc.

– Quoi ?

Je glisse sans la moindre grâce en chaussettes à travers la pièce et manque tomber à la renverse lors de la transition entre le parquet et le carrelage de la cuisine.

– J'ai commandé une pizza !

Je lui passe devant et referme l'ordinateur. Reid se tourne lentement vers moi avec un sourire perplexe.

– Qu'est-ce que... tu caches ?

– Je regardais du porno.

Ses yeux se mettent à étinceler et il attrape mon ordinateur.

– Laisse-moi voir.

Je lui donne une tape sur la main.

– Non ! C'est du porno pervers.

Bon sang, Millie.

Bien sûr, il est *encore plus* intéressé maintenant.

– Pour le boulot. (J'agite une main censée être nonchalante.) Tu sais.

Reid ne semble pas très convaincu.

– J'espère que le FBI n'aura jamais de raison de consulter ton historique de recherches. (Seigneur, moi aussi.) Ton job est super bizarre, Mills.

– Hé ! Ce n'est pas moi qui dissèque des globes oculaires de vache.

À mon grand soulagement, il semble passer à autre chose et s'assoit sur le tabouret en face de mon ordinateur.

– Au fait, murmure-t-il. Est-ce que tout va bien entre nous ?

Je suis soudain mal à l'aise.

– Ouaip, tout va bien. Écoute, j'étais sur le point d'aller me coucher.

– Tu n'attends pas une pizza ?

– C'est vrai. (*Merde.*) Euh. Je comptais aller me coucher juste après avoir mangé la pizza. Et vu mon porno. (Je désigne la porte du menton.) On pourrait discuter plutôt demain ?

– Mais si une pizza arrive, j'en veux. (Il m'adresse son sourire le plus enjôleur.) J'ai faim, tu te souviens ?

– Tu peux en prendre une part pour chez toi.

Il se fige et incline légèrement la tête.

– Tu es sûre que tout va bien ? Tu avais l'air énervée contre nous aujourd'hui.

– Je... quoi ?

Je suis en train de réaliser à quel point de telles situations sont naturelles pour Reid – lancer une conversation sur nos émotions, ou sur un conflit potentiel – et à quel point, en comparaison, je deviens nerveuse et incapable d'articuler un mot de plus d'une syllabe.

– Mills.

– OK, j'étais *un peu* énervée.

Il appuie son menton dans sa main et m'écoute attentivement. C'est un aveu énorme pour moi – admettre un ressenti négatif – et ses yeux bleus scintillent avec un air encourageant.

– Mais je m'en suis remise. (Je désigne le plan de travail comme si j'avais laissé mes émotions à côté de mes clés en rentrant à la maison.) Bien évidemment. Je t'ai transmis les messages pour les filles du site. Je ne l'aurais pas fait si j'avais été énervée.

C'est... sans doute un mensonge.

Reid se redresse légèrement. Assis sur son tabouret alors que je suis debout, il est légèrement plus petit que moi. Cette posture me distrait pour de nombreuses raisons. Il pourrait écarter les jambes et m'attirer contre lui. Il pourrait se pencher pour m'embrasser dans le cou. Je pourrais monter sur ses genoux.

Vade retro, fantasmes.

– Eh bien, je suis ravi que tu t'en sois remise, dit-il. Même si j'aurais pu comprendre dans le cas contraire. Je me suis comporté comme un enfoiré et tu m'as rappelé à l'ordre. Merci.

Je l'écoute parler, mais je suis obnubilée par l'odeur du savon à la citronnelle qui émane de son cou, de son torse et de son ventre.

Je m'éclaircis la gorge.

– Eh bien, tu sais que je suis toujours ravie de participer à ton développement moral.

– D'ailleurs, j'ai envoyé les messages que tu m'as proposés.

– Oh ?

Je m'écarte et inspire profondément un air non saturé par l'odeur de Reid, avançant jusqu'au réfrigérateur pour récupérer une bière. Je suis déchirée entre l'envie de lui soutirer davantage d'informations et le besoin de changer de sujet. Rien de bon ne peut sortir d'une conversation sur mon profil pas-tout-à-fait-factice.

– Ouais. Je n'ai pas encore reçu de réponse de leur part.

Je marque une pause et lui jette un coup d'œil par-dessus mon épaule.

– Mmh.

Il prend la bière que je lui tends.

– Merci. (Reid sort son téléphone et ouvre l'écran d'accueil.) Ouais, je... oh. (Il lève les yeux avec un grand sourire.) J'ai reçu un message.

On sonne enfin et je cours en direction de la porte d'entrée, jette presque les billets à la figure du livreur puis reviens avec un carton contenant un morceau de paradis. Il va falloir changer de sujet. J'ai envie de lui faire remarquer à quel point Ed est *impliqué* ou de l'écouter babiller sur des sujets scientifiques. On pourrait commenter le fait que Dustin est aussi sur un site de rencontre – je suis certaine qu'il cherche une relation juste pour maximiser ses chances de devenir doyen.

En gros, je préférerais ne pas avoir Reid dans les pattes. Non que je *veuille* le mettre dehors mais parce que je ressens la même fièvre que le soir de sa titularisation – comme si l'attirer dans mon lit devenait une option – et j'ai ce genre de pensées alors qu'il lit le message d'une inconnue.

Qui n'est autre que moi...

Ah, les heurs et malheurs du XXIe siècle...

Mais il devinera peut-être en lisant le dernier message de Cat, comprendra tout, nous en rirons, et j'arrêterai d'y penser une bonne fois pour toutes. Ce serait la solution à tout.

N'est-ce pas ?

Je retiens mon souffle en l'observant lire le mail. Ses yeux se mettent soudain à étinceler et il tourne l'écran vers moi en éclatant de rire.

– Catherine – Cat – vient de citer *Girls Trip*. C'est ta *jumelle*, Mills !

Je laisse échapper des gloussements discordants qui semblent attirer son attention, sans parvenir à trouver une seule chose à dire pour avoir l'air moins folledingue.

Il reprend son téléphone pour relire le message et je lui demande maladroitement :

– Doooonc, rien d'insolite ?

– D'insolite ? Non. Elle est super drôle.

Maintenant, je suis partagée entre me sentir insultée qu'il ne réalise pas que *je* suis super drôle et rougir parce qu'il parle de moi et n'en a pas la moindre idée. Bon sang, c'est à la fois adorable et incroyablement stupide.

J'ouvre la bouche pour dire *c'est moi, espèce d'idiot,* mais il lève soudain la tête et me regarde avec un sourire éclatant. Mon cœur se serre : il semble vraiment ravi.

– Qu'est-ce que je devrais répondre ?

Je hausse les épaules parce que je ne suis pas censée connaître le contenu du message de Cat et il me le lit à haute voix. Je n'ai pas besoin de lui prêter attention parce que je l'ai déjà relu environ sept fois avant de l'envoyer – sans oublier que je suis incapable du moindre bluff – donc je sers la pizza dans des assiettes.

– Pas mal, hein ? demande-t-il à la fin.

– Tu as raison, elle a l'air géniale.

Il se lève pour prendre l'assiette servie. Je le regarde récupérer une tranche, la plier en deux et l'engloutir en une bouchée. Il ne plaisantait pas quand il disait qu'il avait faim. Après avoir dégluti, il lance :

– Je suis vraiment content qu'on se soit lancés. Le site de rencontre. Ça semble prometteur.

J'acquiesce en mâchant, l'encourageant silencieusement à poursuivre.

– J'ai bien réfléchi à ce que tu as dit ce soir-là...

Il marque une pause pleine de sens avant d'ajouter :

– ... sur le chemin en allant chez toi.

Oh. Un autre hochement de tête.

– Je me demande si tu n'avais pas raison.

Je prends ma part de pizza et commence à la manger.

– Euh... il va falloir que tu me donnes plus de contexte. J'ai tout le temps raison.

– Quand tu as dit qu'on se confortait dans notre célibat tous les cinq. Je ne sais pas, on est peut-être en train de trop prendre nos aises. Il était sans doute temps de se remuer un peu.

J'acquiesce en mâchant.

– Le travail a toujours été ma priorité et, pour la première fois de ma vie, je vois qu'il y a autre chose. Sortir avec quelqu'un était un obstacle à contourner – qui allait m'obliger à expliquer mes horaires, mes absences – et ça ne m'a juste jamais semblé valoir la peine.

– Et maintenant ?

Il hausse les épaules en reposant sa part de pizza.

– Je crois que, pour la première fois de ma vie, je ressens un manque. J'ai envie des deux.

– Ça n'a rien d'inquiétant. Tu es peut-être simplement en train de grandir, Peter Pan.

Reid me sourit.

– Et toi ?

– Moi ?

– Ouais. Je sais que tu n'as pas eu la même... expérience que moi sur le site. Mais...

– N'allons pas trop vite en besogne.

– Je suis sérieux.

Je me redresse et m'essuie les mains.

– Moi aussi. J'ai pensé adopter un chat aujourd'hui. C'est un pas important dans la zone de l'engagement.

Reid prend une autre part et je lève mon verre de vin, buvant une grande gorgée. Nous mangeons en silence, seulement interrompus par les bruits de mastication de Reid et mes grandes rasades de vin. Finalement, Reid appuie ses coudes sur le bar.

– Je déteste quand tu es fâchée contre moi. Même si tu refuses de l'admettre. Surtout si on s'apprête à être coincés ensemble un week-end entier chez mes parents. Tu es toujours partante, d'ailleurs ?

Un week-end avec Reid ? SOS.

– Primo, je ne suis pas fâchée contre toi. Deuzio, tu sais que je ne raterais jamais un week-end quand il est question que ta mère cuisine.

Il tire sur une mèche qui s'est échappée de mon chignon.

– Ou un gâteau d'anniversaire.

– C'est l'anniversaire de ta mère ?

Reid lève les yeux au ciel avant de m'embrasser sur le front.

– D'accord, je m'en vais. (Il prend une troisième part de pizza pour me faire comprendre qu'il compte l'emporter avec lui, puis s'arrête net.) Je sais que tu n'as pas envie d'en parler, mais as-tu fini par modifier ton profil ?

Une vague de panique déferle sur moi.

– Mon profil ?

Il m'accorde quelques secondes supplémentaires avant d'articuler lentement.

– Sur IRL.

Ah. Le profil qu'il connaît et qui me vaut plein de demandes de photos de seins et de cols de polo remontés.

– Oh ! Millie. OK. Non, je lance abruptement.

– Tu devrais. Il est nul.

– Merci.

– Merci de m'écouter. Tu es tellement géniale. (Il se tourne vers la porte.) J'envie celui qui partagera sa vie avec toi.

J'ai le sentiment qu'il faudrait que je trouve une réponse, mais mon cerveau s'est transformé en polystyrène. Même si j'étais suffisamment mature émotionnellement pour savoir quoi dire, il est déjà sur le point de franchir la porte. Donc je suppose que la seule chose à faire est de crier au loin : « Pareil ! »

Reid me fait signe en sortant – il ne se retourne même pas – et je réalise à quel point c'était stupide.

Cinq minutes après son départ, les mots *tu es sans doute le mec le plus incroyable de cette terre et tu mérites encore plus que nous autres d'être heureux* émergent dans mon esprit. Mais je ne sais pas quoi en faire, alors je m'affale sur mon canapé, allume la télévision en regrettant de ne pas avoir de chat.

Au milieu de mon visionnage compulsif et inexplicable d'épisodes de *Grey's Anatomy*, mon téléphone s'illumine sur la table basse. Je roule sur le canapé pour le récupérer.

De : Reid C.
Envoyé le 28 mars à 23:15

Cat,
Le Coca, ce sont des sucres rapides qui s'entre-tuent ? Dire que nous aurions pu nous marier sur-le-champ ! Tu me fais penser à ma meilleure amie. Elle déteste les sodas parce qu'ils sont trop sucrés, mais elle commande toujours les cocktails les plus sirupeux de l'univers.
Nous avons un autre point commun (nos comédies préférées), à moins que toute personne intelligente aime automatiquement les *Blues Brothers* ? J'ajoute aussi *Le golf en folie* à cette liste parce que c'est un film hilarant mais aussi par nostalgie. J'ai été caddie pendant quelques mois quand j'avais seize ans, même si le temps que j'ai passé auprès de golfeurs richissimes s'est révélé beaucoup moins marrant que dans le film. Il n'y a eu ni escapade érotique – que je sache – et aucun homme d'affaires ne m'a offert de bière dans le compartiment secret de son étui de golf haute technologie. J'ai vu quelqu'un courir tout nu sur le terrain de golf, mais c'était un délire plus *Cocoon* et moins *American College* que ce que tu dois imaginer.
Je ne sais pas si je l'ai mentionné, mais je pars ce week-end. Tu sais que j'ai grandi dans un vignoble, nous allons y aller, mes amis et moi. Je suis déjà en train de me préparer psychologiquement à ce que me feront subir ces dingos, surtout quand l'alcool coulera à flots.
Je ne rends pas visite à mes parents autant que je le devrais et j'ignore pourquoi. Le vignoble est génial, tout est en fleurs et c'est un endroit paisible où débrancher, mais je suis toujours un peu angoissé à l'idée d'inviter des gens. Mes parents sont... eh bien, des parents. Je suppose que ça résume la situation. Dernièrement, ma mère n'arrête pas de radoter sur cette artiste qui vit tout près ou tente de me dire quelque chose qui me traumatisera à vie. Je ne sais pas à quel âge les mères commencent à estimer que leurs enfants sont assez grands

pour devenir leur nouvelle meilleure amie/confidente, mais je l'ai atteint. Tes pensées et tes prières pendant ces moments difficiles seront appréciées.
Et je ne te reprocherai jamais d'être bavarde, car c'est le but, non ? Je n'avais pas réalisé que j'y prendrais autant de plaisir, mais apprendre à connaître quelqu'un comme ça est très agréable.
Citation de film préférée… tout ce qui me vient, c'est celle de *Zoolander* : « Mais qu'est-ce que c'est ? Un centre pour les fourmis ? »
Reid

De : Catherine M.
Envoyé le 28 mars à 23:37

Zoolander. Figure-toi que je n'ai jamais vu ce film parce que mon ex, qui avait promis d'attendre mon retour pour le voir avec moi, est allé au ciné avec ses copains et m'a dit que c'était tellemeeeeeent hilarant qu'il n'avait jamais autant ri de sa vie, bon sang. Évidemment, je ne l'ai jamais regardé PAR PRINCIPE.
Cat

De : Catherine M.
Envoyé le 28 mars à 23:43

Je sens que mon dernier message est un peu vindicatif et je devrais sans doute faire machine arrière parce qu'on se connaît à peine, mais dans ce cas précis, je tiens à ma petite mesquinerie.
Cat

De : Reid C.
Envoyé le 29 mars à 00:04

Je ne te jugerai jamais pour être mesquine. J'en veux toujours à mon coach d'athlétisme du lycée d'avoir confié à Tucker Ames – le plus gros connard de notre équipe – le relais sur notre 4x400 contre Pacific Beach High.

De : Catherine M.
Envoyé le 29 mars à 00:21

J'espère que tu l'as surnommé Fucker Ames dans son dos pour te venger de cette offense impardonnable.

De : Reid C.
Envoyé le 29 mars à 00:26

En réalité non parce qu'à 16 ans, je devais mesurer 1m80 mais je pesais 40 kg. J'étais sûr que si j'insultais Tucker (même en pensée), ça lui reviendrait aux oreilles et il viendrait me casser les genoux.

De : Catherine M.
Envoyé le 29 mars à 00:29

Mon père ne m'a jamais expliqué comment on faisait les bébés, mais il m'a prise à part à 13 ans et il m'a montré comment donner un coup de poing à quelqu'un. Je n'ai utilisé cette aptitude qu'à un moment regrettable (dont nous ne reparlerons jamais), où j'avais un peu trop bu et où j'ai séché un type qui m'était passé devant à la table de palet américain d'un bar ; ça explique pourquoi je suis bannie à vie du *Goat Hill Tavern* de Costa Mesa.

De : Reid C.
Envoyé le 29 mars à 00:36

De nos jours, il est de plus en plus difficile de trouver une femme qui prend le jeu de palet au sérieux.

De : Catherine M.
Envoyé le 29 mars à 00:43

Je fais tout pour me vendre ce soir. Cela explique-t-il pourquoi je suis sur un site de rencontre ? Peut-être.

De : Reid C.
Envoyé le 29 mars à 00:59

Non, écoute. Quand j'étais en master, il y avait un million de célibataires de mon âge. Maintenant que nous nous installons dans nos carrières, nos horizons se rétrécissent. La journée, je vois toujours les mêmes personnes, alors à moins de me lancer en ligne, de m'inscrire dans l'équipe de softball ou de prendre des leçons de voile, j'ai peu de chances de rencontrer de nouvelles personnes. Les sites de rencontre ne signifient pas que nous avons un problème, mais au contraire que nous sommes modernes et que nous maîtrisons la technologie. Pas vrai ?

De : Catherine M.
Envoyé le 29 mars à 01:04

Tout à fait ! Je me suis mal exprimée. Mais je crois qu'en règle générale, je tends à aller vers la facilité dans la vie : faire respecter mon tour au jeu de palet, corriger mes copies, boire une bière avec des amis. Plutôt que, par exemple, gérer tout le chaos émotionnel auquel je devrais m'intéresser quotidiennement.
Je me demande si je suis célibataire non pas parce que je n'ai pas encore rencontré la bonne personne mais parce que *je* ne suis pas encore la bonne personne. L'autre soir, j'ai eu une pensée terrifiante : qui est-ce que je pourrais intéresser ? Je n'arrive honnêtement pas à imaginer qui serait cet homme. Quelqu'un qui regarde des séries de 2004 et qui boit de la bière et a de l'humour ? OK, bien sûr. Mais est-ce la base d'une relation qui durera toute une vie ? Je ne crois pas honnêtement, mais je n'ai même pas un chat à qui demander son avis.

Chapitre 8

Reid

Il y a une liste standard d'avertissements que je dois rappeler à Ed et à Alex chaque fois que nous nous approchons de chez mes parents. Tout d'abord, ne pas draguer ma petite sœur. Ensuite, les toilettes du rez-de-chaussée fuient, donc attention à la manette après avoir tiré la chasse. Pour finir, prière de ne pas demander à mon père d'essayer son bras prothétique.

La première et la troisième situation ont eu lieu la douzaine de fois que mes amis m'ont accompagné chez mes parents. Mon père a perdu son bras dans un accident lié à une machine du vignoble à dix-sept ans ; pour une raison obscure, sa prothèse fascine Ed et Alex. Elle est dotée d'un crochet à l'extrémité, qui s'ouvre et se ferme selon l'angle, et les premières fois qu'ils sont venus, Ed et Alex ont passé des heures à essayer d'attraper des objets au hasard dans la maison. Il faut reconnaître que mon père les a plus ou moins laissés faire parce que c'est hilarant, probablement aussi parce que ça irrite suprêmement ma mère.

Et même si c'est ma sœur, j'ai conscience de la beauté de Rayme, il serait *impossible* de l'ignorer. À vingt-cinq ans, elle mesure 1 mètre 80 et pourrait faire concurrence à Wonder Woman en matière de forme physique tout comme en charme spontané. Tous mes amis – et bon nombre de mes amies – ont eu un coup de cœur pour elle à un moment donné. Ed veut l'épouser, Alex a des intentions bien moins honorables, et même Millie a admis que si elle était lesbienne, elle jetterait son dévolu sur elle. Seul Chris ne semble pas conquis par ses cheveux bruns et ses étonnants yeux dorés – ce qui est certainement la raison pour laquelle Rayme tente toujours d'attirer son attention à tout prix.

Il y a aussi la règle de la Non-Nudité, mais honnêtement, on pourrait penser à ce stade que c'est une *évidence*.

Nous entrons sur le chemin de terre et Millie se réveille en sursaut à côté de moi. Elle passe son avant-bras sur sa bouche et marmonne :

– J'ai ronflé ?

– Oui.

Je jette un coup d'œil à son visage bouffi de sommeil. Elle bat lentement des paupières. Sa bouche est un peu gonflée.

– Et j'ai bavé.

Elle jette un coup d'œil à travers la vitre arrière : les trois autres nous suivent dans la voiture de Chris. Parce que ma voiture était au garage, nous avons décidé de prendre la Mini Cooper de Millie, ce qui explique pourquoi Chris est au volant de son Acura, et endure Alex et Ed qui chantent à tue-tête, toutes fenêtres baissées.

Je sens son regard sur moi et lui adresse un sourire rapide avant de me concentrer à nouveau sur la route.

– Tu t'es reposée ?

Elle acquiesce en s'étirant.

– Je n'ai pas bien dormi cette semaine.

Je laisse échapper un grognement compatissant. Moi non plus. Ces dernières nuits, je me suis couché à 1 ou 2 heures du matin pour envoyer des messages à Catherine et, un peu moins fréquemment, à Daisy. Je n'avais pas été aussi excité depuis des années. J'ai l'impression d'être redevenu adolescent.

Millie lève le menton lorsque nous passons devant le panneau Pine Grove Road qui signale que nous sommes à moins de cinq kilomètres de ma maison.

– Presque arrivés. (Elle passe une main dans ses cheveux déployés sur ses épaules comme un coucher de soleil.) Tu veux que j'appelle Chris ?

Elle connaît la chanson.

– Bien sûr.

Chris répond à la première sonnerie grâce au Bluetooth de la voiture et il me faut quelques secondes pour distinguer sa voix. (Ed et Alex chantent à tue-tête sur la chanson de John Waite « Missing You ».)

– Sors-moi de cet enfer, lâche-t-il en guise de salutation.

Millie s'éclaircit la gorge.

– On appelle juste pour vous rappeler les règles de base.

– Rayme égale non non ! crie Alex.

– Les bras prothétiques ne sont pas des jouets ! ajoute Ed.

Et Chris complète le tour de parole :

– Les toilettes du rez-de-chaussée sont encore cassées, compris !

Ma mère est déjà sur le porche, faisant les cent pas en nous attendant. Elle descend les marches en trottinant lorsque nous garons nos voitures devant la grande bastide. Quand j'ouvre la portière pour sortir, je sais que je ne dois pas m'attendre à recevoir immédiatement un câlin – elle commence par Millie, puis Chris, puis moi. Alex et Ed reçoivent les derniers câlins, dans le genre *oh, ça va, venez par ici, espèces d'imbéciles,* comme font sans doute la plupart des gens avec eux.

Ed est en général mal à l'aise avec les parents, mais en trois minutes, Alex est parvenu à charmer suffisamment ma mère pour qu'elle en oublie l'origine de son énervement.

Même si je suis sûr qu'il s'arrangera pour la lui rappeler dans les huit prochaines heures.

– Je suis en train de préparer des côtelettes, lance ma mère en souriant à Millie qui fait semblant de rougir.

L'une des dernières fois que nous sommes venus, ma mère a servi des côtelettes que Millie a mangées avec tant d'enthousiasme qu'elle ressemblait au Joker après avoir fini son assiette. C'est le genre de ferveur gustative qui enchante la fibre culinaire de ma mère.

– Sharon. Vous essayez de me convaincre de m'installer ici ? lui demande Millie.

– Ne me tente pas. (Ma mère dépose un baiser sur la joue de Millie, puis s'éloigne vers la maison en criant.) James ! Ils sont arrivés !

Mon père répond depuis l'étage :

– Parce que tu crois que je n'ai pas entendu leur musique merdique dans l'allée ?

Chris sourit à mon père qui descend dans le salon.

– Alex et Ed ont choisi le thème émo[9] des années 80 pour tout le trajet.

– Qui conduisait ? demande mon père avec un petit rire, en connaissance de cause. (Il ne prend pas la peine d'attendre une réponse.) Tu es trop bien pour eux, Chris.

Sur ce, ils disparaissent ensemble pour faire je ne sais quoi. Discuter des complications météorologiques ou de la fermentation biochimique, sans doute. Alex et Ed regardent autour d'eux, sans doute à la recherche de Rayme, et je souris avec fierté lorsque Millie leur donne tour à tour une pichenette sur l'épaule.

– Elle ne rentrera pas avant cinq heures, précise-t-elle.

9. Également connu sous les termes d'« emotional hardcore » ou d'« emocore », style musical caractérisé par l'évanescence et le gothique qui émerge dans les années 1980 au sein de la scène punk hardcore de Washington.

Je commence à acquiescer avant de me souvenir que je ne détenais pas cette information.

– Attends, quoi ?

– Elle m'a écrit, répond Millie.

Je me plonge dans ses yeux verts innocents, puis admire ses coquettes taches de rousseur.

– Rayme t'a écrit ?

Elle ne m'a pas écrit à *moi*. Et Millie ne m'en a pas parlé.

– Euh, *ouais*.

Millie suit ma mère dans la cuisine et je me retrouve seul avec Ed, qui a plongé ses mains dans ses poches – ainsi, il ne pourra rien casser – et Alex qui marche d'un pas nonchalant et s'affale sur le canapé. Il pose les pieds sur la table basse.

– Alex, dis-je.

Il retire ses pieds.

– Une bière ?

Ils hochent la tête, je me dirige vers la cuisine. Ma mère et Millie scrutent le four, salivant à la vue et à l'odeur du fumet de la viande rôtie.

– Seigneur, ça a l'air vraiment délicieux !

Quand j'entends la voix grave de Millie, mon sang ne fait qu'un tour. Il se concentre au niveau de mon entrejambe jusqu'à ce que je me souvienne qu'elle parle de la cuisine de ma mère.

Ma mère sort par la porte du fond pour cueillir des légumes pour la salade et Millie s'appuie contre le comptoir en souriant. C'est un sourire discret, authentique. Les coins de sa bouche se relèvent, mais elle ne s'ouvre pas, et elle me scrute avec intensité, comme si elle lisait un article passionnant.

– Salut, toi, dit-elle.

Et on dirait que tout se fige. Avec la fête de titularisation, le sexe spontané et cette dernière semaine de cycle ininterrompu travail/rencontres en ligne/sommeil, je réalise que nous n'avons pas été *ensemble* depuis des jours. Et ne pas passer de temps avec elle... c'est bizarre.

– Salut toi-même.

– Quoi de neuf ?

Je hausse les épaules.

– J'ai un travail monstre en ce moment. Toi ?

– Pareil. (Millie prend un élastique et remonte ses cheveux en chignon.) J'ai commencé à rédiger mon livre.

– C'est génial. (Je lui tope dans la main, si chaude et douce contre la mienne.) Comment ça va sur le front des rencontres ?

– Bof. (Elle baisse les yeux.) Il y a un mec avec qui je parle pas mal.

– C'est super ! Tu vois, je t'avais dit que ce n'était pas tous des loosers ! (Elle hausse les épaules.) Il est cool ?

Elle acquiesce.

– Et toi ?

La tension monte soudain et j'ai l'impression que tout s'assourdit.

– Ouais. Pareil. Eh bien, avec les deux mêmes. Mais je discute avec Catherine tous les soirs. C'est... sympa.

Millie se mordille les lèvres et je n'arrive pas à déchiffrer sa réaction. Est-ce de la jalousie ?

– Parle-t-on de celle dont tu n'aimais pas la photo ?

Je grogne.

– Encore ça, sérieusement ?

Elle sourit.

– Parle-moi d'elle.

Une bouffée d'agacement monte lorsque je réalise avec quelle facilité elle parvient à éviter de se livrer en faisant parler les autres. Elle se dérobe avant même que je réalise ce qu'elle fait.

– Eh bien, je commence en choisissant soigneusement mes mots. Je ne sais pas dans quel département elle travaille, mais on dirait bien qu'elle est prof à l'UCSB. Elle est drôle – je te l'ai dit – et cool, et elle raconte des histoires merveilleuses. Quand elle était étudiante, elle a vécu en Afrique pendant un mois, et un jour, elle est montée dans la mauvaise voiture, qui l'a emmenée à trois cents kilomètres du village où elle était censée arriver, mais pas de stress, elle s'est contentée de sauter dans un bus et de revenir sur ses pas.

Millie sourit imperceptiblement.

– Waouh. C'est chouette.

– Elle a une sœur et – comme toi – sa mère est morte quand elle était jeune. (Je marque une pause, l'observant longuement.) Vous vous entendriez très bien toutes les deux. Si ça ne marche pas entre nous, je viens peut-être de te trouver une meilleure amie de réserve pour les fois où je ne suis pas là.

Millie se mord la lèvre inférieure, regarde ma bouche, puis prend une grande inspiration en se tournant vers l'évier.

– As-tu remarqué qu'aucun de tes parents ne t'a souhaité ton anniversaire ?

Je glousse.

– Ce n'est pas encore le jour J.

Elle se tourne pour me regarder.

– N'est-ce pas la raison pour laquelle nous sommes ici ?

– Seulement en partie. Ma mère a invité tout le monde, histoire de m'obliger à passer mon anniversaire avec elle.

Ma mère a trois sœurs et elles se livrent une compétition féroce à travers leurs enfants. On met la pression à certains enfants pour qu'ils étudient dans une université de l'Ivy League, on en contraint d'autres à faire médecine. Rayme et moi sommes censés faire très exactement ce à quoi les enfants de ma tante Janice se refusent, comme rendre régulièrement visite à mes parents, envoyer des mots de remerciements et célébrer la fête des mères.

– Tu sais à quoi je pensais un peu plus tôt ?

Elle parle en regardant ses pieds, je me vois donc dans l'incapacité de déchiffrer son expression pour deviner pourquoi son ton a changé.

– Je n'en ai pas la moindre idée.

– On a couché ensemble il y a seulement trois semaines.

Ça arrive parfois avec Millie. Elle n'est pas du genre à partager son processus de réflexion, et sa capacité à sauter du coq à l'âne me désoriente tellement que je me demande si je n'ai pas mal entendu. Mais ce n'est pas le cas, parce qu'elle rougit.

– En effet.

Comment est-elle passée de mon anniversaire à ça ? Elle laisse échapper un petit rire étrange.

– À quoi *pensait*-on ?

– Probablement qu'on était ivres et qu'un peu de sexe serait sympa ?

– *Tu* n'étais pas ivre.

– Non.

– Moi oui. (Elle réfléchit.) Un peu.

– Es-tu sûre de ne pas être ivre à cet instant ?

Je souris et avance vers le réfrigérateur, moins pour récupérer une bière que pour rafraîchir toute la façade extérieure de mon corps. Nous n'en avons pas reparlé depuis le lendemain, chez *Cajé* – et il est assez perturbant de penser qu'Alex et Ed sont à seulement une pièce de distance. Je réalise, aussi, qu'elle porte la même robe que ce soir-là. Est-ce ce qui lui a rappelé ce moment ?

Je ne peux m'empêcher de songer... porte-t-elle aussi les mêmes sous-vêtements ?

– Pas encore, malheureusement. Tout ce que je dis, c'est que je pourrais facilement t'écrire une lettre de recommandation pour l'une de tes... prétendantes. Au cas où tu en aurais besoin.

J'esquisse une révérence obséquieuse.

– J'apprécie de tout cœur.

Elle s'écarte du comptoir et ouvre le frigo d'un air décidé, sans me poser la moindre question. Elle en sort une bouteille de vin blanc. Je n'ai même pas besoin de lui indiquer où sont les verres ; elle en prend un dans un placard près de la plaque de cuisson, le remplit d'un air absent et remet la bouteille à sa place.

Ce qui fait remonter un vieux souvenir, celui des visites récurrentes d'Isla. Même à la dixième visite, elle avait besoin de la permission de ma mère ou de demander pour presque tout.

Entre.

Mets-toi à l'aise.

Tu veux boire quelque chose ? Un verre d'eau ? Du vin ?

Voilà, ma belle, assieds-toi à côté de Reid.

Vous dormirez tous les deux dans la chambre au fond du couloir.

Oui, trésor, tu peux dormir avec Reid, vous êtes des adultes.

Elle ne s'est jamais sentie chez elle.

Tout le contraire de Millie. Ce n'est pas qu'elle soit présomptueuse ou sans gêne, mais elle a compris tous les signaux dès la première fois qu'elle est venue ici – de la moindre tentative émise par mes parents pour que mes amis se sentent à l'aise (sauf quand il s'agit de courir nu dans le vignoble). Et la voilà. Elle s'étire, un bras au-dessus de la tête, puis change son verre de main. Elle tend le torse, ses seins se collent l'un contre l'autre.

La voilà dans toute sa splendeur, putain.

Et elle m'observe la contempler, contre le comptoir, sirotant son verre de vin.

– À quoi penses-tu ?

Elle sait à quoi je pense. Elle sait que je repense à la fois où nous avons couché ensemble.

– Je te regarde.

Je la connais si bien et elle reste tellement mystérieuse à la fois. Même si ce qui s'est passé entre nous était sympa, et très sexy – du moins pour moi –, je réalise que je n'ai aucune idée de ce qu'elle en pense. Si ça a été un interlude amusant ou une erreur que nous avons réussi à rectifier sans incident. Mais puisqu'il s'agit de Millie, elle pourrait tout aussi bien être pleine de regrets, sans jamais me le faire savoir, parce qu'elle les aura enfouis si profondément sous la surface.

Je décide de gratter un peu.

– Tu as reçu des messages aujourd'hui ?

Millie secoue la tête.

– J'en ai reçu un de mon préféré hier soir. Pas encore répondu.

Mon préféré. Cette phrase me serre le ventre et le cœur, dont le rythme s'accélère. Comment ai-je pu ne pas penser avant cet instant précis que si Millie rencontre quelqu'un, je n'aurai plus un accès total et illimité à elle ? Sans m'en rendre compte, je suis devenu l'homme le plus important de sa vie... et *j'aime* cette idée.

– Tu es tout pâle, dit-elle. On dirait qu'un nouvel assistant de laboratoire a déconné avec la coloration à l'hématoxyline. (Elle me sourit.) C'est la technique la plus facile, n'est-ce pas ? Tu vois que je t'écoute.

Je lui adresse un sourire fier, mais j'ai l'esprit ailleurs. Devrais-je être complètement honnête ? Millie n'est pas une amie particulièrement expansive sur ses émotions, mais nous n'avons jamais atteint ce *stade* non plus. Plus tout à fait, *juste amis*, mais sans aucune possibilité d'évolution.

– Je viens de réaliser que l'un de nous pourrait bientôt commencer une relation.

Elle laisse échapper son éclat de rire rauque habituel.

– Et tu le réalises *seulement* maintenant ?

– Ouais. Je sais que je l'ai dit l'autre soir, mais je ne le considérais pas encore comme une possibilité réelle.

– Et si on faisait ça seulement pour le gala, on pourrait y aller ensemble tous les deux. Mais ça ne plairait pas à Obama. Obama *voudrait qu'on ait des vies sexuelles*, Reid. (Je glousse, elle poursuit.) Parce que si on continue sur cette lancée, je nous vois à soixante-dix ans en train de faire des mots croisés ensemble dans le jardin de Chris.

– Après tout, ça ne sonne pas si mal.

– Allons, marmonne-t-elle. (Elle hausse les épaules puis prend une gorgée de vin.) On aime tous les deux le sexe. (La partie inférieure de mon corps explose de chaleur à ces mots.) Je ne suis pas optimiste à 100%, mais ça pourrait être sympa d'avoir quelqu'un sous la main qui soit proche de moi et qui aurait envie de coucher régulièrement avec moi. Des enfants aussi, peut-être. Un jour. Et, genre, une vie pleine d'aventures, à deux.

– Tu sais, si tu parvenais à être aussi ouverte et sincère dans ton profil, tu recevrais sans doute plus de manifestations d'intérêt légitime et moins de photos de pénis.

– Pourquoi es-tu aussi rabat-joie ?

– Pourquoi es-tu aussi secrète ?

Elle grimace imperceptiblement et plisse les yeux.

– Tu appuies là où ça fait mal.

Donc elle a conscience d'avoir des difficultés pour exprimer ses émotions. Intéressant.

– Sérieusement, Mills. Tu caches tellement tout. Es-tu agent secret ?

Elle sourit.

– Tu m'as eue.

– D'accord, trêve de plaisanteries. (Soudain, une vague de curiosité brûlante déferle sur moi.) Pourquoi ? Pourquoi ne me parles-tu pas plus ?

Elle ouvre la bouche et, pendant un instant, je la sens sur le point de me faire une grande révélation. Des confidences sur ce qu'elle a ressenti après avoir perdu sa mère si jeune, ou si elle aimerait que sa relation avec Elly soit différente. Quelque chose de brutalement honnête à mon sujet ou – putain – même sur Dustin. Mais elle resserre les lèvres et se contente de sourire.

– Là, tu vois. (Je la désigne du doigt.) Qu'allais-tu dire ?

Alex avance d'un pas, me prenant ma bière des mains.

– Elle allait dire que Benedict Cumberbatch a une tête de pénis non circoncis.

– Je croyais que tu allais nous chercher des bières.

Ed me dévisage d'un air contrit avant de regarder Alex, puis le réfrigérateur.

– Merde. J'ai oublié.

Ed fronce les sourcils comme si je l'avais réellement laissé tomber.

– Ed, dis-je, il y a douze bières par ici. Prends-en une.

Il jette un coup d'œil alentour avec un air d'adolescent coupable, comme s'il voulait s'assurer que mes parents ne le surprendront pas à subtiliser de l'alcool, puis prend furtivement une bière dans le réfrigérateur. Il s'exécute si vite que les bouteilles de condiments s'entrechoquent dans la porte qui claque.

– Chris est toujours avec ton père ? demande Alex.

– Ouais. (Je prends aussi une bière.) Il ne quittera jamais ma mère pour la voisine du bout du chemin, il la quittera pour Chris.

– Je ne pense pas que Chris aime les mecs, ajoute Ed avec obligeance.

– Il plaisantait, Eddie, renchérit Mills en lui donnant un petit coup sur l'épaule.

Ed vide la moitié de sa bière avant de roter.

– Je ne suis clairement pas encore en pleine possession de mes moyens. J'ai besoin de plus de bière.

Alex penche la tête sur le côté en désignant le salon.

– Ed vient de recevoir un message de Selma.

– La fille sexy ? je demande.

Ed acquiesce, en affectant la désinvolture.

– Tout roule. Je lui ai proposé de nous rencontrer la semaine prochaine.

– Déjà ? demande Millie.

– Millie, réplique Alex en riant. Les utilisateurs de Tinder se rencontrent le jour où ils font un match.

Millie hausse les épaules.

– Je sais, mais je pensais que sur IRL, les gens prenaient leur temps. (Elle me jette un coup d'œil avant de se détourner rapidement.) Ce qui me plaît.

– Je la rencontrerai quand elle voudra. (Ed hausse les épaules, puis étudie la bière qu'il tient à la main.) Je devrais peut-être descendre à un rythme de trois bières par jour.

Il faut que je perde quelques kilos. J'en ai marre de me cacher à la plage.

– N'est-ce pas la raison pour laquelle on commence une relation ? demande Millie. Pour recommencer à manger et à boire ?

Alex me désigne de sa bière.

– Et toi, Reid ? Quoi de neuf avec tes prétendantes ?

– Elles me plaisent toutes les deux.

– Il faut que tu imagines une manière de les départager, propose Alex.

Millie lui adresse un regard noir, les joues légèrement rouges.

– Avez-vous déjà pensé que Daisy et Catherine parlent sans doute à plein de types, elles aussi ?

Je cligne des yeux. Je suis un imbécile, et je le réalise à la seconde où elle prononce cette phrase.

– Me jetterez-vous la pierre si je réponds non ?

Ed et Alex lancent : « Non » au moment où Millie crie : « Oui ! »

Je grimace, confus.

– J'ai juste du mal à imaginer que Cat pourrait avoir ce genre d'interaction avec quelqu'un d'autre.

– Mais n'est-ce pas *ton* cas ? demande Millie, fâchée. Avec Daisy ?

C'est un bon point. Je hoche la tête.

– En réalité oui, même si je parle sans doute plus fréquemment et plus ouvertement à Cat. (Le silence s'étire pendant un moment.) Et donc, quand est-ce que je devrais leur proposer de me rencontrer ?

– Demande peut-être plus de photos avant, non ? suggère Alex.

Millie halète.

– Ne le fais pas, c'est un truc de connard !

Nous nous taisons soudain.

Millie est en général imperturbable et parvient toujours à garder le contrôle sur ses émotions, contrairement à nous.

A-t-elle peur de me perdre si une autre femme entre dans ma vie ? Craint-elle pour notre amitié ?

– Bon, c'est au tour de quelqu'un d'autre d'être sous le feu des projecteurs. Ce n'est pas comme si j'étais le seul à utiliser cette application.

– Chris a matché avec l'une de ses anciennes assistantes pédagogiques l'autre jour, lance Alex, et nous nous tournons tous vers lui, choqués. J'ai commencé à me foutre de lui quand j'ai ouvert mon profil et que j'ai réalisé que celui de ma *sœur* m'était suggéré. (Notre surprise se mue en horreur, Alex frissonne brutalement.) Maintenant, j'ai l'impression qu'elle m'a vu tout nu ! Voilà pourquoi j'espère que les choses se dérouleront mieux pour toi, Reid.

Nous considérons ces paroles pendant quelques secondes, et puis ils se tournent à nouveau tous vers moi, l'air plein d'espoir.

– Eh bien, elles me plaisent toutes les deux. Mais je ne trouve pas correct de sortir avec deux filles en même temps, parce que je n'ai jamais fonctionné comme ça.

– Alors contente-toi d'inviter Daisy à sortir, lâche Millie avec amertume.

– Mais j'aime beaucoup Catherine. Elle est drôle et on parle beaucoup plus. L'humour est une denrée rare.

Millie me dévisage, bouche bée.

– Pardon ! Je suis *hilarante,* espèce de cuistre infâme.

– Je n'appellerai plus mon frère que comme ça à partir de maintenant, s'exclame une nouvelle voix.

Toute l'attention se porte vers le salon et le silence se fait à l'arrivée de Rayme. Ma petite sœur a toujours eu le goût des tenues exotiques, mais là, elle porte un débardeur flottant à sequins et... je ne suis même pas sûre qu'il soit possible d'appeler son bas une jupe.

Je m'exclame :

– Rayme, franchement... Il fait *cinq degrés* dehors.

Ma sœur veut la mort d'Ed et d'Alex.

Ou bien est déterminée à se gagner les faveurs de Chris.

– Waouh, marmonne Alex.

Sa langue pend jusqu'au sol.

– Alex, repends-toi, dis-je. Rayme, retourne t'habiller.

Je crois qu'elle s'approche pour me faire un câlin, mais au dernier moment, elle se dirige vers Millie, en lâchant un « *pardon ?* » ennuyé qui m'est destiné par-dessus son épaule.

– Ton objectif est-il de leur provoquer une crise cardiaque ?

Je désigne Chose Baveuse 1 et Chose Baveuse 2.

Elle fait ensuite un câlin à Ed et ce contact le transforme en statue rouge vif, les bras raides sur les côtés.

Millie m'adresse un regard réprobateur, mais n'ajoute rien. Nous savons tous que ma sœur n'a besoin de personne pour se défendre.

– Ce sont des adultes, raisonne Rayme. S'ils ne peuvent pas encaisser de me voir en jupe, alors qu'ils restent chez eux.

Pour toute réponse, Alex ouvre grand les bras et lui adresse son sourire de latin lover tout en fossettes. Rayme s'approche avec précaution.

– Où est passée maman ? je demande.

Elle au moins serait d'accord avec moi.

Millie tend le cou pour regarder le jardin par la fenêtre.

– Elle parle avec Chris et ton père. Elle est sortie cueillir des tomates et a dû tomber sur eux sur le chemin du retour. (Elle plisse les yeux.) Je crois qu'ils fument *la pipe.*

Je vous présente mes parents : des hippies qui fument la pipe.

– Ils fument le narguilé ?

Ed semble revenir à la vie.

– Plutôt la pipe dans le style Sherlock Holmes, glousse Rayme, et il se fige en sentant l'attention qu'elle porte sur lui.

Lorsqu'ils font soudain irruption dans la maison, flotte effectivement dans la vague d'air froid qui rentre dans la pièce l'odeur épicée du tabac à pipe. Tout sourires et sans interrompre leur conversation, mon père et Chris se servent tous les deux en bière et avancent dans la salle à manger, sans nous prêter attention. Rayme fait la moue et Millie croise mon regard. J'essaie de repenser aux interactions de ma sœur avec Chris il y a plus d'un an, mais je jure que même quand elle avait dix-neuf, vingt ou vingt et un ans, je n'ai jamais pu imaginer Rayme sortir avec quelqu'un. Tout comme j'aurai toujours vingt ans dans ma tête, elle restera bloquée à quatorze. Elle sera toujours une adolescente dégingandée, un poulain aux membres trop longs.

Elle emboîte le pas de Chris et de mon père, Alex et Ed suivent Rayme et Millie aide ma mère à mettre la table. J'essaie de participer, mais elles finissent par m'évincer parce qu'apparemment, piquer dans les plats est interdit.

Mes parents possèdent une énorme table de ferme qui occupe presque toute la salle à manger. La pièce, bien plus longue que large, offre une vue imprenable sur les collines du vignoble familial, sans doute la plus impressionnante de toute la maison, en dehors de celle de leur chambre qui surplombe encore davantage le paysage. Ce soir, ma mère a décoré la table avec une guirlande de fleurs serpentant entre des bougies blanches. Ed s'assoit avec l'air de ne pas savoir où mettre les mains, il a les yeux écarquillés.

– Ed, lance Millie qui l'a aussi remarqué. Que t'arrive-t-il ? On dirait que tu n'as jamais vu de l'argenterie.

Ed prend une fourchette à salade.

– Pendant mon adolescence, on se sentait au top de l'élégance quand on mettait les assiettes sur des plateaux télé.

Heureusement, ma mère parvient à ravaler son hoquet de compassion. À la place, elle dit :

– Nous sommes juste réunis pour célébrer l'anniversaire de Reid ce week-end et il mérite le meilleur. James, veux-tu dire quelques mots ?

Tous les regards se posent sur mon père qui la dévisage comme si elle venait de suggérer qu'il se lance dans une chorégraphie de breakdance.

– Bien sûr. Euh, joyeux anniversaire, Reid. Trente et un ans... c'est un bel âge.

– Il va avoir trente-deux ans, corrige Millie avec un sourire.

Mon père lève son verre de vin pour la remercier.

– Également un bel âge. Et... espérons qu'il y aura de la pluie et que les niveaux de nitrogène de la terre augmenteront au printemps, n'est-ce pas ?

Sur ce, mon père saisit le plat de côtelettes.

– Voilà tout ce qu'il te souhaite pour ton anniversaire, lance ma sœur en inclinant la tête, amusée.

À vrai dire, mon père n'est pas l'orateur le plus talentueux de l'univers. Il est bien meilleur lorsqu'il s'agit de faire pousser des plants.

– Donc, parle-moi de cette application de rencontre, lance ma mère.

– Application de rencontre ? Quoi ? Je veux tout savoir, renchérit Rayme, apparemment ravie.

– Ce n'est pas cette application Grind Up dont j'entends parler, si ? demande ma mère.

J'écarquille les yeux et les observe toutes les deux de l'autre côté de la table.

– Tout d'abord, *Grindr* est destinée aux homosexuels. Donc non. Et lequel de mes chers amis vous en a parlé ? Histoire que je le remercie comme il se doit un peu plus tard... ?

Chris, Millie et Alex se tournent vers Ed et je me serais jeté sur lui s'il n'était pas aussi loin de moi et armé d'un couteau à beurre.

– Quoi ? lance-t-il, la bouche déjà pleine. (Il déglutit, puis a la décence d'avoir l'air désolé.) Ta mère m'a demandé si je voyais quelqu'un – il sourit en regardant Rayme –, ce qui n'est pas le cas, si quelqu'un se posait la question. Je ne savais pas que notre Recherche de Cavalières pour le Gala était un secret.

À côté de moi, Millie a vidé la moitié de son verre, mais elle ne vole pas à mon secours.

– C'est juste pour rigoler, leur dis-je avec un petit signe de la main. L'administration en fait des tonnes à cause de la venue d'Obama et on a pensé que ce serait une bonne occasion pour nous de trouver des partenaires. Logique.

Ma mère secoue la tête.

– Ça ne semble pas logique. À mon époque, on sortait *vraiment* pour rencontrer des gens. Des bals, des rencontres à l'aveugle, des bars. Seigneur, tu pourrais être en train de parler à l'une des tueuses en série de Millie sans le savoir.

– Je ne connais aucune tueuse en série en personne, clarifie Millie.

– Voilà le truc, lance Rayme en dessinant un cercle imaginaire qui inclut Chris, Ed, Alex et moi. Je comprends pourquoi ils le font. C'est comme un tapis roulant de filles qu'ils peuvent regarder pendant qu'ils jouent à *Overwatch,* se branlent en groupe ou autre. Mais Millie ? Euh... Les sites de rencontre sont l'équivalent du deuxième cercle de l'enfer pour les femmes.

Millie lève encore son verre.

– Pas faux.

– Ce n'est pas si mal, dit Ed en haussant les épaules. J'ai eu un match avec une fille qui m'a plu. Reid aussi. Il parle à *deux* filles, d'ailleurs.

Waouh. Je vais *vraiment* botter le cul d'Ed un peu plus tard.

– Reid, me sermonne ma mère. Tu n'as pas intérêt à jouer avec leurs sentiments.

Rayme renchérit :

– Ouais, *Reid.*

– Ça n'a rien à voir. (Je piétine le pied de Rayme sous la table.) Nous apprenons à nous connaître.

– Je ne comprends pas ce que les ordinateurs ont à voir avec le sexe. Pourquoi ne vas-tu pas tout simplement chez Rita, ce petit bar à quelques kilomètres d'ici ? Tu t'en souviens, Reid ? Jeudi soir, c'est soirée filles et les bières coûtent seulement deux dollars. Cet endroit est *plein* de femmes.

– Papa...

– Bon sang, Jim, le coupe ma mère, ravie. Tu te souviens quand Reid a essayé d'y entrer à dix-sept ans ?

– Le shérif lui avait mis le grappin dessus parce qu'il avait une fausse carte d'identité !

Mon père s'écroule de rire et frappe la table de son bras prosthétique, provoquant un soubresaut général des couverts et des verres. Bien sûr, tous les Campbell, tout comme Chris et Millie y sont habitués, mais Ed et Alex sursautent très visiblement de leurs chaises.

– Tu devrais donner une chance à ce bar tant que tu es ici.

Après avoir promis à mes parents que j'irai chez Rita, le reste du dîner retrouve un cours normal. Mon père et Chris continuent de discuter à mi-voix des concentrations en phosphate et en calcium de la région. Rayme s'immisce dans la conversation et, pour la première fois, je vois les yeux de Chris s'illuminer lorsqu'elle mentionne un nouvel engrais vert qu'ils vont tester pour essayer de faire remonter le pH du sol. Alex et Ed abandonnent leurs tentatives pour engager la conversation avec Rayme et finissent par écouter ma mère babiller au sujet de la femme qui produit des œuvres d'art bizarres, à très haute voix, tout en étudiant la réaction de mon père chaque fois qu'elle hurle le prénom *Marla.* Heureusement pour moi, la conversation au sujet de ma vie amoureuse est abandonnée.

À ma droite, Millie me donne un coup de coude.

– Tu as assez mangé ?

J'acquiesce. Nous sommes arrivés au moment le plus tranquille de la soirée. Lorsque le vin aura coulé dans tous les gosiers, l'enfer se déchaînera.

– J'apprécie le calme avant la tempête. Et par tempête, je veux dire les jeux de société, l'alcoolémie et la nudité qui en résulte.

Elle s'étire et, dans un geste très antimissile, elle m'embrasse sur la joue.

– Merci de toujours m'inclure.

Comme je m'y attendais, les choses s'enveniment sérieusement après le dessert. Alex et Rayme sortent un paquet de cartes et s'absorbent dans un Jeu du Roi. Ma mère se joint à eux et au moins trois verres de vin se renversent, mais quatre bouteilles disparaissent, donc je ne sais pas si quelqu'un le remarque.

On sort le Twister et c'est seulement à ce moment-là que ma mère, pompette, suggère que Rayme enfile au moins un short. Bilan des courses : j'ai failli me casser la jambe en tentant de maintenir mon pied droit sur le point rouge et ma main droite sur le vert. Lorsque les dix autres adultes alcoolisés se rassemblent autour de la table basse pour jouer au Grand Bluff avec six jeux de cartes collants, je pars à la recherche de Millie qui a disparu environ une demi-heure plus tôt.

Je la retrouve recroquevillée sur la terrasse, derrière la maison. Elle s'est changée et porte un pull et un jean, elle lit sur son iPad. Elle s'est entortillée dans sa couette et a enfilé l'une des casquettes en laine de mon père sur ses cheveux emmêlés. Il fait froid dehors, mais pas glacial, et à l'instant où la porte se referme, le silence devient tangible. Le vignoble s'étend devant nous comme une mer noire invisible.

– Salut, toi. (Je m'assois sur la chaise longue en face d'elle.) Tu es en train de rater Ed racontant à ma mère la fois où son ex a failli le renverser en voiture. Tu sais, la cracheuse de feu de la fête foraine.

Elle me sourit et répond par une plaisanterie :

– C'est un récit qui doit rester unique pour ne pas devenir banal, tu ne crois pas ?

– Qu'est-ce que tu lis ?

Millie incline son iPad vers moi.

– Et je disparaîtrai dans la nuit.

– Mon adorable fan de *True crime.*

Elle acquiesce.

– C'est vraiment mon truc.

Je suis tenté de reprendre notre conversation d'avant le dîner, mais je crois que je ferais mieux de la laisser tranquille. Elle se replonge dans sa lecture et je m'étire sur la chaise longue, en croisant les jambes. J'aime être dehors – tout est tranquille, frais... et relaxant. Millie est tellement calme, en permanence –, être près d'elle me donne l'impression d'être face à un feu de cheminée. Je sors mon téléphone, jette un œil à ma boîte mail de l'université avant d'ouvrir l'app d'IRL pour consulter mes messages. J'en ai deux. L'un de Daisy, l'autre de Cat, à qui j'ai parlé de mon ambivalence quant à un week-end chez mes parents.

De : Catherine M.
Envoyé le 31 mars à 11:43

Quand j'étais en CM1, j'avais environ trente kilos de ferraille dans la bouche – je ne me suis jamais remise de mon zézaiement de l'époque. Vraiment, c'était terrible, un zézaiement digne de dessin animé.

Une camarade, Tessa, n'arrêtait pas de se moquer de moi. Elle levait la main en classe pour répondre à une question et zézayait exprès, ce qui faisait glousser tous mes camarades. Ça a fini par me déranger suffisamment pour que j'en parle à mon père et il m'a proposé des « réponses » à utiliser quand elle me malmenait.

Je vais être honnête : elles étaient nulles. C'était dans le style « Tessa, je n'apprécie vraiment pas que tu te moques de moi comme ça » ou « Tessa, tu penses peut-être que te moquer de mon zézaiement c'est marrant, mais ça me fait du mal ». Non seulement prononcer ces phrases en zézayant déclencherait encore plus d'hilarité mais ce genre de répliques ne fait pas réagir une gamine de dix ans.

J'ai réalisé que mon père était nul en reparties et j'ai ajouté ça à la liste des choses que Ma Mère Aurait Mieux Réussies, jusqu'au jour où je suis rentrée chez moi en pleurant. Je suis montée directement dans ma chambre et, une heure plus tard, j'ai entendu sa voix tonner au rez-de-chaussée : « Écoutez, je me fiche de savoir si vous la forcerez à bouffer du sable ou si vous l'enfermerez dans un placard dans le noir, mais faites en sorte que cette petite brute se tienne à distance de ma fille à partir de maintenant ou je viendrai vous le demander en personne. »

Il va sans dire que Tessa ne m'a plus jamais créé le moindre ennui.

Je ne sais pas exactement quelle était mon intention quand j'ai commencé à te raconter cette histoire. Parfois, on pense que nos parents sont nuls et vient le moment où ils nous surprennent en étant géniaux. J'espère que ce sera ce qui se passera ce week-end pour toi.

C.

Je relis le message plusieurs fois en riant, avant de taper une réponse rapide :

De : Reid C.

Envoyé le 1er avril à 00:02

OK, j'ai eu un fou rire en lisant ton message. Et tout se passe assez bien. Ma mère a préparé des côtelettes et de la purée, elle a seulement mentionné la Femme du Bout du Chemin sept cents fois, mais je ne pense pas que mon père l'ait remarqué. Mes amis se sont arrangés pour qu'elle soit éméchée. Elle ne s'énervera donc peut-être pas quand ils se mettront à courir nus entre les vignes un peu plus tard. La maison est un chaos, mais je suis dehors avec ma meilleure amie qui m'aide toujours à me calmer. C'est sympa et tranquille et je suis content d'être de retour chez moi. Tu avais raison.

J'espère que te dire que je suis vraiment content que tu m'aies écrit ce soir n'est pas trop direct.

À très vite.

R.

J'ouvre le message de Daisy.

De : Daisy D.
Envoyé le 1er avril à 21:15

Salut Reid !
Oh là là, je parie que c'est magnifique là-haut ! Joyeux anniversaire. Le mien, c'est en juillet. Un anniversaire l'été, ce n'est pas top parce que personne n'est jamais là ! Trouvons un moment pour nous voir quand tu seras de retour, je suis partante ! Et amuse-toi bien !
Daisy

Je relis ce message plusieurs fois en me demandant quoi répondre. Certes, j'ai tendance à tout suranalyser mais discuter avec Daisy ressemble à jouer à Candy Land. Je sais que certaines personnes ne sont pas douées en ligne, et heureusement, je sens que c'est son cas. Je tape quelques mots, puis les efface. Je pourrais aussi décider de ne pas répondre, n'est-ce pas ?

Je jette un coup d'œil à Millie qui semble aussi être en train de lire un message sur IRL, un léger sourire aux lèvres. Mon étrange bouffée de jalousie est de retour, mais je la refoule avec obstination jusqu'à ce qu'elle se désintègre.

Finalement, je décide d'écrire simplement à Daisy : Merci ! Passe un excellent week-end ! et j'appuie sur ENVOYER au moment précis où Millie se lève. Elle me surplombe, la couette sur les épaules, la casquette enfoncée sur les oreilles.

– Qu'est-ce que tu trafiques ? demande-t-elle calmement.

– Je répondais juste à Daisy.

Elle se fige et j'en profite pour la dévisager. Ses traits sont illuminés par la douce lumière qui provient des fenêtres derrière nous, elle a la tête inclinée et fronce un peu les sourcils, comme elle le fait toujours quand elle a quelque chose en tête.

– Ça va, toi ?

Je crois que je lui ai déjà beaucoup posé la question ces derniers jours et ce doit être exactement la raison pour laquelle il est déconseillé de coucher avec sa meilleure amie superbe-mais-réservée.

– Ouais. (Elle me prend la main.) On monte se coucher ?

– Bonne idée, je suis mort de fatigue.

– Je veux dire, murmure-t-elle encore plus doucement. *Ensemble.*

Elle resserre ses doigts autour des miens.

Bon sang.

– *Ensemble* ensemble ? dis-je en comprenant le sous-entendu.

– Ouais.

Je perds soudain toute capacité de raisonnement et deviens incapable de réagir autrement qu'en me laissant submerger par un désir irrépressible. Après seulement une nuit, elle parvient à me faire passer alternativement de l'ami inquiet à l'amant impatient au seul ton de sa voix.

– Genre, pour du sexe ?

Elle rit, gronde et hésite seulement quelques secondes avant de répondre, tremblante :

– Ouais.

Je me lève et nous sommes si proches que la chaleur qui émane de son corps me parvient. Je suis submergé par le violent désir de l'embrasser, comme pour confirmer qu'elle ne se moque pas de moi. C'est bref, juste un frôlement de lèvres, mais elle s'attarde un peu, les paupières lourdes. À l'intérieur, il suffirait que quelqu'un tourne la tête et regarde à travers la fenêtre pour nous voir, donc ce n'est pas très malin, mais je suis trop ahuri pour prendre des précautions.

La première fois devait être la dernière, c'est du moins ce que je pensais. Avait-elle envie de recommencer et a-t-elle seulement osé maintenant ? Ça ne ressemble pas à Millie. Ou est-ce seulement une impulsion, qui sera canalisée demain, et bien compartimentée ?

Quoi qu'il en soit, à cet instant précis, je crois que je m'en fiche.

Chapitre 9

Millie

Après un baiser d'une demi-seconde, Reid recule d'un pas, ménageant ce que je suppose être une distance platonique entre nous. Mais ma tête tourne un peu à cause du vin et de sa proximité, donc je m'attarde en m'arrêtant seulement lorsqu'il pose les yeux sur le reste du groupe réuni à l'intérieur, en pleine partie endiablée de cartes.

C'est vrai. Des témoins.

Reid me prend mon iPad des mains. Je commence à prier secrètement d'avoir fermé l'application avant de verrouiller l'écran. Pendant une seconde, il reste trop silencieux à mon goût. Va-t-il me dire qu'il n'est pas question de recommencer ?

Va-t-il me rétorquer que c'est tout *sauf* une bonne idée ?

Mais, l'instant d'après, il relève les yeux et m'adresse un demi-sourire, le regard lourd.

– Pourquoi ne montes-tu pas en premier ?

Mon sang se met à bouillonner.

– OK. Ma chambre ?

Au bout du couloir, c'est le plus logique. Il hoche la tête.

– J'attends un peu et je te rejoins.

Je récupère mon iPad, ma couette, et me dirige à l'intérieur avant de dire quelque chose qui nous fera changer d'avis. Je ne sais pas ce qu'on fabrique. Tout ce que je sais, c'est que ses messages sont adorables et que baisser la garde me fait du bien. Sa famille est géniale, l'atmosphère de cette maison me détend et c'est la personne avec qui je préfère passer du temps sur cette planète. Cat lui plaît, Cat c'est moi, et nous voilà en direction de la chambre d'ami pour du sexe.

Je m'inquiéterai du reste demain.

J'ouvre la porte et suis frappée par le boucan à l'intérieur.

– Oh, parfait. (Le visage d'Ed s'illumine quand il me voit et il m'attrape par le bras pour me faire entrer dans la conversation.) Mills, parle-leur de la fille que j'ai rencontrée pendant la croisière. Celle de la jambe.

Il me fait signe de commencer. Ses joues sont roses, sans doute parce qu'il a ingéré énormément de bière, et il a un immense sourire aux lèvres. Je n'ai pas besoin de regarder Reid pour savoir qu'il m'observe, amusé, en se demandant comment je réussirai à m'extirper des griffes d'un Ed joyeux et ivre. Une fois qu'il a une idée en tête, il est presque impossible de s'en libérer.

Heureusement ou malheureusement, je dois me faufiler avant que quelqu'un ne se rende compte de ce qui clignote sur mon front : *je suis sur le point de baiser !*

Je fronce les sourcils.

– En réalité, j'allais partir me coucher. (Je me frotte le ventre.) Je me sens un peu... *hum.*

Sharon se lève, inquiète. Son expression est tellement proche de celle de son fils que j'en perds mes mots.

– Tu ne te sens pas bien, ma chérie ?

J'esquisse un geste de la main en regrettant de ne pas avoir été plus discrète. Avec un peu de recul, sauter par-dessus la palissade pour entrer par la porte principale aurait été plus facile.

– Je me suis juste *vraiment* régalée avec les côtelettes.

Ed semble soudain triste et Rayme fait la moue, attirant le regard de tous les hommes n'appartenant pas à sa famille ici présents – dont, je remarque, Chris.

– Mais tu n'es même pas ivre, dit Rayme.

Je désigne Ed.

– Il est suffisamment ivre pour deux. Ne le quitte pas des yeux.

Sur ce, je parviens à m'échapper.

Hélas, ma victoire est de courte durée parce qu'une fois dans ma chambre, je commence à paniquer : la raison pour laquelle je me suis lancée n'a rien à voir avec l'attitude adorable de Reid, mais plutôt avec la prise de conscience soudaine que si Reid et Daisy s'entendent bien, c'est *Daisy* qui déshabillera Reid.

Je n'ai peut-être pas la moindre idée de ce que je voudrai demain, mais je suis certaine de ne pas souhaiter que quelqu'un d'autre voie Reid nu.

Et puis, il y a le fait qu'il a accepté aussi facilement. Pensait-il recommencer ? Attendait-il que je prenne l'initiative ? Vais-je créer beaucoup de confusion avec mon meilleur ami ?

Je suis immédiatement distraite par une autre urgence.

– Seigneur...

Je ne me suis pas rasé les jambes depuis... *bon sang.*

En essayant de parer au plus pressé – tout en sachant que je n'ai pas le temps de tout raser avant l'arrivée de Reid, même si Ed Pompette le retiendra quelques instants –, je me lâche les cheveux, leur redonne du volume avant de les rattacher. Je retire mes vêtements, enfile mon pyjama puis me rhabille pour ne pas sembler trop... impatiente ? Je parviens à enfiler mon chemisier au moment où je croise mon reflet dans le miroir de la coiffeuse en remarquant que mon eye-liner a coulé sous mes yeux.

Je sors une lingette démaquillante et tente de rattraper le coup, mais Reid toque à la porte, entre et marque un temps d'arrêt en voyant les coulures noires sous mes yeux.

– Waouh. Quoi de neuf, Rocky ?

Il remarque le chemisier que j'ai apparemment mis à l'envers et mes jambes nues.

– Est-ce que... ça va ?

– Merde. (Je me frotte les yeux.) Oui.

– Waouh, Mills. Tu te faisais belle pour moi ?

– Non.

– Tu paniques. (Il s'approche de moi, regarde par-dessus mon épaule dans le miroir.) N'est-ce pas ?

– Je... non... (Je me tourne pour le regarder.) Je ne panique pas. Ce n'est pas l'expression d'une personne qui panique. C'est l'expression d'une personne qui...

... vient de réaliser que c'est une imbécile jalouse et mesquine qui a vraiment très envie de baiser, mais que les conséquences préoccupent aussi.

– Qui quoi ?

Je cligne les yeux.

– Attends. Comment as-tu fait pour monter aussi rapidement ?

– J'ai été témoin de l'embuscade dont tu as été victime et je suis passé par le garage.

Il se fige complètement et m'observe des pieds à la tête avant de s'approcher d'un pas.

Je n'ai pas les mots pour exprimer à quel point le Reid intense, sur le point de se jeter sur moi, me plaît.

Il m'attrape par la hanche et glisse un doigt sous l'élastique de ma culotte.

– J'étais en train de penser au moment où je te déshabillerais.

Même à travers ses vêtements, je sens la chaleur de son corps contre mon ventre, de ses cuisses contre les miennes.

– Je ne me suis pas rasé les jambes.

Nous sommes presque collés l'un à l'autre, je sens son rire plus que je ne l'entends.

– Tu as laissé des tampons dans ma salle de bains et déjà utilisé du lubrifiant trouvé dans mon dressing pour ouvrir une fermeture Éclair. Je ne pense pas que quelques poils sur tes jambes me choqueront.

– Je sais, c'est juste… c'est l'une des choses à prendre en compte quand on projette d'avoir des relations sexuelles. Se raser les jambes, se brosser les dents, s'épiler le…

Il hausse les sourcils.

– Tu devrais savoir que je me fiche de ce genre de détails. (Il me frôle la joue du bout du nez avant de se redresser.) Bon, sauf peut-être le lavage de dents. Tu as le droit de continuer.

– C'est noté. (Je ferme les yeux en sentant ses doigts m'effleurer la hanche. Il sourit contre mon menton, dans mon cou.) Tout le monde est en bas. (Il ouvre la bouche, son souffle est brûlant contre ma peau.) Devrait-on attendre qu'ils aillent se coucher ?

Je renverse la tête en arrière et m'identifie fortement avec l'expression *court-circuit*. J'aimerais pouvoir me raccrocher au moins à une pensée rationnelle, mais j'en suis incapable.

– Attendre ? dis-je d'une voix tremblante. Et quoi, jouer au Scrabble ?

Il fait passer mon chemisier par-dessus ma tête avant de descendre ma culotte sur mes cuisses. Il me caresse comme si j'étais sertie de pierres précieuses.

Sa voix devient un murmure contre mon épaule.

– Je n'ai jamais baisé chez mes parents.

Je me fige.

– *Jamais ?*

Il sourit à nouveau, s'agenouille en déposant des baisers entre mes seins, sur le coton de mon soutien-gorge. Il suce un téton à travers le tissu, et je me cambre. Ses grandes mains m'effleurent les côtes, il retire mon soutien-gorge d'un geste nonchalant.

Finalement, il secoue la tête.

– Jamais. Isla avait toujours peur qu'ils nous entendent.

Je plonge les doigts dans ses cheveux.

– Je suppose que baiser chez ses parents ne change pas grand-chose. (Je halète lorsqu'il ouvre la bouche contre ma peau.) Il suffit d'être plus discret.

Reid lève les yeux vers moi, un sourire diabolique aux lèvres.

– Je ne suis pas sûr de pouvoir me contrôler.

Tous les neurones de mon cerveau s'enflamment, je suis prête à le jurer.

– Oh.

Reid se redresse de toute sa hauteur et je dois lever la tête pour croiser à nouveau son regard. Je suis complètement nue – mon soutien-gorge gît au sol, ma culotte aussi –, mais Reid porte encore ses vêtements.

– Ferait-on mieux de rester là ? Peut-être contre le mur… (Il pose une main sur la cloison à côté de ma tête et acquiesce.) Si le sommier grince.

L'idée que le sommier grince, que je puisse *entendre* ce qu'on fera, fait exploser la chaleur dans mon corps.

Je monte sur la pointe des pieds pour l'embrasser et le pousse délicatement en arrière. Un pas, un autre, puis encore un autre, jusqu'au lit double sous la fenêtre.

Il y a soudain beaucoup trop de vêtements entre nous. Je remonte son tee-shirt sur son ventre avant de m'arrêter lorsqu'il comprend et s'empresse de me prêter main-forte. J'ai déjà vu son corps. Nous nageons ensemble, nous allons à la salle de sport, et Reid *connaît* ses atouts, il se promène tout le temps torse nu. Mais nous avons couché ensemble dans le noir et j'étais un peu ivre. À cet instant, la lumière est éclairée et je suis presque sobre. Je vais regarder, toucher et apprécier chaque centimètre carré de sa peau.

– Je peux me contrôler, lui dis-je.

– Bien. (J'ai du mal à ouvrir sa ceinture, ce qui l'amuse.) Sinon mon père pensera qu'il y a un problème de tuyauterie et nous aurons du public.

– Euh, ne parle pas de ton père maintenant.

J'effleure son téton du bout de l'ongle et il prend une grande inspiration.

– D'accord, alors ma mère. Ou Alex, Dieu sait qu'il aime jouer à l'arbitre…

– Je te jure que si tu continues...

Mais je m'arrête net en sentant sa main sur ma nuque et son sourire contre le mien. Ses lèvres sont aussi douces que dans mon souvenir, mais moins frénétiques, plus aventureuses depuis qu'il prend son temps. Il s'allonge sur le matelas, je monte à califourchon sur lui. Il grogne dans ma bouche.

– Seigneur, c'est bon. (Il me mordille la lèvre inférieure avant de s'écarter et de scruter mon expression.) Alors, on va vraiment recommencer ?

Le bruit de sa fermeture Éclair qui descend brise le silence. Je suppose que c'est une réponse suffisante. Nous gloussons tous les deux – c'est tellement fou –, puis les éclats de voix d'Ed au rez-de-chaussée nous font taire.

– Pas vraiment la personne que j'ai envie d'entendre à cet instant, marmonne Reid en se frottant contre moi, son corps épousant parfaitement le mien.

– C'est du sexe de vacances, n'est-ce pas ?

Il me mordille l'oreille, je halète.

– Exactement. (Il s'écarte suffisamment pour soulever les hanches et m'aider à retirer son jean avant de revenir à ma bouche.) Le sexe, c'est comme les calories.

Baiser.

– Ça ne compte pas en vacances.

Baiser.

Pour être honnête, on devrait probablement y réfléchir à deux fois, mais les mains de Reid semblent être omniprésentes : sur mes seins, entre mes jambes, sur mes lèvres, dans mon cou, sur mon ventre.

Son raisonnement est convaincant.

Je ne sais pas s'il l'avait dans sa poche ou s'il l'a sorti d'un tiroir – je me fiche d'où il vient –, mais quelques secondes plus tard, Reid brandit un préservatif. L'instant d'après, il l'enfile, puis il me dévisage, dans l'expectative.

Mes mouvements sont lents, je fais attention à ne pas crier son prénom ou trop bouger sur le lit ; j'en ai presque du mal à respirer, on dirait que l'air s'évacue de mon corps pour lui faire de la place.

Je n'ai pas envie de me concentrer sur le fait qu'il s'agit de Reid et que le sexe avec lui est aussi naturel que tout le reste. Il me sourit comme il me sourit toujours : comme si rien d'autre n'existait. Il n'y a aucune gêne, aucune hésitation. C'est juste nous.

Ses mains m'effleurent les cheveux, les bras, les cuisses, tout le corps. Je contemple son visage, en notant quand le plaisir le submerge. Il ferme les yeux et s'agrippe à la couette. J'ai envie d'en voir davantage, qu'il s'effondre entre mes bras.

– Tu es... merveilleuse... halète-t-il.

Et je secoue la tête, avant de me pencher pour l'embrasser. Je transpire, je frémis. Je suis tellement tendue que je suis sur le point de m'enflammer. Je me retiens de trop faire bouger le lit, mais il laisse échapper un petit gémissement de soulagement et je ne suis plus sûre que cela m'importe. Je vais jouir, tellement fort que je pourrais nous faire sombrer tous les deux.

Les mains de Reid descendent sur mes hanches, il m'agrippe étroitement, en se mouvant avec moi. La sueur perle sur ses clavicules, coule sur son torse là où nos corps se rejoignent. Je voudrais me tatouer cette image à l'intérieur des paupières, l'encadrer et l'afficher sur tous les murs de ma maison. Il a les joues écarlates à force de se retenir.

Je reconnais le moment exact où il s'abandonne. Il ouvre la bouche, criant silencieusement, et s'effondre sur le matelas en m'attirant avec lui.

Je me réveille seule.

Je ne me souviens pas d'avoir senti Reid partir, mais quand je repense à ce qui s'est passé hier, je ne suis pas surprise qu'il soit retourné dans son propre lit. La deuxième fois, nous étions... pour le moins *enthousiastes* et j'ai fini épuisée. Mon dernier souvenir est littéralement de me disloquer, Reid derrière moi. J'ai bien failli m'évanouir. Je ne suis pas experte en la matière, mais je dirais que ça a été un succès.

Bien joué, Reid.

J'ai du mal à me redresser et à poser un pied par terre car... eh oui, je suis pleine de courbatures. Le lit n'est pas dans un meilleur état : les couvertures sont tombées par terre, les deux oreillers ont atterri sous la fenêtre et les draps tiennent à peine au matelas.

J'ignore complètement où sont passés mes sous-vêtements.

Au moins, mon jean est là où je l'ai abandonné, et après un passage rapide par les toilettes, je retrouve mon téléphone dans l'une de ses poches. Il me reste juste assez de batterie pour me rendre compte que Cat a reçu plusieurs nouveaux messages.

Je refais le lit, tire les draps, tapote les oreillers et la couette, avant de m'asseoir pour ouvrir l'application. Je suis honnêtement surprise de trouver un message de Reid, et il me faut une minute pour calculer quand il a pu me l'envoyer. Je n'avais rien reçu avant de monter, donc il a dû répondre pendant qu'il attendait sur la terrasse (avant de se diriger à l'étage pour coucher avec moi), au lit pendant que je dormais (après avoir couché avec moi) ou de retour dans sa propre chambre (une fois encore, après avoir couché avec moi).

Mes doigts errent au-dessus du message non lu. Qu'est-ce que cela signifie ? Reid a écrit à Catherine après avoir décidé de coucher avec moi – ou après l'avoir fait ? Mon but était qu'il préfère Cat à Daisy, donc devrais-je être heureuse qu'il ait écrit à mon alias au moment où je sommeillais, enivrée par le sexe, dans la même maison que lui ? Peut-être dans le même lit ?

A-t-il aussi écrit à Daisy ?

Je me redresse et décide de ne pas me torturer l'esprit. Reid n'est pas un coureur de jupons. Pas du tout.

Pourtant, cette certitude ne m'aide pas à me sentir mieux ; il a quand même couché avec moi puis écrit à une autre femme. Ma perplexité ne fait que renforcer la certitude que cette affaire d'alter ego est une Grave Erreur. Coucher ensemble pour la seconde fois est une Encore Plus Grave Erreur et causera sans doute un désastre terrible.

D'accord, d'accord, tout cela ne change rien à cette notification qui clignote et puisque j'ai déjà tout gâché...

Je baisse les yeux vers mon téléphone. Il s'est éteint.

Malheureusement, mon chargeur se trouve dans mon sac à main et mon sac à main dans la cuisine. Au rez-de-chaussée.

Après avoir pris mon courage à deux mains, j'enfile le pyjama que j'étais censée porter hier soir, saisis mon téléphone éteint et me faufile hors de la chambre.

Mais le problème des vieilles maisons, c'est que ce sont des réservoirs à bruits. Le chauffage gargouille dans les tuyaux, l'acier vibre avant de se taire en expulsant l'air chaud. Les fenêtres grincent, les charnières protestent bruyamment. Les planchers craquent à chaque pas, surtout quand on essaie d'être discret.

J'ai passé suffisamment de week-ends ici pour savoir quelles sont les planches qui craquent, mais Bailey, le schnauzer de la famille Campbell, est une entrave au Plan Furtif. Je parviens à franchir une série de portes fermées sur la pointe des pieds et arrive en bas. Et l'instant d'après, Bailey dévale le couloir en manquant me faire tomber à la renverse.

Nous arrivons au rez-de-chaussée bien plus vite que prévu et dans un vacarme que je n'avais pas l'intention de causer, mais le silence m'accueille. Aucun bruit de pas, aucune voix, juste des ronflements lointains à l'étage.

Parfait.

Mon sac à main est là où je l'ai laissé, et plutôt que de risquer d'attirer l'attention de Bailey, je tire une chaise, branche mon téléphone et m'installe calmement à la table à manger.

Je dois attendre un moment avant que l'écran ne s'illumine. Quand c'est finalement le cas, la notification m'attend toujours. Je jette un coup d'œil rapide autour de moi, comme si j'étais sur le point de commettre un crime, puis j'ouvre le message de Reid.

De : Reid C.
Envoyé le 1er avril à 03:14

J'ai conscience qu'il est tard, trop tard – ou trop tôt – pour t'écrire, mais je n'arrivais pas à dormir et je voulais te remercier pour ton adorable message. Tout d'abord, ton père m'a l'air d'être un chic type et j'adorerais en savoir plus sur lui. Et j'espère que ces propos ne plaideront pas trop en ma défaveur mais je souhaite à Tessa d'être devenue serveuse dans un relais routier miteux et paumé.
Tu as raison de dire que nos parents nous surprennent parfois. Quand ils étaient jeunes mariés, il n'y avait pas beaucoup de maisons par ici. C'était le premier endroit où ma citadine de mère vivait dans ce qu'elle considérait être la campagne et elle était complètement hors de son élément. Ce n'est plus le cas maintenant, mais mon père aime raconter qu'elle sursautait en entendant les coyotes ou qu'elle fuyait à la vue d'un raton laveur près des poubelles. Elle savait aussi que les accidents de ferme étaient fréquents – mon père a perdu son bras quand il était adolescent –, donc elle s'inquiétait d'être si loin d'un hôpital avec deux jeunes enfants à la maison. Lorsque ma sœur était encore seulement un bébé, ma mère me faisait répéter les directives en cas d'urgence. Que devais-je faire si une araignée piquait Rayme ? Si elle tombait dans les escaliers ? Que devais-je faire si je ne savais pas où était ma mère ? Bien sûr, « je trouverai les bonbons

que tu caches dans le placard et les dévorerai tous avant que tu ne reviennes » n'était pas la réponse qu'elle attendait, donc nous avons mémorisé le numéro de portable de mon père ensemble et nous nous sommes entraînés à appeler le 911.
Même à l'époque, j'estimais que c'était stupide, jusqu'au jour où j'ai trouvé Rayme par terre, les lèvres violettes. J'ai couru vers ma mère, paniqué. Elle m'a rassuré sur un ton très calme qu'elle n'utilisait jamais. Elle a appelé les urgences, mis Rayme sur le côté, sur ses genoux, et a commencé à lui tapoter entre les omoplates et à lui demander de respirer.
Rayme avait avalé l'un de mes Lego et c'est seulement quand elle l'a craché et a éclaté en sanglots que les larmes de ma mère ont commencé à couler. Je devais avoir neuf ans à ce moment-là, mais je n'ai jamais regardé ma mère de la même manière par la suite.
C'est une histoire plus longue que ce dont j'avais l'intention, mais je suis content qu'elle me soit revenue ici, avec mes parents et mes amis. J'ai l'impression d'être sévère avec ma mère ces derniers temps, et peut-être que me souvenir à quel point c'était une dure à cuire quand j'étais petit n'est pas une mauvaise idée.
Quant à mes amis, je n'ai pas de mots pour te dire ce que je ressens avec eux, sur mes terres. Il est facile de prendre confiance et d'oublier à quel point certaines personnes sont importantes pour nous. Je ne sais pas si je t'ai déjà parlé de Millie, mais nous avons passé beaucoup de temps ensemble et... c'est la personne la plus merveilleuse et troublante que je connaisse. Il est tard, je te parlerai peut-être d'elle une autre fois. Merci de m'écouter, C, et j'espère que ton week-end se terminera bien.
R.

Je m'affale sur ma chaise. J'ignore comment qualifier les émotions qui tourbillonnent dans ma poitrine. La tendresse se mêle à la colère et au chagrin. Ce n'est pas juste un mot rapide après avoir couché avec moi. C'est une *lettre.*

Je me penche et prends mon front entre mes mains. Ai-je le droit d'être en colère ou est-ce complètement déplacé ? D'un côté, nous venons de coucher ensemble – deux fois –, puis il est parti écrire à une autre fille. De l'autre, je suis cette fille, et je lui mens chaque fois que je prétends que ce n'est pas le cas. Aucun de nous n'est innocent, mais au moins, *je* couche seulement avec Reid et j'écris à Reid. Il couche avec moi et écrit à deux autres filles !

Je parcours à nouveau son message.

– Euh, qu'est-ce que tu fais ?

Je ravale un cri et trouve Ed juste à côté de moi, une côtelette à la main. Il a les yeux rivés sur mon écran.

– Je bosse !

Je glisse mon téléphone dans ma poche, en espérant qu'il ne remarque pas le cordon du chargeur entre le mur et moi. J'appuie le coude sur la table et enroule une mèche de cheveux autour de mon doigt.

– J'avais besoin de mon ordinateur.

Ed m'adresse son expression de Seth Rogen déçu.

– Et donc, où est-il ?

– Où est quoi ?

Je fronce les sourcils et suis son regard jusqu'à ma pochette d'ordinateur, pendue à la poignée de porte. Il la pose sur la table. Bon sang.

Ed tire la chaise à côté de moi et s'installe. Il grignote sa côtelette, mâche, déglutit, pensif.

– C'est marrant parce qu'*on dirait* que tu fais semblant d'être Catherine et *on dirait* aussi que tu as couché avec Reid hier soir.

Des éclats de rire incrédules résonnent dans la cuisine vide.

– *Quoi !* N'importe quoi ! Tu avais beaucoup trop bu hier soir.

Je me lève et commence à m'éloigner quand le cordon d'alimentation m'arrête net.

– Mills, dit-il. Je dors dans la chambre à côté de la tienne et au cas où tu n'aurais pas remarqué, les cloisons sont assez minces. Je sais tout de « l'endroit » où tu voulais qu'il « continue de taper ». J'espère que vous vous êtes réhydratés avec des électrolytes ensuite, parce que... (sifflement) *Waouh.*

– Je...

Je regarde autour de moi dans la cuisine en espérant que la bonne réponse se matérialisera sur l'un des flyers aimantés au réfrigérateur.

– D'accord, je peux te donner une explication logique.

Ed pose les pieds sur la table.

– Je t'écoute.

La défaite et la panique m'affolent. J'attrape Ed par les épaules.

– Ne lui dis pas que je suis Catherine. S'il le découvre... je... (Je secoue la tête.) Il...

Je dois l'admettre, Ed ne semble pas éprouver de plaisir particulier à me voir mortifiée. Il se redresse et pose les mains devant lui.

– Qu'avais-tu en tête ? Tu ne voulais pas qu'il sorte avec Daisy ?

– Peut-être.

– Mais tu voulais qu'il préfère Catherine ?

J'acquiesce frénétiquement. Je connais la réponse à cette question.

– Oui.

– Mais il n'y a *pas* de Catherine.

– Non. Enfin, si. C'est mon deuxième prénom...

Ed lève les yeux au ciel.

– Eh bien, dans ce cas, aucun problème. Donc que se passe-t-il si Catherine l'intéresse ? Ne voudra-t-il pas la rencontrer à un moment donné ? Je veux dire, *te* rencontrer ? Puisque *tu es* Catherine.

Je jette un coup d'œil par-dessus son épaule et siffle :

– Peux-tu arrêter de répéter Catherine ?

Il m'adresse un regard noir.

– Il te plaît ?

– Reid ? Quoi ? *Non.* (Je baisse les yeux en me rendant compte que je lui mens.) Pas comme *ça.*

– J'apprécie tes efforts pour avoir l'air offensée en considérant ce que j'ai entendu hier soir. (Il se dirige vers le réfrigérateur, ouvre la porte et récupère une bière.) Je ne suis pas encore assez ivre pour ça.

– Ed, il est 7 heures du matin.

Il se tourne vers moi.

– Comment oses-tu me juger ?

Je lève les mains et glousse :

– OK, désolée, désolée.

Il ouvre la bouteille et se rassoit.

– Maintenant à ton tour. Crache le morceau.

– D'accord. (Profonde inspiration. Du calme.) J'ai ouvert un autre compte quand vous vous êtes moqués du mien et que je n'avais que des matches avec des connards. Et puis j'ai eu un match avec Reid – enfin, Cat a eu un match avec lui. J'ai pensé qu'il devinerait en lisant ma blague stupide sur le Monopoly. Et *Girls Trip*. Et les chats. *Mais non !*

J'attends.

Ed cligne des yeux.

– Es-tu sérieusement en train de sous-entendre que Reid est stupide parce qu'il n'a pas deviné que c'est à toi qu'il parlait sur Internet ?

Oui.

– *Non,* je grogne en laissant tomber ma tête entre mes bras. Quand vous avez commencé à dire que Catherine devait être moche, je suppose que mon instinct de compétition s'est réveillé.

– Eh bien, tu as clairement choisi la meilleure manière de réagir. Qu'est-ce qui pourrait mal tourner dans ce scénario ?

– La ferme. Je sais.

– On s'était lancés là-dedans tous ensemble. Suis-je le seul à prendre notre plan au sérieux ?

Quand je me redresse, il m'observe avec son regard d'Ed Triste auquel je ne peux pas résister.

– Je le prends au sérieux. Je te le promets. C'est juste... (Je me débats.) Une fois que j'ai commencé à être Cat, c'est devenu – je ne sais pas – plus facile de me dévoiler ? Est-ce absurde ?

– Pas vraiment, avoue-t-il. Je crois que je comprends pourquoi tu voulais le garder pour toi. Mais... c'est de Reid qu'on parle. Tu sais ? Tu mens à *Reid.* C'est un peu comme mentir à ton père.

– Non, Ed, ça n'a rien à voir. Ne compare pas Reid à mon père...

– C'est mal, voilà tout ce que je dis.

– Je sais que c'est mal. (La vérité m'échappe soudain sans crier gare.) Mais c'est aussi assez agréable.

Il incline la tête et me dévisage à travers ses sourcils épais.

– C'est « agréable » ?

Mes joues s'embrasent. Mon explication m'échappe encore une fois :

– J'aime juste pouvoir parler à Reid comme ça. Est-ce si terrible ?

Ed me dévisage avec compassion.

– Tu es une véritable catastrophe, tu sais ça ?

Je me redresse.

– Tu ne lui diras pas, n'est-ce pas ?

J'ignore complètement ce que je ferais si Reid découvrait mon secret. Suis-je déjà allée trop loin ? Enfin... je n'ai pas encore l'impression qu'un désastre m'attende au détour du chemin. J'ai l'impression que nous apprenons à nous connaître, comme une douce transition vers... autre chose. Mais la possibilité qu'Ed dise quelque chose à Reid avant que je puisse tout éclaircir me donne la nausée et chasse toute colère résiduelle à l'idée que Reid ait écrit à Cat en quittant mon lit. Il devient évident que je suis la méchante dans ce scénario.

Ed passe une main dans ses cheveux et regarde autour de lui.

– Je ne dirai rien. Mais fais attention, Mills, tu joues gros.

Chapitre 10

Reid

Millie doit passer devant ma chambre pour atteindre les escaliers et je l'entends aux alentours de 7 heures du matin. Je sais que c'est elle, car elle gronde Bailey et évite ingénieusement les endroits où le plancher craque le plus dans le couloir – ce que ni Alex ni Ed ne penseraient à faire.

Il fait chaud – ma mère a en général tendance à surchauffer la maison –, trop chaud pour rester sous la couette, même presque trop chaud pour rester dans ma propre peau depuis que mes pensées se bousculent dans mon esprit. La cacophonie est totale après ce qui s'est passé la veille avec Millie.

La première fois, c'était un petit dérapage.

La deuxième met ma logique à rude épreuve : quel est le motif qui se dessine ?

Les deux fois, on passait du bon temps avec nos amis.

Les deux fois, il y avait de l'alcool – même si hier, nous n'étions ivres ni l'un ni l'autre.

Les deux fois, il y a eu... quoi ? Des mentions de notre vie amoureuse, d'autres personnes, ou de l'absence de partenaire dans nos existences ?

Et hier soir, ce qui a eu lieu n'avait rien à voir avec une étreinte rapide avant de rentrer dans nos chambres respectives. On a passé la nuit *ensemble.* On est montés se coucher aux alentours de 11 heures et je me suis faufilé hors de sa chambre vers 3 heures – bien après que tout le monde était allé se coucher – sur la pointe des pieds dans le couloir, laissant Millie nue et complètement comateuse dans son lit, comme après une violente tempête.

Partir était-il une mauvaise idée ? Aurait-il été plus étrange encore de nous réveiller dans le même lit ? Surtout si on avait été obligés de l'expliquer aux autres. Je me sens légèrement nauséeux, comme si la situation pouvait dégénérer à tout moment. Je sais que Millie n'est pas friande de conversations sur les relations et les sentiments, mais dans ce cas précis, je crois que cela va devenir nécessaire.

Au rez-de-chaussée, seuls Millie et Ed sont debout. J'entends leurs voix étouffées, mais le temps de les rejoindre, ils sont sortis sur la terrasse derrière la maison. J'aimerais pouvoir dire que je suis étonné de trouver Ed une bière à la main à 7 heures et demie du matin, mais ce serait mentir. Millie contemple les vignes. Ed est tellement captivé par le *New York Times* qui arrive tous les matins pour mon père qu'il ne lève même pas les yeux quand je les retrouve.

Je lance :

– Mills.

Elle se tourne vers moi avec un sourire éclatant.

– Bonjour, bonjour !

Je marque un temps d'arrêt, décontenancé. Elle a presque crié, son enthousiasme est exagéré. Surtout si l'on considère que le dernier son que j'ai entendu de sa part était un long soupir de soulagement avant qu'elle ne s'effondre sur le matelas, le visage enfoui dans les oreillers.

Elle jette un coup d'œil à Ed, puis me regarde.

– Quoi de neuf ?

– Ça te dit, une promenade ?

Je lève le menton pour indiquer les vignes qui semblent s'étendre à l'infini.

Elle baisse les yeux vers ses pieds nus, en hésitant quelques secondes avant de se lever soudainement.

– Avec plaisir ! (Encore une fois, trop fort.) Une seconde. Je vais enfiler des chaussures.

Ed ne m'a toujours pas adressé le moindre regard et je me penche pour attirer son attention.

– Salut, Ed.

Les sourcils froncés, l'air concentré, il grommelle :

– Salut.

– Tu avais soif ? Un café n'aurait pas fait l'affaire ?

– Euh, ouais.

Il tourne cérémonieusement les pages du journal avant d'atteindre les mots croisés et de plier la page comme s'il comptait les faire.

– Non ! (Je l'arrête d'une main.) Mon père te tuerait. Il attend la grille du dimanche toute la semaine.

Ed change de page et, au lieu de faire la conversation, il se plonge dans un article sur un artiste urbain du Queens.

– Qu'est-ce que tu as ? (Je m'assois sur la chaise longue où était installée Millie avant moi.) Plutôt, qu'avez-vous, Millie et toi. Elle s'est transformée en Madame Bonheur et tu es Très Monosyllabique.

– Rien. (Il lève les yeux puis les détourne.) Sérieusement, juste... en train de lire le journal. Tranquille. Avec une binouze.

– Alors OK, Pauly Shore[10], continue à siffler ta binouze tranquille.

Millie sort et me sourit plus calmement cette fois. Je suis soulagé qu'Ed se comporte aussi bizarrement pour que nous n'ayons pas à trouver une excuse pour ne pas l'inviter à nous accompagner.

Je lui emboîte le pas sur le chemin qui traverse le jardin de ma mère et donne sur le vignoble dix mètres plus loin,

10. Acteur et humoriste américain aux cheveux roux frisés, qui a donc une ressemblance physique avec Ed.

où nous disparaissons dans le feuillage et la brume. Mais même si nous ne voyons plus la maison, le silence ne se dissipe pas immédiatement.

Après une minute à écouter les feuilles mortes craquer sous nos pas, je commence :

– Donc, euh...

Elle rit d'un air entendu.

– Ouais. Euh. (Elle me jette un coup d'œil.) Je suis vraiment désolée, Reid.

C'est un choc, émotionnellement : je dois faire un effort surhumain pour continuer à marcher.

– Tu es *désolée* ?

Elle s'arrête et m'adresse un sourire coupable.

– Parfois, je ne sais pas ce qui me prend.

C'est une plaisanterie assez facile, mais je l'ignore, en partie parce que sa désinvolture m'agace.

– Tu ne m'as pas exactement traîné à l'étage hier soir, tu sais. J'étais sur la même longueur d'onde que toi.

– Mais devrait-on continuer ? demande-t-elle en grimaçant. Enfin, tu parles avec toutes ces filles sur Internet. Ça va finir par déboucher sur autre chose et il faudra qu'on arrête.

Je reste bloqué sur la formulation.

– Toutes ces filles ?

Elle hausse les épaules et je jure qu'elle n'agit pas normalement. Sous couvert de sa nonchalance, elle est sur la défensive.

– Ouais.

– Il n'y en a que *deux*.

– Eh bien, Daisy et Catherine semblent intéressées toutes les deux, n'est-ce pas ?

Est-elle en train de fouiner ?

– Je ne sais pas à quel point cet intérêt est réel si je ne les ai jamais rencontrées en personne.

– Tu sembles, je ne sais pas. *Investi.* C'est tout ce que je dis. Tu leur écris souvent, n'est-ce pas ? Tu leur as écrit récemment ?

J'acquiesce avec précaution, elle continue :

– Je ne voudrais pas que notre sorte d'amitié... améliorée devienne un frein.

Je l'examine en tentant de lire entre les lignes. Elle fixe les vignes, les yeux plissés. Une bouffée de culpabilité me prend à la gorge et je suis soulagé qu'elle ignore que j'ai écrit à Cat après avoir quitté son lit hier soir. Si c'était le cas, un simple « je n'arrivais pas à dormir » ne suffirait certainement pas.

– Est-ce que tu veux que... je commence, sans savoir la réponse que je cherche, *j'arrête...* de parler à ces filles.

– Eh bien, seulement si c'est ce que *tu* veux.

– Pour être honnête, il y en a un que tu appelles « mon préféré », je lui rappelle.

Elle reste parfaitement impassible.

– Ouais.

Je glousse en sentant ma poitrine se serrer à cause d'une déception inattendue. Hier soir, nous avons passé un bon moment. Une sensation nouvelle qui me fait un peu peur prend possession de ma poitrine, liée au souvenir de Millie sur moi, les yeux fermés, le cou arqué. Si elle m'avait demandé de rester, l'aurais-je fait ?

– Je ne comprends pas ce qui se passe, Mills.

– Il ne se passe rien du tout.

Elle parle plus calmement, avec contrôle. Toute son attention revient sur moi et elle pose une main chaude sur mon bras.

– Vraiment, Reid. Au moins pas de mon côté. Tout va bien.

Sans rien me demander en retour, elle continue à avancer, plus rapidement maintenant. Une volée de moineaux passent au-dessus de nos têtes et elle lève les yeux en l'air.

– Bon sang, c'est tellement beau ici.

La conversation au sujet d'hier soir semble derrière nous et je me sens... légèrement plus détaché. Je réponds calmement :

– Oui, vraiment.

Millie commence à parler du climat, puis elle raconte une histoire sur la fois où elle randonnait à Yosemite avec une amie qui a failli mourir en prenant en photo un panneau « risque de mort » sur la piste. J'écoute en acquiesçant aux moments appropriés pour lui montrer que je lui prête l'attention qu'elle mérite, mais je suis complètement perdu. L'alchimie sera-t-elle plus forte avec Daisy en personne ? Avec Catherine, sera-t-elle aussi forte en personne que par messages ? Mais après hier soir, je crois que mon cœur a pris le pas sur mon cerveau. Si le pincement que je ressens est une indication valable, je *crois* que j'aimerais approfondir ma relation avec *Millie.*

Mais quand je la regarde en mode bla-bla superficiel, je me demande honnêtement si elle en est capable. En tant qu'amie, elle est drôle, loyale, observatrice et attentionnée. Sa profondeur discrète ressort dans son humour et révèle à quel point elle est brillante. Elle est pleine de folie, mais sa vie n'en est pas moins dépourvue de drames inutiles – de grandes qualités pour une amie. Mais je n'ai pas envie de sortir avec un pote, j'ai envie d'être avec une personne qui se dévoilera bien plus que Millie, et réaliser que cela ne surviendra probablement jamais me rend étrangement – à ma grande surprise – triste. C'est étrange parce qu'avant ce matin, je n'avais jamais envisagé cette possibilité.

Elle s'arrête pour contempler les collines et je lui accorde une dernière chance :

– Parle-moi du mec avec qui tu discutes.

Elle bat des paupières avec un sourire paisible.

– Il y en a peut-être plus d'un.

Aïe.

– D'accord, alors parle-moi de celui que tu surnommes « mon préféré ».

Millie prend une grande inspiration et hausse les épaules.

– Il est super. Tu sais, quand tu ressens une proximité avec quelqu'un par écrit ?

Je hoche la tête. Je sais exactement ce qu'elle veut dire. La photo de profil en noir et blanc de Cat me traverse l'esprit.

– Il est marrant et... ouvert.

Cette remarque touche un point sensible parce qu'honnêtement, je serais bien plus ouvert avec elle en personne si elle mordait à l'hameçon et engageait ce genre de conversations avec moi. Prendre conscience que nous avons abordé un thème personnel pour la dernière fois à la plage, il y a presque deux ans, quand elle a quitté Dustin et m'a expliqué sans détour à quel point il était invivable, est déprimant. Mais après quelques minutes, elle se tait et commence à me raconter à quel point elle aime observer les vagues s'écraser sur la rive.

– Tu vas le rencontrer ?

– C'est étrange parce que j'ai l'impression de le connaître. (Elle m'évite toujours du regard.) Et si c'était le cas ? Et si on se connaissait déjà de quelque part ? Serait-ce gênant ? Je crois. Donc j'ai en partie envie de me lancer et de dire « ouais ! organisons quelque chose ! » et en même temps, je pense « hum, c'est la pire idée du monde ».

– Mais tu ne l'as jamais *vraiment* rencontré. Tu le saurais, non ? Comment est-ce qu'il s'appelle ?

Elle esquisse un geste vague de la main.

– Juste... Guy[11].

– Il s'appelle Guy ? (Je la dévisage, un immense sourire aux lèvres). Tu vas vraiment sortir avec un *Guy* après être sortie avec un Dustin ?

– Ce n'est peut-être pas son vrai prénom, réplique-t-elle en rougissant. Qui sait ? Il s'appelle peut-être Dougal ou Alfred, et Guy est seulement un surnom.

– Tu es tellement bizarre.

Je lui pince la joue. Elle lève les yeux vers moi, le visage illuminé de soulagement.

11. Jeu de mots intraduisible en français : Millie appelle son préféré « my guy », Guy étant aussi un prénom, qu'elle s'invente à brûle-pourpoint dans cette scène.

– *Tu* peux parler !

Ma mère a terminé de préparer ses fameux pancakes au citron et à la ricotta quand nous sommes de retour et Millie et moi nous attablons, affamés, comme si nous n'avions rien avalé depuis dix ans. Le petit déjeuner est ponctué de cris et de cocktails mimosas ; une bouteille de sirop dégoulinante passe dans toutes les mains, avec un énorme bol de fruits rouges et de chantilly, sans oublier le plat qui croule sous le bacon et se vide lentement jusqu'à ce que nous terminions tous, les mains crispées sur nos ventres trop pleins.

Alex jette des œillades désespérées au canapé du salon comme s'il cherchait à l'ensorceler pour qu'il vienne à lui mais, avant qu'il ai pu réunir l'énergie nécessaire pour se lever, mon père le devance et s'effondre dessus. Rayme rassemble tout son courage pour s'appuyer contre l'épaule de Chris et je vois cet événement se produire au ralenti – de la décision qu'elle a paru prendre en se penchant vers la gauche, l'approche graduelle jusqu'au contact physique. Chris s'en rend compte : ses yeux s'écarquillent et il se fige complètement.

Ed, à ma grande surprise, se lève et commence à récupérer les assiettes de tout le monde, puis se met à la vaisselle dans la cuisine. Ma mère l'observe avec une lueur qui s'apparente à de la tendresse dans le regard. Apparemment, personne n'a fini nu dans les vignes hier soir et Ed a compris comment plaire à mes parents : en se contentant de conserver son pantalon.

Je sens le contact léger d'un pied sur le mien et regarde Millie de l'autre côté de la table, qui a fermé les yeux et incliné la tête en arrière, détendue après ce qui fut, sans exagérer, le meilleur petit déjeuner jamais préparé. On dirait presque qu'elle ne le fait pas exprès, mais elle appuie davantage son pied contre le mien, comme pour se réchauffer.

Puis elle ouvre un œil, ravale un sourire et feins de somnoler.

Mon désir – *ardent* – est tempéré par une montée d'irritation. Je ne veux pas devenir l'ami qu'elle peut toucher et avec qui elle peut flirter si elle n'arrête pas d'ériger de nouvelles barrières chaque fois qu'il y a un rapprochement entre nous.

Quoi que nous ayons dit par le passé, nous voilà dans des limbes incommodes, et il faut en sortir le plus vite possible, avant que la gêne ne ruine l'une des amitiés les plus importantes de ma vie.

J'enfreins la règle de ma mère en sortant mon téléphone de ma poche et en ouvrant l'application IRL à table. Je suis un peu déçu que Cat ne m'ait pas répondu... mais au moins, Daisy m'a écrit.

De : Daisy D.
Envoyé le 1er avril à 10:29

Salut Reid,
J'espère que tu passes un moment génial avec ta famille ! Mon week-end s'est finalement avéré assez ennuyeux – un ami qui allait être dans les parages m'a posé un lapin à la dernière minute, donc je suis restée en pyjama tout le week-end à regarder en boucle des épisodes de *Big Brother*.
Je ne sais pas ce que tu as prévu cette semaine, mais as-tu envie qu'on se rencontre en personne ? Pour dîner ? Tu vois ! Je me suis souvenue que tu n'aimais pas les premiers rendez-vous autour d'un café ou d'un verre. Je crois que j'apprécie ça chez toi.
Dis-moi si ça te tente.
À très vite,
Daisy

Je jette un coup d'œil à Millie qui se repose toujours, les yeux fermés. Il est temps de surmonter cette gêne qui me monte dans le ventre et juste... sortir de cette relation bizarre d'ami-amant.

J'écarte délicatement mon pied, me redresse et ouvre mes messages. Elle se redresse, l'air groggy, alors que je rédige un texto à son attention.

Tu as sommeil ?

Son téléphone vibre dans sa poche, elle se penche pour le récupérer. Je la regarde lire mon texto et sourire en répondant.

Quelqu'un m'a empêchée de dormir.

Je passe une main sur mon visage. Les messages ambigus, ça suffit.

Je viens de recevoir un message de Daisy.
Elle veut me rencontrer.

J'observe Millie digérer l'information. Pas un muscle dans son visage ne bouge.

Tu vas y aller ?

Est-ce que ce serait bizarre ?

Pour moi ou pour toi ?

Pour toi.

Elle croise mon regard et fronce légèrement les sourcils avant de répondre.

Je te l'ai déjà dit, Reid, ça va.

Je commence à détester ses *ça va.*

Super.

Si Millie n'a aucune objection, alors je dois faire en sorte que ça ne me pose pas de problème non plus.

Je glisse mon téléphone dans ma poche et rejoins Ed dans la cuisine pour l'aider à nettoyer. Il fronce les sourcils en rinçant les assiettes. Ce silence qui ne sort de nulle part commence à m'irriter.

– Qu'est-ce que tu as ?

Il sursaute et me jette un coup d'œil par-dessus l'épaule.

– Rien. Je suis juste repu.

– De bière et de pancakes ?

Il m'adresse finalement un vrai sourire.

– Et de mimosas et de bacon.

Nous commençons à travailler en tandem : je lui apporte les assiettes, il les rince et les range dans le lave-vaisselle.

– Ça va entre Mills et toi ? demande-t-il.

– Ouais, nickel. On discutait des gens avec qui on chatte sur l'application.

Ed lève les yeux, intéressé.

– Ah ouais ?

– Tu savais que le type avec qui elle parle s'appelle Guy ? (Je ris.) Ce prénom existe-t-il ?

Son visage se ferme étrangement.

– Euh. Non, je ne savais pas.

– Et toi ? Comment va Sexy Selma ?

– Elle ne m'a pas encore répondu. (Il relève ses manches et plonge les mains dans l'eau savonneuse.) Je lui ai proposé de nous rencontrer et elle n'a jamais répondu. En général, elle répond toujours dans les deux heures.

D'épais nuages noirs traversent mon esprit. J'espère que cette expérimentation se passera bien pour Ed. S'il chatte avec une fille malhonnête qui disparaîtra sans explications, je serai en colère.

– Elle est peut-être débordée de travail.

– Elle est barmaid.

Ouais, je ne sais plus quoi dire.

Je lève les yeux, soulagé de voir Chris arriver, le plat de bacon presque vide à la main.

– Je crois que je frise l'overdose porcine.

– Et toi ? je lui demande avant de lui donner plus de contexte. Tu ne nous as encore rien dit de tes aventures sur Internet.

Il pose le plat sur le plan de travail, puis s'y appuie.

– Je ne sais pas, mec. Je sais que ça marche pour toi, mais ce n'est peut-être pas mon truc.

– Tu pourrais te contenter d'inviter Rayme à boire un verre, lance Ed, de dos.

Le silence se fait et Chris croise mon regard. Au lieu de se détourner, il me fixe, comme pour lire dans mes pensées. Quand j'ai rencontré Chris, il était marié avec Amalia ; ils ont divorcé deux ans plus tard. Je l'ai vu avec plusieurs filles depuis, mais il n'a jamais été particulièrement expansif en ce qui se concerne sa vie amoureuse. Donc il me faut quelques secondes pour comprendre qu'il déchiffre ma réaction après ce qu'Ed vient de suggérer. Et curieusement, je ne suis pas horrifié.

Je réponds tranquillement :

– Tu pourrais, tu sais.

Chris m'adresse un regard noir, mais je le connais suffisamment bien pour savoir qu'il fait semblant.

– Mec, elle avait quinze ans quand je t'ai rencontré.

Je hausse les épaules.

– Ouais. *Il y a dix ans.*

Il ouvre la bouche pour répondre, interrompu par l'arrivée de Rayme et Mills.

– Que s'est-il passé il y a dix ans ? demande Rayme.

– Rien, je réponds du tac au tac, ce qui me donne l'air extrêmement suspicieux.

Millie nous observe tous un à un avant de s'arrêter sur moi.

– Qu'est-ce que vous conspirez, bande de tarés ?

– Ils parlaient de nous, devine Rayme en faisant mine de chuchoter.

Sur ce, elles tournent toutes les deux les talons pour s'éloigner.

C'est officiellement devenu trop pour moi. J'ai l'impression que nous sommes tous dans un van sur le point de tomber d'une falaise. Si on penche d'un côté, on restera en sécurité. Si ce n'est pas le cas, on s'écrasera au fond d'un canyon.

Le problème, c'est que je n'ai aucune idée de la direction appropriée.

Chapitre 11

Millie

Si vous étiez un meurtrier du XIXe siècle, vous choisiriez probablement le poison – la plupart du temps, de l'arsenic – pour commettre votre méfait. Utilisé à de nombreuses fins – tuer les rats, éliminer les poils, contrôler les insectes –, l'arsenic était bon marché, facile à acquérir et conservé en abondance dans la plupart des maisons victoriennes. Si vous étiez une femme désespérée, coincée avec un mari abusif ou riche que vous aviez envie de tuer, l'arsenic était un moyen assez facile d'y parvenir.

Comme vous pouvez le déduire, la section du manuscrit sur laquelle je travaille – et que j'aurais dû terminer il y a des heures – parle de poison. Plus spécifiquement, ce chapitre parle des femmes qui ont été jugées pour l'avoir utilisé à travers l'histoire. Nannie Doss – surnommée « la Mamie riant nerveusement » – a assassiné un mari après l'autre, sans jamais cesser de sourire, même après avoir avoué en avoir tué quatre. Anna Marie Hahn a attiré dans ses filets des hommes âgés richissimes pour les tuer, après leur avoir tout dérobé. La vie de Blanche Taylor Moore a été marquée par les scandales de quantité de morts membres de sa famille, de ses maris, de ses aventures extraconjugales, et a même inspiré un téléfilm.

Chaos, meurtre avec préméditation, histoire et décompte des morts, *voilà* mon domaine. En temps normal, je serais aux anges. En temps normal, j'aurais terminé ce chapitre et bien avancé le suivant avant de devoir brancher le chargeur de mon ordinateur portable.

Mais aujourd'hui, presque une semaine après avoir couché (encore une fois) avec Reid, j'ai la capacité de concentration d'une cuillère à café. Et pas besoin d'être un génie pour comprendre pourquoi.

Puisque j'adore me torturer, je prends mon téléphone et relis les messages que j'ai échangés avec Reid.

Dîner ce soir ? Genre pizza et session potins au sujet de Chris et ta sœur...

Il n'y a rien que j'aime plus au monde que le titiller, mais il ne mord pas à l'hameçon.

...

Tu es vraiment trop prévisible.

Aux pepperonis ? On peut y ajouter les deux bouteilles de vin que ta mère m'a données pour faire plus classe.

Rectification : les deux bouteilles de vin qu'Ed mettait dans ton sac quand ma mère l'a surpris.

Point de détail. J'envoie un message à tout le monde et je commande ?

Cela fait quinze minutes et Reid n'a toujours pas répondu s'il venait ou pas. À l'instant où je repose mon téléphone, un nouveau message arrive :

En fait je ne peux pas.
J'ai un date ce soir.

Un date ?

A-t-on prévu quelque chose qui m'est sorti de l'esprit...

Puis l'illumination.

Daisy.

Il me parle du rendez-vous qu'il avait évoqué par message, quand j'ai menti à travers mes dents serrées, ou plus exactement en pianotant sur mon téléphone.

Donc Reid va sortir avec une fille. Mais ça va.

Je suis incapable de me concentrer pendant plus de dix minutes consécutives, mais il n'y a aucun problème.

Les émotions sont comme des câbles électriques et les miennes sont sacrément défectueuses.

Si tout se passe bien, il se peut qu'ils couchent ensemble ce soir.

Ça ne va pas du tout.

Je récupère mes affaires et me lève pour sortir, submergée par le besoin désespéré de prendre l'air.

Je n'ai pas un immense jardin – nous sommes en Californie, après tout –, mais il est luxuriant et ombragé l'été, il prend des couleurs dorées et orangées à l'automne. Le feuillage d'un énorme ginkgo m'empêche de voir le soleil se coucher, mais il y a assez d'espace de ciel pour que je devine l'arrivée imminente des étoiles. Des branches craquent au-dessus de ma tête et je m'assois sur la balancelle de la terrasse en me poussant du pied pour épouser le rythme du vent.

Il fait plus froid que ce à quoi je m'attendais, mais le climat semble parfaitement approprié compte tenu de mon humeur. Reid s'apprête à sortir avec une fille et je suis là, comme tous les soirs, et j'y serai tous les soirs à venir, parce que je ne fais rien pour changer. Le fait que je préfère ouvrir le profil de Catherine au lieu du mien en dit long, n'est-ce pas ? Le fait que j'aie envie de lui écrire, même maintenant ? Avec le mince espoir qu'il lise le message pendant son rendez-vous et pense à moi. Enfin... à *Catherine.*

La balancelle grince, et je me souviens que c'est Reid qui m'a aidée à l'installer. Dustin et moi venions de rompre et j'avais simplement mentionné avoir besoin d'une autre paire de bras pour me prêter main-forte. Reid s'est proposé avant même que j'aie le temps de lui poser la question. Il m'a aussi aidée à changer les dalles menant au garage et à remplacer le détecteur de fumée après un incident malheureux à Thanksgiving. Et quand j'ai voulu faire s'envoler une lanterne en papier le 31 décembre – en parvenant à mettre le feu à mon écharpe au cours de la manœuvre –, il était là pour neutraliser le début d'incendie, aussi.

Mais si Daisy lui plaît... sera-t-il toujours là ?

Je lance un regard noir à mon ordinateur et fais taire la petite voix professionnelle dans ma tête – immédiatement éclipsée par le ton possessif m'ordonnant d'ignorer le manuscrit sur lequel je suis censée travailler et d'ouvrir l'application d'IRL pour répondre à son dernier message.

De : Catherine M.
Envoyé le 6 avril à 18:48

Reid,
Eh bien, ça commence à devenir régulier entre nous. Peut-on officiellement dire que nous entretenons une relation épistolaire maintenant ? J'ai toujours rêvé d'avoir un correspondant quand j'étais enfant, mais je ne suis jamais allée nulle part ni fait quoi que ce soit – qu'aurais-je eu d'intéressant à dire, quand on y pense ?
Merci pour ton dernier message. Il était tellement honnête et sincère que je voulais te dire à quel point j'apprécie que tu aies partagé ces pensées avec moi. Une faveur : fais un gros câlin

à ta mère la prochaine fois que tu la verras. Elle ne saura sans doute pas exactement pourquoi, mais quelque chose me dit que ça la rendra heureuse. Et je croise les doigts pour qu'il n'y ait pas de gens à poil en pleine course folle dans le vignoble.

Donc, en tant que correspondants, nous sommes censés être honnêtes et partager des choses dont nous ne parlerions sans doute pas en temps normal, non ? Je sais que le but est de trouver des gens qui nous plaisent. Tu me plais, Reid. Je ferais sans doute mieux de prendre des gants, mais je suis dans une humeur bizarre et il semblerait que j'aie perdu mon filtre. D'ailleurs, n'est-il pas mieux d'être brutalement honnête ? J'ai la sensation qu'on rencontre des gens dans la vie et qu'on a tellement envie de leur plaire qu'on rentre le ventre, on prétend ne jamais avoir de flatulences et qu'on leur raconte exclusivement ce qu'ils veulent entendre de nous. Si ça fonctionne, ils tombent amoureux de la personne que nous voulons être et pas de la personne que nous sommes vraiment.

Donc, puisque j'ai décidé de jouer la carte de l'honnêteté : mon père est malade. Il est malade et je ne l'ai dit à personne parce que je suis suffisamment triste pour ne pas vouloir communiquer ma tristesse aux autres. N'est-ce pas complètement fou ? J'ai les amis les plus adorables et compréhensifs du monde, qui feraient n'importe quoi pour m'aider, et je le leur cache parce que je n'ai pas envie de gâcher leur bonne humeur.

Ce qui m'amène à la suite de ma diarrhée émotionnelle (et si tu me réponds, je promets de ne plus jamais utiliser ce terme à l'avenir). Je me sens seule. Je me sens seule parce que je n'exprime pas mes désirs ou mes envies aux autres et je m'attriste lorsqu'ils ne les devinent pas tout seuls.

Peut-on être un adulte hautement fonctionnel avec une carrière réussie, des amis géniaux et une famille aimante, tout en étant une Catastrophe Incarnée en même temps ? J'en suis sans doute la preuve vivante.

Et parce que je ne peux pas laisser l'expression « diarrhée émotionnelle » si proche de la fin (OK, MAINTENANT, je n'utiliserai plus jamais ce terme), voilà une information gênante à mon sujet pour clore ce pot-pourri de réponses. Quand j'avais seize ans, j'étais folle amoureuse d'un type nommé Leslie. Au lieu de – je ne sais pas – aller lui parler, je cherchais des raisons alambiquées pour passer devant son casier au moins six fois par jour ou arrivais par hasard où qu'il se trouve.

Un week-end d'octobre, j'ai appris que plusieurs de ses amis s'apprêtaient à aller dans la maison hantée du champ de maïs le plus proche. J'aime tout ce qui fait peur, mais pour une raison qui m'échappe, je ne supporte pas les fantômes. Quoi qu'il en soit, j'étais tellement amoureuse de ce garçon que je suis passée outre. Je me suis déniché un costume et j'ai demandé à ma meilleure amie de m'accompagner.

Tout a bien commencé, je suis parvenue à ne pas me faire pipi dessus ou à me couvrir de honte, mais très bite, j'ai réalisé que je ne le voyais nulle part. Malheureusement, ma meilleure amie, elle, l'a repéré et a décidé que c'était notre moment. Elle a eu l'idée brillante de demander à un employé de m'attraper pour m'effrayer. Je suis sûre que dans sa tête, j'allais crier comme une adorable damoiselle éplorée, Leslie me verrait et on s'éloignerait pour se rouler des pelles avant de finir fiancés. La réalité s'est révélée légèrement différente.

Le type m'a attrapée et j'ai bien crié, mais dans ma tentative pour m'enfuir, je suis rentrée dans une fausse tronçonneuse et j'ai réussi à m'ouvrir l'épaule gauche relativement profondément. SIX POINTS DE SUTURE. Leslie m'a vue, mais en train de saigner puis sur un brancard.

Curieusement, il est passé chez moi quelques jours plus tard et nous nous sommes roulé des pelles.

Il embrassait très mal.

C.

Mon Uber me dépose à quelques mètres du *Sandbar*.

Un grand sourire aux lèvres, je rejoins Ed qui m'attend. Étrangement, je me sens mieux après avoir envoyé ce message complètement déjanté à Reid. La meilleure stratégie est peut-être de faire en sorte que Catherine l'effraie, et d'espérer que Daisy soit chiante... oh, et aussi, il faut que je fasse le point sur ce que je veux.

Par exemple, interpréter mes piques de jalousie. Ces spasmes dans le ventre ont-ils quelque chose à voir avec ce que les gens normaux décrivent comme de l'amour ? Ou est-ce plutôt la faute du traiteur indien chez qui j'ai commandé mon déjeuner et qui me joue un mauvais tour ?

– Ton sourire est bizarre, lance Ed quand j'arrive à son niveau. On dirait que tu as un pet coincé.

– Ce n'est pas mon genre.

Notre conversation est fluide. J'adore Ed.

– Tu préfères dedans ou dehors ? (Il désigne mon ventre.) Peut-être dehors pour profiter des courants d'air ?

Le centre-ville de Santa Barbara bruisse d'activités à cette heure de la nuit, avec des bars, des restaurants le long des trottoirs et des terrasses illuminées dont les sièges envahissent la rue.

Même si l'intérieur a l'air chaleureux et accueillant, avec ses tabourets en cuir et son bar ouvert, la terrasse est plus calme. Par ailleurs, il n'a pas tort quant à la ventilation. Je ne suis pas sûre de ce que signifie cette sensation dans mon ventre.

– Trois personnes, en terrasse, dit Ed à l'hôtesse.

Mon cerveau tarde quelques secondes à comprendre.

– Attends. Trois ?

Comme un Détraqueur Latino sexy, Alex se matérialise à côté de lui. Je me tourne vers Ed.

– Tu as invité Alex ? Je t'ai dit que j'avais besoin de *parler*.

Alex attrape quelques chips sur le plateau d'un serveur qui passe et les engloutit avant de se mettre à bafouiller la bouche pleine.

– Pourquoi aurais-tu envie de parler avec *Ed* ?

Je fronce les sourcils.

– Laisse tomber. Ce n'est rien.

Ed lui tapote le bras pour attirer son attention.

– Parce que c'est Catherine, murmure-t-il. (Il ajoute ensuite sur un ton de conspirateur.) Oh, et elle couche avec Reid.

Mon cerveau se met à tempêter.

– Oh mon Dieu ! Ed !

– Quoi ? Tu m'as demandé de ne pas le dire à Reid. Tu ne peux pas t'attendre à ce que je garde une chose pareille pour moi. C'est mauvais pour ma peau, je risquais de me faire des rides.

Alex écarquille les yeux.

– Désolé, je crois que je n'ai pas tout compris. Tu peux répéter ?

Finalement, je suis sauvée par la serveuse mignonne qui nous accompagne jusqu'à la terrasse. Parce qu'Alex et moi sommes figés sur place, Ed nous tire par le bras et nous le suivons avec réticence.

Elle nous emmène jusqu'à une table ronde dotée d'une flamme vacillante au milieu et nous tend nos menus avant de s'éloigner. Nous restons en silence, gênés. Alex doit être en train d'essayer de reconstituer le puzzle et je fais défiler la grande quantité d'informations que je détiens pour trouver la manière la plus efficace d'assassiner Ed. L'arsenic me semble être une option intéressante.

– Alors... lance Ed en ouvrant son menu d'un air nonchalant. Quoi de neuf ?

Alex fixe la feuille de papier dans sa main.

– Je ne sais pas par où commencer.

Je ne pourrais pas être plus d'accord avec lui.

– Nous sommes deux.

– J'ai tout entendu à travers une cloison de papier, donc si tu veux, je peux commencer par là, répond Ed. Je peux peut-être même me lancer dans une reconstitution.

Je n'aurais pas cru ça possible, mais les yeux d'Alex s'écarquillent encore plus, et je devine le moment où il fait le lien.

– Chez *ses parents ?*

Je glisse sur ma chaise.

Alex rappelle la serveuse et nous désigne.

– Ouais, nous allons avoir besoin de quelques *cocktails bien chargés.*

Si vous avez envie de terminer ivre mort pour environ vingt dollars, un Blackout Beach est une manière assez sophistiquée d'y parvenir.

Après avoir expliqué la situation à Alex, je lui jette un coup d'œil, mon cocktail à la main – une puissante concoction de vodka, rhum, curaçao bleu, schnaps à la pêche *et* un shot de 151, servi dans un verre qui tient davantage de l'aquarium. Je suis prête à parier qu'aucune bonne décision n'a été prise à proximité d'un verre de cette taille.

– Alors, c'est toi la moche, fait Alex.

Je me demande si je préfère boire le dernier tiers de mon Blackout Beach ou le lui jeter au visage.

– Je ne suis pas *moche* sur cette photo. (J'opte pour lui jeter une tortilla chip dessus.) Qu'étais-je censée faire ? Je n'allais quand même pas montrer mon visage.

Alex désigne vaguement mon décolleté.

– Tu aurais pu montrer tes...

Ed le coupe en posant une main sur sa bouche.

– Même moi, je sais que tu en as trop dit.

Alex le repousse.

– J'essaie de comprendre. Tu lui écris sous l'identité de Catherine, mais tu couches avec lui en tant que Millie ?

– Oui. Mais nous ne *couchons* pas ensemble. Nous *avons* juste *couché* ensemble.

– D'accord, juste cette fois alors, clarifie-t-il. Enfin, c'est différent.

– Eh bien... (J'aspire dans ma paille en faisant semblant de réfléchir. On dirait du fuel sucré.) Peut-être deux fois.

Alex glisse sur sa chaise, les bras croisés devant sa poitrine.

– Peut-être ?

Je soupire.

– D'accord. Deux fois.

– Jusqu'à présent, ajoute Alex.

Ed arrête un instant d'engloutir des chips pour éclater de rire. Je leur adresse un regard noir.

– Il n'y a pas de *jusqu'à présent.* C'était un malheureux accident de parcours. Ça ne risque pas de recommencer.

Alex glousse maintenant, et la lueur de la flamme se reflète dans ses yeux.

– Tu connais la définition d'un accident, Mills ? Renverser un verre d'eau est un accident. Passer devant quelqu'un dans les embouteillages, ça peut être un accident. Même si personnellement j'apprécierais de pouvoir utiliser cette excuse, je ne vois pas comment un individu numéro un pourrait *accidentellement* insérer son pénis dans un individu numéro deux.

– Eh bien, en théorie, selon les circonstances, l'angle de la chute et la vitesse... (Ed s'arrête et nous regarde.) Continue.

Alex s'éclaircit la gorge avant de se concentrer à nouveau sur moi.

– J'ai du mal à comprendre pourquoi tu as fait cette confidence à *Ed* et pas à moi. Chris est-il au courant ?

– Mon Dieu, non, Chris n'est pas au courant. Et je n'ai fait de *confidence* à personne. (Je mélange mon cocktail en adressant des regards noirs à Ed.) J'ai lâché le morceau seulement parce qu'il m'a prise sur le fait.

– Et laisse-moi te dire, ajoute Ed en se redressant, je ne crois pas que l'isolation phonique de cette maison soit aux normes. J'avais l'impression d'être dans la même pièce, vu ce que j'ai entendu. J'ai failli aller prendre une douche après, moi aussi.

– Si tu ne comptes pas recommencer, renchérit Alex, alors pourquoi sommes-nous ici ? Pourquoi avais-tu besoin de parler à Ed ? Enfin, l'histoire de Catherine me surprend, mais pas le reste. Reid et toi... vous êtes différents ensemble. Je suis franchement surpris que vous ayez autant attendu pour coucher ensemble.

Ed plisse les yeux et j'ai l'impression de voir une ampoule s'allumer au-dessus de sa tête. Je grimace déjà lorsqu'il lance :

– Il est avec Daisy, n'est-ce pas ?

J'écarte mon cocktail en me demandant si mon estomac pourrait tolérer plus d'alcool.

– Oui. Mais je voulais te dire que je ne pense pas qu'il soit nécessaire de continuer à nous préoccuper de l'existence de Catherine, j'ajoute, mine de rien.

– Pourquoi ? demande Ed en se décalant lorsqu'arrive la serveuse avec nos plats et une autre tournée.

Je remplace avec joie mon Blackout Beach par de l'eau en la remerciant avant qu'elle ne s'éloigne.

– J'ai fait de mon mieux pour l'effrayer.

Alex secoue déjà la tête.

– Je ne pense pas que ce soit possible.

– Crois-moi. (Je déroule ma serviette pour la poser sur mes genoux.) S'il ne m'a pas bloquée ce soir, il le fera clairement demain matin. Je me sentais bizarre et je me suis laissée aller à une purge émotionnelle.

Ed se fige, un taco à mi-chemin entre son assiette et sa bouche.

– J'aimerais voir ça.

Alex semble être tout aussi surpris et je les dévisage tour à tour.

– Voir quoi ?

Ed repose son taco et appuie ses coudes sur la table.

– Allons, Mills. Nous savons tous que tu ne dévoiles pas tes cartes. Ça n'a rien de gênant, mais je pense qu'en savoir un peu plus sur ce que tu as dans la tête pourrait être chouette, tu vois ? J'ai peut-être toujours tort, mais... je connais Reid depuis longtemps. Si ton plan est de l'effrayer en lui offrant la possibilité de te connaître – toi ou Catherine –, tu devrais peut-être commencer à élaborer un plan B. Reid est un type émotionnellement intuitif. Il *aime* parler de sentiments.

Le problème, c'est que je suis au courant et que c'est l'une des choses que j'adore chez lui. Il est sensible et capable de s'exprimer avec une facilité tellement supérieure à la mienne. Que Reid cesse de s'intéresser à Cat serait la conclusion la plus facile pour sortir de toute cette confusion, mais c'est aussi le problème. Je ne peux pas nier à quel point tout dire m'a fait du bien aujourd'hui. J'ai apprécié de lui parler de mon passé, de ma solitude et du fait que je suis complètement responsable de ma solitude.

– On dirait que tu as encore un pet coincé, dit Ed.

Alex plisse le nez.

– Millie, lâche-le de l'autre côté de la terrasse.

– Je ne vais pas péter, imbécile. Je repense au nombre de fois où j'aurais pu tout avouer à Reid, et à quel point je suis égoïste de ne l'avoir jamais fait.

– Sans vouloir tout simplifier, réplique Alex, nous sommes tous un peu égoïstes. *Moi*, je te laisse m'inviter à dîner...

– Pard...

Il lève une main sans me laisser l'opportunité de terminer ma phrase.

– Reid chatte avec deux filles en même temps et pense qu'aucune des deux ne le sait. *Et* il couche avec toi. Reid va très bien. (Alex grimace un peu avant de continuer.) Mais s'il couche avec Daisy ce soir, je suppose qu'il devra repenser sa stratégie.

Chapitre 12

Reid

À la minute où je repère Daisy dans le restaurant, toute pensée cohérente s'évanouit. Ses photos ne mentaient pas : même de l'autre côté de la salle, elle dégage quelque chose de presque magnétique. Elle porte une tenue de plage, un débardeur et une jupe, et on la croirait sortie d'un magazine de mode. Et pourtant, Daisy semble gênée par les regards insistants des hommes qui la déshabillent des yeux pendant qu'elle me cherche. Je lui ai dit que je porterais une chemise bleue et suis soulagé de voir son visage s'illuminer quand elle me repère.

Un goût un peu amer envahit ma bouche tandis qu'elle s'approche. Je sens l'ombre de Millie qui ne quitte jamais mes pensées – tout comme le sexe du week-end dernier – en plus de celle de Cat et de la franchise que je trouve dans ses messages et nulle part ailleurs.

Je ne suis pas du genre à jongler – je ne l'ai jamais été –, mais l'attraction évidente et le bon temps que je passe avec Millie semblent perdre de leur saveur lorsque nous essayons d'aborder des sujets personnels. J'ignore si Cat et moi aurions le même niveau d'alchimie en personne même si nos conversations paraissent infiniment plus profondes.

Et puis il y a Daisy. Adorable, *belle*... et en face de moi.

Je lui tends la main, mais elle me prend de court en me faisant un câlin. Son haleine est chaude dans mon cou, ses cheveux blonds me chatouillent la joue.

– J'étais tellement nerveuse !

– Aucun besoin d'être nerveuse.

Je lui souris en reculant d'un pas.

– Je sais. (Elle tire sa chaise.) Je dois admettre que je suis soulagée que tu aies dit la vérité et que tu ne sois pas un *obèse* de quatre-vingts ans, genre.

Cette remarque me prend de court. Je réponds :

– Non...

Le serveur s'approche et Daisy commande un rosé, moi un scotch, sans glaçons. La nervosité me prend à la gorge lorsque j'essaie de me souvenir des questions que je voulais lui poser. Mais c'est la cacophonie dans mon cerveau : Ed criant que Daisy est grossophobe, Alex rappelant à Ed que Daisy a des nichons d'enfer et Chris nous ignorant tous les trois. La Millie de mes pensées a disparu – elle a dû s'éclipser à l'instant où j'ai réalisé, soulagé, que Daisy était aussi jolie en personne qu'en photo.

Nous commençons à parler en même temps. Je dis : « J'espère qu'il n'y a pas eu trop de monde sur la route » au moment où Daisy lance : « J'ai entendu dire que ce restaurant était *délicieux.* »

Et nous recommençons :

– Oui, tout est vraiment très bon.

– Non, pas de souci.

Puis elle s'écrie :

– Oh, toi d'abord.

Je m'éclaircis la gorge, gêné.

– Non, non, je disais juste que leur cuisine était délicieuse.

Elle acquiesce en souriant et contemple le décor maritime.

– Cool. (Daisy déroule sa serviette sur ses genoux.) Avant, la décoration de ma chambre était à thème marin avec des coquillages, etc.

– Oh ?

Je prends une grande gorgée d'eau pour me rafraîchir l'œsophage quand je me rends compte que Daisy et moi n'avons pas la moindre affinité.

– Genre, quand j'étais petite. Des filets de pêche, des coquillages – je l'ai déjà dit, oh mon Dieu – et, genre, tout était peint en bleu. Murs bleus, lit bleu. (Elle marque une pause en me regardant comme si c'était à mon tour de parler. Je ne sais pas quoi répondre. Finalement, elle ajoute.) Une commode bleue. Je rêvais d'être une sirène.

– Oh.

J'acquiesce et souris en m'efforçant de faire taire la petite voix sur le point de lui dire qu'une sirène ne s'entourerait sans doute pas de filets. Ou d'une commode. Enfin, si les sirènes existaient. Je tousse.

– Je parie que c'était... marrant. J'ai le même dessus de lit rouge barbant depuis mes sept ans... d'ailleurs, il est toujours dans la chambre d'ami chez mes parents. (Je tente d'apaiser la tension avec une plaisanterie.) Je rêvais peut-être secrètement d'être pompier.

OK, c'est un échec.

Le silence se fait. La Millie Imaginaire revient en force, levant son cocktail dans un toast sardonique avant d'éclater de rire. Aguicheuse, elle renchérit : *Je connais bien cette couverture.*

– Donc. (Je sirote désespérément mon verre d'eau.) Tu étudies à l'UCSB ?

– Certificat en éducation de la petite enfance, précise-t-elle avant de remercier la serveuse qui nous apporte nos boissons. J'ai presque fini, je commencerai à travailler à l'Académie préscolaire de Bellridge à partir de l'automne.

Je suis intrigué par le concept d'« académie préscolaire » mais je laisse mes questions en suspens pour le moment. Après tout, elle a le mérite d'avoir des objectifs.

– Tu as déjà un poste en vue ?

Daisy hoche la tête.

– Je connais la directrice, elle est vraiment super. Beaucoup de papas sexy là-bas aussi.

Elle glousse.

– Oh... c'est... (Je lève mon whisky et le sirote.) C'est super.

Daisy sirote son vin.

– Je ne sais pas pourquoi j'ai dit ça. (Elle lève les mains.) Je suis en plein rendez-vous avec toi et je te parle de papas sexy.

J'agite la main.

– Ça arrive à tout le monde.

Daisy rit encore et frissonne.

– Ça fait un moment que je ne suis pas allée à un premier rendez-vous.

– Pas de problème...

– Je ne te l'ai pas raconté, mais j'ai quitté mon ex, Brandon, il y a six semaines et je suis sûre qu'il sort avec toutes les filles qui croisent son chemin, mais je n'ai jamais été comme ça. Je pense que ça l'énervait, il pensait que j'étais très sociable – parce qu'on s'est rencontrés à une fête ? –, mais en réalité, je n'aime pas la foule alors qu'il passait son temps à boire des coups dehors. J'en ai tellement marre, c'est un truc d'étudiant, tu vois ce que je veux dire ? Même si nous sommes restés ensemble pendant quatre ans.

J'essaie de calmer l'ouragan dans mon esprit et cherche un point d'ancrage pour trouver une réponse décente, mais Daisy reprend.

– Quoi qu'il en soit, je me suis lancée dans IRL et c'est tellement facile, genre, de parler en ligne, mais se voir en personne alors que tu es genre... ah ! (Elle affecte la surprise, les yeux écarquillés, la bouche ouverte.) Genre, tu es tellement *sexy*. (Elle engloutit la moitié de son verre de rosé, puis renchérit.) Mais aussi un peu réservé ?

J'ai l'impression qu'un train vient de me passer dessus et il me faut une seconde pour comprendre qu'elle s'attend à une réponse.

– Je suis réservé ?

– Non ? En tout cas, tu sembles réservé.

– En général non. Juste...

Je laisse ma phrase en suspens. Je joue la montre. Je n'ai jamais été dans l'obligation de mettre aussi *activement* quelqu'un à l'aise. J'ai presque envie de lui suggérer de remettre le dîner à plus tard.

– Brandon était le bavard de notre relation. (Ses joues virent progressivement au rose.) Enfin, quand on était seuls, on parlait ensemble, mais quand on sortait, il faisait la conversation et c'était plutôt sympa. Non que je n'aime pas parler. J'aime parler. Je ne suis juste pas très douée pour communiquer. (Elle glousse, puis baisse les yeux vers la table, comme pour chercher un Xanax.) C'est évident.

– Tu exagères. (Seigneur, il serait difficile de sonner plus faux que ça. Je désigne nos menus.) Et si on prenait une minute pour réfléchir à ce qui nous fait envie ?

Daisy semble mortifiée.

– Bien sûr.

Les deux minutes que nous passons à parcourir le menu en silence deviennent une torture. Ce sont sans nul doute les deux minutes les plus gênantes et pesantes de ma vie. Je sens la pression monter pour Daisy, comme si le silence allait la faire exploser.

La serveuse vient prendre notre commande et Daisy s'éclipse pour aller aux toilettes. Je prie pour qu'elle envoie un message à un ami qui la sauvera de ce rendez-vous.

Je sors mon téléphone et écris à Chris.

Zéro affinité.

Quoi ?

Avec Daisy. J'ai tout de suite compris pourquoi elle est célibataire.

Bon sang, c'est pas cool.

Elle est hyper-nerveuse
et parle beaucoup de son ex.

Sérieusement, mec ? Ça craint.

Elle est sexy. Mais on n'a vraiment
aucun atome crochu et elle est tellement
nerveuse que ça plombe l'ambiance.

OK, faut que je te laisse.

Je m'attends à ce qu'elle revienne directement, mais les deux minutes qui viennent de s'écouler se transforment en cinq. La serveuse nous apporte du pain et j'en grignote un morceau, la tête ailleurs.

Quelques minutes supplémentaires s'écoulent, sans aucun signe de Daisy.

Je saisis mon téléphone, les doigts tremblants. En dehors d'un message de Chris, un À plus, il n'y a rien. Aucun mail. Pas de message vocal. Mon doigt erre sur l'icône d'IRL.

Je l'ouvre, attiré par le 1 rouge à côté de ma boîte de réception.

Le message est de Catherine.

Je me mets à parcourir discrètement son dernier mail. Il est long et personnel – et un peu embrouillé. Après l'avoir terminé, je recommence ma lecture.

On dirait un vomi de mots mais qui me touche quand même, putain. Suis-je à ce point à la recherche de l'honnêteté radicale ? Sans doute un peu. J'adore mes amis, mais j'ai parfois la sensation que nous ne creusons pas suffisamment alors que les messages de Catherine me font l'effet d'une gorgée d'eau fraîche ou d'une poignée de chips dans ma bouche. Je les dévore.

– Reid ?

Je lève les yeux et le sourire un peu bête qui m'étire les lèvres disparaît. Je suis en train de lire le message d'une fille – sans la moindre discrétion, j'en suis presque certain – sur une application où j'ai rencontré *cette* autre fille qui est devant moi, et j'ignore depuis combien de temps cette dernière se tient à côté de la table.

Son sac à l'épaule.

Je me lève à la hâte.

– Daisy. Ça va ?

Elle secoue la tête.

– Je ne me sens pas très bien. Je crois que je me suis trop mis la pression ce soir.

Je m'attends à ce qu'elle mente, mais elle n'en fait rien. De toute manière, si elle avait voulu mentir, elle aurait plutôt prétendu qu'un ami avait besoin d'être récupéré en urgence ou que son chien avait fait une crise d'épilepsie.

– Que puis-je faire pour t'aider à être moins nerveuse ? (J'ignore si mon besoin soudain de la calmer vient du fait qu'elle m'ait surpris en train de lire un message de Catherine ou de son air vulnérable.) Je comprends, vraiment. Je ne suis sorti avec personne depuis un moment. Mais je suis le même type avec qui tu parlais en ligne.

– Tu es le même type qui parlait avec beaucoup de filles, je suppose.

Elle désigne le téléphone dans ma main.

– Comme tout le monde, non ? je lui demande doucement. Nous sommes tous sur ces applications... pour sortir avec des gens... mais je suis désolé. *Ça* – regarder mon téléphone pendant que tu étais aux toilettes –, ce n'était pas très cool.

– Non, ce n'est pas un problème. Je suis partie un bon moment.

– Ce n'est pas grave...

– Je crois que je ne suis peut-être pas encore prête.

Elle avance d'un pas comme si elle allait encore m'enlacer et je crois lire dans ses pensées : elle m'a fait un câlin, puis tout a dégénéré tellement rapidement et elle n'a aucune envie de recommencer. Daisy me tend la main.

– Je suis là si tu changes d'avis, dis-je en lâchant sa main.

Je ne me lève pas tout de suite. En partie parce que je préfère m'attarder au cas où elle serait en train de paniquer dans sa voiture, mais aussi parce que je meurs de faim et que la piccata de poulet me fait saliver depuis le début. Je finis par dîner seul en ignorant les regards inquisiteurs des autres convives à cause des deux plats devant moi. Quand je termine, je demande qu'on m'emballe les linguini de Daisy.

Et puis j'arrive à ma voiture et je me rends compte qu'il est seulement 9 heures ; je n'ai pas encore envie de rentrer chez moi. Tout espoir de trouver une réponse au dilemme Catherine/Millie disparaît parce que Daisy n'est clairement pas pour moi. J'apprécie le sexe avec Millie, j'adore passer du temps avec elle. Sa loyauté, son esprit, le fait qu'elle sait toujours exactement quand nous impressionner par la profondeur de son intelligence. Mais je ne supporte pas qu'elle vive dans une bulle de Teflon et ne confie *ses* émotions à aucun de nous. Ou plus déprimant encore : la pensée que – émotionnellement – elle ne soit pas capable d'aller plus loin. Mais je n'arrive honnêtement pas à y croire.

Je ne sais pas pourquoi je prends le chemin jusque chez elle. Enfin, avant le sexe, il aurait été naturel de passer la voir après le travail ou après un rendez-vous déprimant. On aurait enlevé nos chaussures pour poser nos pieds sur la table basse, on aurait regardé un film ou joué aux cartes en buvant des bières. Je n'avais besoin de rien de plus, venant d'elle : c'était parfait.

Mais maintenant, j'ai entraperçu d'autres perspectives qui ont créé du désir mais, plus encore, je commence à ressentir le besoin d'aller plus loin.

La donne serait-elle différente si l'un de nous avait dit, après avoir couché ensemble pour la première fois : « J'aimerais vraiment qu'on essaie d'avoir une relation » ? Auquel cas, serais-je en train d'évaluer sa disponibilité sexuelle et son intimité émotionnelle ? Pourquoi le fait de parler avec des femmes sur Internet, et disséquer nos interactions, fait-il apparaître une liste d'attentes précises qu'une personne avec laquelle je pourrais être, susciterait dans ma tête ? Pourquoi suis-je en train d'oublier que nous avons tous nos forces et nos faiblesses, et que personne ne commence une relation dans un état de sérénité absolue ?

Je n'ai aucun plan en tête. Je me gare, je monte les marches, je frappe à la porte. Je me dis que je pourrais transformer le Désastre Daisy en sketch ou demander à Millie de réfléchir aux questions existentielles de l'amour avec moi, mais quelque chose dans son expression lorsqu'elle ouvre la porte me désarçonne. Il me faut quelques secondes pour réaliser qu'elle est soulagée que je sois sur son porche, et pas avec Daisy.

Elle rougit – je devine qu'elle est un peu pompette –, elle se touche l'oreille puis fait glisser une mèche de cheveux derrière. J'essaie de remonter dans le temps pour me rappeler quand j'ai commencé à remarquer ces petits détails, comme la minuscule fossette au coin de sa bouche, son iris gauche un peu plus foncé que le droit, son habitude de respirer par la bouche quand elle est nerveuse.

Nous voilà l'un devant l'autre, en pleine contemplation, puis elle sourit, et c'est comme si le soleil perçait à travers les nuages. Je glousse.

– Donc, c'était terrible ?

Elle semble ravie.

– *Horrible.*

Elle m'attrape par la chemise et me voilà projeté dans un vieux film, attiré à l'intérieur, avant que la porte ne claque.

– Sérieusement ?

Je souris contre ses lèvres.

– Est-ce que tu comprends si je te dis que je l'ai regardée et que j'ai tout vu en un seul coup d'œil ?

Elle m'attire contre elle avec plus d'impatience cette fois. La première fois, on était tendres, doux, on parlait. La deuxième, tout a été passionnel et torride, comme gouvernés par une nécessité qu'il fallait exorciser. Mais ce soir, nous nous jetons l'un sur l'autre : sa bouche se pose sur la mienne à l'instant où elle soulève ma chemise. J'ai sans doute déboutonné la sienne et retiré son jean avant que le moteur de ma voiture n'ait refroidi.

Nus, nous chancelons dans le couloir avant de nous appuyer contre un mur, où je la soulève et la prends dans un tourbillon de mouvement. Je continue à aller et venir jusqu'à ce qu'elle jouisse, jusqu'à ce qu'elle devienne toute molle entre mes bras tremblants.

Je la repose avec douceur, en embrassant la cicatrice sur son épaule.

– Tu es venu pour ça ? demande-t-elle d'une voix ensommeillée.

Elle effleure mon visage du bout des doigts et je n'arrive pas à m'en empêcher, je me laisse aller contre elle.

– Je suis venu pour te voir.

Ma voix a un tel accent de vérité que je suis surpris quand un ricanement lui échappe. C'est soit du soulagement, soit de l'incrédulité.

– Qu'est-ce qu'on est en train de faire, Mills ?

Elle se remet à rire et m'embrasse dans le cou, en me suçotant la peau juste comme j'aime. Elle *a appris* que c'est ce qui me plaît. C'est la troisième fois maintenant, on ne peut plus parler d'un accident.

– On baise, Reid.

Et voilà, l'expression condescendante, oui, mais aussi son ton, tellement nonchalant, font retentir un gong désagréable dans ma tête. Sa réponse est l'équivalent verbal d'un marshmallow, un pépiement, une forme sans aucun volume. J'aurais aimé une meilleure réponse, même un « je ne sais pas » aurait fait l'affaire. Quelque chose qui inviterait à la conversation, qui montrerait au moins qu'elle est aussi perplexe et affectée par tout ça que moi.

Je recule d'un pas en observant son torse rougi, ses jambes tremblantes et son sourire satisfait. Je me dirige vers le salon en récupérant mes vêtements au passage.

– Tu peux rester, dit-elle dans mon dos. (Je suis soulagé jusqu'au moment où elle ajoute.) Je dois passer au bureau pour récupérer un ou deux trucs mais reste, tu es ici chez toi.

Je ris.

– Pas besoin de me supplier, Mills.

– Oh, ça ne risque pas.

Ça ne ressemble pas à une plaisanterie, on dirait qu'elle est sincère. C'est comme si elle ne savait vraiment pas pourquoi il serait étrange qu'elle file juste après le sexe, sans tenir compte de mes sentiments, ou me fasse patienter ici en attendant qu'elle revienne. Il y a quelque temps, je l'aurais accompagnée pour lui tenir compagnie au bureau ou travailler un peu, mais elle n'en a pas envie et elle ne s'y *attend* pas non plus.

Je me sens à la fois bête et macho d'avoir pensé que coucher régulièrement avec Millie pouvait avoir une signification pour elle, mais je n'ai plus aucune certitude maintenant.

– Pas de souci, Mills. Je vais rentrer chez moi.

Je referme lourdement ma portière de voiture et me laisse aller sur mon siège. Après le sexe, j'ai l'impression d'être devenu un vieux gant, une couverture chaude, un coussin géant. Moelleux, tiède, satisfait. Mais sous la surface, je bous de colère.

C'est Millie que je *veux*. Je crois que je suis en train de tomber amoureux d'elle. Et il semblerait qu'elle ne me voie pas comme ça.

J'écris à Chris.

Tu es chez toi ?

Oui.

Je peux passer ?

Bien sûr.

La lumière du séjour est chaleureuse et, depuis la rue, je le vois derrière son canapé triturer quelque chose en face de la télévision. Il lève les yeux en entendant mes pas résonner sur les marches et m'ouvre.

Je ne lui laisse pas le temps d'ouvrir la bouche.

– Je vais te raconter un truc, mais tu vas devoir garder ton calme.

Il me scrute en laissant tomber la télécommande sur le canapé.

– Oh Seigneur.

– C'est au sujet de Millie. (Je marque une pause, il plisse les yeux.) Et moi.

– Millie, répète-t-il. Et toi. Dans le style... (Il hausse les sourcils.) Oh.

– Trois fois. (Je me passe une main sur le visage.) Non, plutôt six. Mais en trois fois...

– Minute, papillon. Tu me dis que chaque fois que tu as couché avec elle, tu l'as fait plus d'une fois ?

– Et dire que je pensais que ce serait l'annonce de mes relations sexuelles avec Millie qui te choquerait ! Mais un soir, on l'a effectivement fait trois fois.

– C'est ta virilité qui me surprend, fiston.

Je grogne.

– Chris.

– Tout ce que je dis, murmure-t-il, c'est que nous n'avons plus vingt ans.

Je plonge les mains dans mes cheveux en regrettant de ne pas pouvoir les plonger directement à l'intérieur de mon crâne pour tripoter mon cerveau et donner du sens à tout ça.

– Mais ce n'est pas ce qu'elle veut.

– Elle... (Il fronce le nez et m'observe avec suspicion.) Quoi ?

– Enfin, non, non, elle a apprécié le sexe – moi aussi –, mais elle ne veut rien de *plus*.

– Comment le sais-tu ?

– Je le *sens*.

Il éclate encore de rire.

– Bon sang. Je ne crois pas que ce soit le genre de choses qui se sentent, en particulier dans le cas de Millie.

– Comment en avoir le cœur net ? (J'avance jusque dans sa cuisine et récupère une bière dans le réfrigérateur.) On s'éclate tellement ensemble et le sexe est... putain, le sexe est surréaliste, mais quand j'essaie de nous imaginer en couple ? Parler de sentiments, d'objectifs et de peurs ?

À ces mots, l'hilarité de Chris redouble.

– Donc tu vois ce que je veux dire.

Il acquiesce.

– Ouais, mec, je vois ce que tu veux dire.

– Et puis il y a Catherine. (Chris siffle longuement.) Je ne l'ai jamais rencontrée, mais quand on chatte... c'est comme un clic. On parle de tout, de famille et de travail, de nos vies. C'est *agréable*. Tout est fluide entre nous.

– Alors, propose-lui de la voir.

Son ton laisse transparaître la question : *où est le problème ?*

– Ce soir, mon dîner avec Daisy a été un échec cuisant. Donc je suis allé directement chez Millie.

– Tiens donc. Et laisse-moi deviner...

J'acquiesce.

– Ouais... (Je me gratte le menton.) C'est avec Millie que j'ai envie d'être.

– Alors, dis-le-lui.

– Mais si elle n'est pas sur la même longueur d'onde, il y aura une gêne entre nous.

Chris hausse les épaules.

– Parce que là, tout de suite, tu te sens pleinement à l'aise ?

Je grommelle.

– Tu auras peut-être aussi envie d'être avec Cat une fois que tu l'auras rencontrée, suggère-t-il, avec espoir.

– J'ai du mal à imaginer désirer quelqu'un comme je désire Millie. Je voudrais juste que Millie soit... différente.

Chris tire un tabouret sous le plan de travail et fixe le sol pendant un long moment.

– Je ne sais pas, mec. Ton histoire avec Millie ne me surprend pas, parce que j'ai toujours pensé que vous aviez crevé l'abcès depuis un moment. Mais si c'est ce que tu ressens, et si elle te plaît, je ne risque pas de t'encourager à abandonner simplement parce que Millie n'est pas la personne la plus ouverte sur ses émotions. Je pense qu'elle pourrait peut-être changer, avec toi.

– Donc tu penses que je devrais lui avouer mes sentiments ?

– Encore une fois, dit-il en levant une main, je t'ai vu après avoir lu un message de Cat. Pourquoi ne pas aller jusqu'au bout avec elle ?

– Donc tu crois que je devrais inviter Cat à sortir ?

Chris lève les yeux vers moi.

– Tu veux que je te dessine un organigramme ? Ce n'est pas une affaire de raisonnement. Seigneur, Reid.

Je hausse les mains.

– Je ne sais pas quelle est la meilleure décision !

Il se lève pour prendre une bière.

– Tu veux mon avis ? Invite Cat à sortir. Vois comment ça se passe. Si ça ne fonctionne pas, soit parce que vous n'aurez pas d'affinités en personne soit parce que tu te rends compte que c'est Millie que tu veux, tu en auras le cœur net. Et tu devras le lui dire.

De : Reid C.
Envoyé le 7 avril à 1:28

Je n'ai pas les mots pour te dire à quel point j'ai souri en lisant ton dernier message – au moins la fin. Non que ce dont tu parlais soit drôle mais, honnêtement, ta franchise est rafraîchissante.

Je me sens seul, moi aussi. Je connais ce sentiment et je sais que l'énergie nécessaire pour en sortir semble parfois insurmontable. Sérieusement, je comprends, même si je ne crois pas avoir toujours du mal à exprimer mes besoins – je ne trouve juste pas de solution. Mais on dirait que tu as un bon groupe d'amis et dans la mesure où c'est aussi mon cas, je peux te dire qu'être là pour les gens est très important. Je suis sûr que si tu leur en demandais plus, ils n'hésiteraient pas une seconde. Ils pourraient peut-être même te surprendre.

Et je suis vraiment désolé pour ton père. Je ne sais pas ce que je ferais si quelque chose arrivait à mes parents. Tu as perdu ta mère et maintenant, ton père est malade – normal que tu sois à fleur de peau et que tu aies perdu ton filtre (même si je ne te pardonnerai jamais d'avoir utilisé l'expression « diarrhée émotionnelle »). Tu peux bavarder avec moi autant que tu veux. Cela dit, ton message m'a perturbé et je ne sais pas quoi faire

en dehors de te le dire. Tu as toujours été honnête avec moi, donc je continuerai à l'être en retour.
Ce soir, je suis sorti avec une autre fille. Je suis sûr que tu parles aussi à plusieurs personnes, donc je ne crois pas nécessaire de te donner des explications. En tout cas, tu comprendras sans doute que lire un message sur IRL pendant le rendez-vous n'était pas la meilleure idée. Cette fille, qu'on appellera D.D. (alias 85D, ahahah), est allée aux toilettes et y est restée pendant un moment. J'ai commencé à angoisser et j'ai lu ton message. Je suis resté absorbé par ma seconde lecture et n'ai pas réalisé qu'elle était devant moi, attendant que je lève les yeux pour qu'elle puisse me dire qu'elle partait.
Autant dire que c'était gênant.
Ensuite, je suis allé chez une amie – je t'ai déjà parlé d'elle, c'est l'une de mes amies les plus proches et nous sommes devenus un peu plus que des amis ces derniers mois. Encore une fois, je serai honnête. Pour tout te dire, nous avons recouché ensemble ce soir, mais au lieu de me sentir hyper-bien ensuite, je me suis senti minable. Je crois que mes sentiments pour elle sont plus profonds que les siens pour moi. J'espère peut-être que les siens évolueront, mais nous savons tous les deux que ce ne sera jamais le cas. Elle est géniale et j'ai l'impression que nous nous connaissons par cœur jusqu'au moment où elle lance quelque chose qui me fait penser que je ne la connais pas du tout, au fond. Quand je lui ai demandé ce qui se passait entre nous, elle m'a répondu ce que je redoutais d'entendre : « Ce n'est rien d'autre que du sexe. »
J'espère que ça ne te contrarie pas. Ou peut-être un petit peu parce que cela signifierait que tu ressens des choses au même titre que moi. Même si j'ai envie que ma relation avec mon amie évolue, je ne veux pas me fermer à la possibilité que tu me correspondes peut-être mieux. Mais ne te connaissant pas en personne alors que je la connais, elle, il m'était plus simple de penser que notre relation pourrait se développer avec elle. Et si on se rencontre, on s'amuse, mais que la connexion que nous avons à distance se dissout lorsque nous nous rencontrerons ?

Mais en fin de compte (beaucoup de comptes), je sais que j'ai besoin de savoir. J'adorerais te rencontrer, dîner et passer du temps à discuter pour voir si ça vaut la peine de continuer. Ce n'est pas un ultimatum, ou une manière de faire le tri. J'ai juste besoin de savoir si la raison pour laquelle cela n'a pas fonctionné avec mon amie s'explique par le fait que la bonne personne m'attend ailleurs.

Tu m'appelles ?

(805) 555-8213

Reid

Chapitre 13

Millie

Je fixe mon téléphone jusqu'à ce que l'écran se mette en veille. Mon reflet me dévisage : les sourcils froncés, les lèvres serrées, hésitant entre terreur, étonnement et tristesse. Le mail de Reid est l'équivalent d'une grenade émotionnelle qui viendrait de m'éclater au visage.

Il est seulement 6 heures du matin et je n'ai pas encore bu mon café. Pourtant, mon esprit tourne déjà à cent à l'heure. Je ne sais même pas par où commencer.

Reid s'est senti minable après avoir couché avec moi ? Existe-t-il une manière de recevoir cette information sans me sentir dévastée ? J'admets que l'ambiance était bizarre entre nous, mais je venais de rentrer – après avoir mis mes tripes sur la table devant Ed et Alex – quand je l'ai trouvé devant ma porte. Je ne savais même pas s'il avait lu ma lettre.

Tout ce que je savais, c'est qu'il n'était pas avec *elle.*

Je ne pensais à rien quand je l'ai attiré dans le couloir. Je ne faisais que sentir. Sentir à quel point nous étions compatibles, et ce soulagement écrasant : il était là et je ne voulais pas qu'il s'en aille. Ensuite, la question *qu'est-ce qu'on est en train de faire, Mills ?* m'a donné l'impression d'être en plein interrogatoire, et je n'avais honnêtement pas la réponse. J'ai commencé à paniquer, et il est parti. Même Millie en Mutation Émotionnelle a conscience que tout est de ma faute.

« *Tu es vraiment nulle pour partager des choses personnelles. Tu le sais, n'est-ce pas ?* »

« *Pourquoi gardes-tu tellement les choses pour toi ?* »

« *Allons, Mills. Nous savons tous que tu ne dévoiles pas tes cartes.* »

Ils n'ont pas tort ; je n'ai jamais été bonne pour m'ouvrir.

Je venais d'avoir douze ans quand ma mère nous a acheté une glace à Elly et à moi pour nous annoncer qu'elle était malade. Tout s'est accéléré ensuite. Un peu comme si un jour, elle nous avait expliqué en détail la signification du mot *cancer* et, l'instant d'après, elle était reliée à toutes sortes de tubes et de câbles. L'odeur acide des hôpitaux et de l'antiseptique a remplacé la fragrance de Sunflowers d'Elizabeth Arden avec laquelle elle se parfumait tous les jours.

Vers la fin, mon père nous a maintenues à l'écart.

– N'inquiétez pas votre mère, nous disait-il. Il faut la laisser tranquille.

Nous l'avons écouté. Nous lui avons raconté que tout se passait bien à l'école. On lui a dit qu'on était heureuses, qu'on l'aimait, qu'on n'avait besoin de rien. Tout ce dont je voulais vraiment lui parler, je le réservais pour le moment où elle se sentirait mieux. Je ne l'ai pas embêtée avec les détails de ma dispute avec mon amie Kiersten ou sur le fait que M. Donohue était le professeur le plus méchant de toute l'école. J'allais tout lui raconter plus tard.

Mais elle est morte et je n'avais plus personne à qui me confier. Au-delà de la douleur de son absence, je me suis rendu compte que la vie continuait. Les paroles ne bouillonnaient pas en moi, je n'avais aucun problème à tout garder.

J'ai commencé à prendre l'habitude de rester en retrait et d'écouter les autres. Je suis devenue très bonne pour écouter. À l'université, j'ai lu quelque part que si on laisse quelqu'un parler de soi suffisamment longtemps, les mêmes signaux de plaisir sont déclenchés dans le cerveau du locuteur qu'avec de la nourriture ou de l'argent. J'exploite inconsciemment cette tendance depuis des années sans le savoir.

Toux ceux qui exigeaient davantage de moi ont abandonné et ceux qui sont restés se sont habitués à ce que je ne contribue pas lors des conversations intimes. Je suis experte dans l'art de changer de sujet ou de plaisanter au bon moment.

C'était diablement pratique pour Dustin. J'étais une petite amie facile parce que je me refusais toujours à analyser les choses. Nous nous disputions rarement parce qu'aucun de nous n'était vraiment investi. Il n'avait aucun problème à vivre dans un statu quo et ne m'a jamais demandé de quitter ma zone de confort.

Reid, au contraire, n'a jamais cessé d'essayer – et, comme ma sœur, il commence à arriver à ses limites. Ma capacité à épuiser même les personnes les plus géniales en dit long sur ma difformité émotionnelle.

Je relis le message qu'il a adressé à Cat, qui me blesse plus qu'il ne le devrait. Pour lui, Catherine est une autre fille – ce n'est pas Millie. Il partage tout cela avec quelqu'un d'autre, pas avec moi. Je n'ai aucun droit sur Reid, aucun droit d'être énervée s'il se demande si quelqu'un d'autre lui conviendrait mieux. Donc pourquoi ai-je l'impression d'être face à un échec ? Il a dit à une inconnue qu'il avait l'impression de ne pas me connaître.

Puis-je lui en vouloir ?

Je repense à ce qui a toujours été mon sourire préféré, le sourire patient qui dit qu'il est exaspéré mais charmé – et qu'il m'adore de toute manière. Je le compare à son expression d'hier soir, quand il est parti. Les yeux fatigués et la déception peinte sur son visage, son expression de plus en plus fermée, jusqu'à ne plus le reconnaître.

Maintenant, il veut *la* rencontrer et j'ignore comment être elle avec Reid.

Me voilà dans de beaux draps.

Le quartier d'Ed est une succession de bâtiments marron, tous identiques. Il y a des râteliers à vélo de tous les côtés, les mêmes arbustes sont plantés dans chaque jardin. Je suis sûre que c'est censé flatter l'œil, mais c'est un cauchemar logistique. Si je chante en écoutant la radio ou si je ne prête pas suffisamment attention à mon chemin, je me retrouve dans une rue au hasard, en me demandant si je devais tourner avant l'arbre décharné ou juste après.

Comme à l'instant. Je fais le tour du pâté de maisons deux fois avant de me garer devant son immeuble, en écoutant mon moteur cesser de ronronner. Le trajet en voiture de chez moi à chez lui n'a pas réussi à me calmer. Je reste assise dans la voiture pendant un moment et regrette de ne pas posséder de Retourneur de Temps pour dire à la Millie du Passé de ne pas se comporter comme une imbécile.

Je jette un coup d'œil à mon téléphone et suis frappée de voir que Reid ne m'a ni appelée ni écrit un texto depuis hier soir. Pour être honnête, je ne répondrais sans doute pas ; je n'ai pas assez confiance en ma capacité à faire semblant pour maintenir une conversation normale, même par texto.

Il est presque midi, mais Ed ouvre la porte en peignoir, une manette de console à la main. En temps normal, je me moquerais de lui mais, hélas, je suis aussi en pyjama et n'ai même pas pris la peine d'enfiler un soutien-gorge.

– Tu n'es pas le livreur de pizza, lance-t-il en terminant de mâcher une Pop-Tarts.

Je lui passe devant et entends soudain Alex crier devant le jeu vidéo.

Au lieu d'un canapé, Ed possède des fauteuils inclinables de joueurs de jeux vidéo face à la télé la plus imposante et onéreuse que j'aie jamais vue. Alex est installé sur l'un d'eux et il met leur match de *FIFA* en pause lorsqu'il me voit.

– Mills, tu es venue jouer ?

– Je suis venue trouver refuge chez vous. C'est fini, les gars. Reid veut rencontrer Catherine.

– Quoi, ton craquage émotionnel via message ne l'a pas effrayé ?

Alex me raille, mais je m'en fiche.

– Vous aviez raison. Les émotions lui provoquent des érections.

Je laisse tomber mon téléphone et m'effondre sur le pouf dans le coin.

Ed s'avance et ils parcourent silencieusement le dernier message de Reid. J'essaie de ne pas décoder les haussements de sourcils d'Ed et les *aïe* que marmonne Alex. J'ai du mal à ne pas me sentir complètement vulnérable tandis qu'ils fixent l'écran où tous mes défauts sont exposés si crûment.

Alex est le premier à lever les yeux.

– Il t'a envoyé ça aujourd'hui ?

Je me mordille un ongle.

– Hier soir. Pendant que je dormais.

– Il veut te rencontrer – la rencontrer. Bordel.

Ed se redresse et tire sur ses cheveux.

– Si je ne fais aucun commentaire, c'est parce que je hurle intérieurement.

– OK, on n'est pas obligés d'en faire *tout* un plat. (Alex lève les yeux vers Ed, perturbé.) Il était évident qu'il allait lui demander de la rencontrer à un moment ou un autre.

Alex, adorablement désinvolte.

Mais Ed, adorablement émotif, s'affale sur un fauteuil et s'essuie les mains sur son peignoir.

– Ce n'est pas anodin, Alex, parce que *ce sont nos meilleurs amis* dont on parle et que l'un ment à l'autre. Sans mentionner le fait que nous sommes au courant tous les deux. Nous sommes complices et sauveteurs sur ce coup-là.

– Vous ne m'aidez pas.

Je m'enfonce encore davantage dans le pouf. Les billes de l'intérieur choisissent ce moment pour se décaler toutes en même temps et je roule par terre. Je grogne, visage contre le plancher. Et je reste au sol.

– Oh, comme c'est triste.

Alex parvient à se retenir environ cinq secondes avant d'éclater de rire.

Au moins, Ed prend pitié de moi.

– Allons, dit-il en me tendant une main. Je vais t'aider à te relever.

– Laisse-moi. (Je marmonne, toujours par terre.) C'est tout ce que je mérite.

– Tu ne crois pas que tu te comportes de manière un peu dramatique ?

Ed s'agenouille et je ferme les yeux après avoir eu un bref aperçu de pénis sous son peignoir.

– Tu veux dire que je réagis de manière dramatique au fait que Reid ait des sentiments pour une version de moi qui n'existe pas ? Ou suis-je trop dramatique parce qu'il pense que je suis incapable de ressentir quoi que ce soit ? N'oublions pas que j'ai escroqué mon meilleur ami. (Je me redresse.) Qui ferait une chose pareille ? Je pensais seulement que c'était une émission de téléréalité sur MTV[12].

Ed, plein de compassion, tire un carton de lait pour s'asseoir dessus.

– Ne le prends pas mal, parce que tu sais que je t'aime, mais à quoi t'attendais-tu ?

Quand je gémis au lieu de répondre, Alex n'hésite pas à intervenir.

– Ah ça. Voilà ce qui arrive. Les secrets, c'est comme le cancer.

– Merci, Alex.

Il hausse les épaules.

– Quelqu'un doit être direct avec toi et qui d'autre le serait ? Nous sommes tes seuls amis.

Indignée, je réplique :

– J'ai d'autres amis.

12. Millie fait allusion à *Catfish : fausse identité*.

– Qui ? demande Ed avant d'ajouter rapidement : Les baristas ne comptent pas.

– Quoi, tu veux des noms ? (J'essaie de rire, mais mon hilarité sonne faux.) J'ai beaucoup de noms. Comme tous mes amis du travail. Et ma sœur.

– Une sœur que nous n'avons jamais rencontrée et dont tu ne parles jamais, me rappelle Ed.

J'ouvre la bouche pour répondre, mais il n'y a rien à dire.

– Et *tous* ces amis du travail, renchérit Alex. Pourquoi ne pas nous les présenter, pour rencontrer des filles ?

Une fois encore, j'aimerais trouver une parade, mais j'en suis incapable. J'ai des *connaissances* au travail, des gens avec qui je discute sur le chemin des réunions de la faculté ou à l'heure du déjeuner. J'ai des copines comme Avery – OK, c'est peut-être plus une rivale qu'autre chose, mais il y en a d'*autres* – que je vois à la salle de sport ou sur qui je tombe parfois, mais je n'ai jamais été très douée pour entretenir mes amitiés féminines. À un certain moment, toutes mes amitiés avec des filles ont viré au cauchemar et je n'ai jamais su rectifier la donne, parce que je n'ai jamais appris à me disputer. J'ai toujours pensé qu'une dispute équivalait à un point final. Je suis peut-être plus vieille et plus sage maintenant, mais je déteste toujours autant la confrontation.

– Je n'ai jamais eu, disons, des amitiés intimes. (Je déteste me sentir sur la défensive.) Après la mort de ma mère, nous nous sommes unis. La devise de mon père, c'était : « Ne te prends pas la tête pour des détails. Et tout n'est que détails. » Je suppose qu'après la mort de ma mère, cette devise avait du sens pour mon père, en tout et pour chaque chose. Rien ne semblait important en comparaison. (Je réfléchis en parlant.) Si j'ai réussi à survivre à ça, je peux survivre à n'importe quoi, n'est-ce pas ? Aucun intérêt à donner de l'importance aux choses en ressassant.

Ed s'efforce de ne pas laisser transparaître son exaspération.

– Partager des choses ne signifie pas *ressasser.*

– Je sais, mais...

– Il s'agit d'apprendre à te connaître. (Il lève une main pour m'empêcher de répondre.) Raconte-moi cinq choses importantes sur Reid.

Ça, je peux le faire. Je leur adresse à tous les deux un sourire entendu au moment où Alex ajoute rapidement :

– Au-dessus de la ceinture.

– D'accord. Primo, il adore son travail – il est *vraiment* passionné par ses recherches sur le lien entre névrite optique et sclérose en plaques. Vous voyez ? Je n'ai aucune idée de ce que cela signifie, mais je sais que c'est ce que Reid étudie parce qu'il est toujours hyper-enthousiaste à ce sujet.

Ed se penche vers moi comme pour commencer à me donner une explication scientifique, mais je lève une main pour l'arrêter.

– Deuzio, il aime profondément ses parents et même s'il se plaint du fait que sa mère soit folle, il adore passer du temps en famille, et la maison de son enfance est son endroit préféré après le labo. (Je me redresse en ajustant le pouf derrière moi.) Il est très fier de Rayme parce qu'elle est intelligente, belle et pleine de confiance en elle, mais au-delà de ça, il est soulagé qu'elle reprenne le vignoble familial car elle le dégage de cette responsabilité.

– Bon point, commente Alex.

– Il voudrait voyager davantage. Et, hum, il est claustrophobe.

– Tu vois ? lance Ed. Maintenant, si tu me demandais cinq choses que je sais sur toi, tout aurait à voir avec les meurtres, les rots et le Monopoly.

Je ris, mais ce rire semble venir du corps de quelqu'un d'autre, parce que mon cerveau est soudain monopolisé par Reid.

Il aime que je lui morde le cou, je pense et la chaleur monte dans mon ventre. *Il aime quand je suis sur lui. Il aime regarder le tennis les après-midi d'été, et il aime le café très chaud. Il n'aime pas la tarte aux fraises, mais adore les cerises. Son groupe préféré, ce sont les Pixies, même si voir un concert de Pink Floyd est tout en haut de la liste des choses qu'il souhaite faire avant de mourir. Il ne pensait pas aimer les choux de Bruxelles avant que je les cuisine pour lui. Il court un mile en six minutes, dort du côté gauche et oublie en général de petit-déjeuner. Il adore mon rire, aime me tenir la main et ne supporte pas que les gens regardent leur téléphone pendant qu'il leur parle.*

Je cligne des yeux lorsqu'Alex tape des mains devant moi.

– Hé !

– Euh, quoi ?

– Je t'ai demandé ce que tu voulais.

– En dehors d'un Retourneur de Temps ou d'être complètement ivre pour ne plus penser à rien ?

Il ne sourit même pas. La gêne me prend à la gorge.

– OK, je ne comprends pas ta question.

– Avec Reid, clarifie Ed. Qu'est-ce que tu veux avec Reid ?

Je songe à la réponse à cette question depuis que j'ai ouvert les yeux ce matin. Je sais depuis des jours que je ne veux pas que quelqu'un d'autre soit avec lui, mais ce n'est pas exactement la même chose que le vouloir pour moi, n'est-ce pas ?

Sauf que dans ce cas, si.

Mais l'admettre devant Ed et Alex avant de l'avoir dit à Reid semble... lâche.

– Je suis en train d'y réfléchir. Il faut que je lui parle.

Alex se lève, m'aide à me remettre sur mes pieds et nous nous frayons un chemin dans la cuisine chaotique de Ed. Il y a environ six bols de céréales dans l'évier, des bananes marron qui pendent à un crochet, au-dessus de pommes ridées. La poubelle de recyclage déborde et lorsqu'Alex ouvre le réfrigérateur, il n'y a que des bières en vue.

Avant que je puisse ouvrir la bouche, Ed se tient devant moi, les sourcils froncés.

– Ne me juge pas. Je commande à emporter le soir.

– Mais tout de même, si tu parviens à attirer une femme ici, je commence en désignant la pièce, elle sera horrifiée.

– Ma mère va venir m'aider à nettoyer cette semaine.

Alex sourit, goguenard.

– Je ne crois pas qu'elle se référait à ta mère quand elle parlait d'une « femme ».

– Entends-tu les mots que tu utilises ? je demande à Ed en prenant la bière qu'Alex me tend.

Il s'assoit sur un tabouret et vide un quart de sa bouteille.

– Selma ne m'a toujours pas répondu.

Oh, pauvre Ed !

– Attends. Tu veux dire qu'après deux semaines de conversation intense, tu lui as proposé de la voir et elle a disparu ?

Ed acquiesce, clairement déçu.

– J'ai d'autres matches, mais... (Il hausse les épaules avant de laisser échapper un long rot.) Peut-on revenir au pétrin dans lequel tu t'es mise avec Reid ?

– Je ne compte pas t'aider à nettoyer cette cuisine, donc pourquoi pas !

– *Tu* devrais peut-être disparaître comme ça, suggère Alex. Je parle de Catherine.

Je fronce les sourcils.

– Quoi ? Me contenter de ne pas répondre ?

Ed me dévisage et hausse les épaules.

– C'est efficace. Ce n'est pas comme si je pouvais sortir dans la rue et la chercher. (Il marque une pause et semble se rendre compte que sa réponse était louche.) Je ne compte pas essayer, hein.

Je ne touche pas à la bière qui se trouve devant moi et j'observe les gouttes de condensation couler sur les rebords de la bouteille jusqu'à former une petite flaque sur le bar. L'idée que quelqu'un abandonne Reid – même si c'est moi et que je continuerai à être dans les parages – me perturbe.

– Je me sens tellement mal à force de faire semblant de ne pas savoir, que j'imagine que je ne sais pas grand-chose. Et si un jour on finit ensemble...

– Je le *savais* ! m'interrompt Ed en me désignant du doigt et en renversant un peu de bière. Je savais que tu voulais être avec Reid !

– Quel talent de déduction ! fais-je sèchement. Enfin, si on se lance dans cette aventure, je ne peux pas passer toute ma vie à connaître ce secret alors qu'il n'a pas la moindre idée de ce qui s'est passé.

– Elle vient de dire « toute ma vie », lance Alex à Ed avec une expression douce et tendre qui ne lui ressemble pas. Genre, mariage.

– Tout doux. (Je lève une main en gloussant.) Reid ne me pardonnera peut-être jamais, mais je ne crois pas pouvoir continuer à lui cacher la vérité.

– En temps normal, je te conseillerais de tout avouer, dit Ed. Mais tu as appris une leçon précieuse, Mills. Qu'est-ce que des aveux changeraient ? Il souffrirait, s'énerverait et... (Il hésite, mon ventre se serre.) Je ne suis pas en train de dire qu'il ne te reparlerait jamais parce que c'est Reid et que c'est un type génial, mais...

Mais ?

Mais ?

Ed laisse sa phrase en suspens et je tente frénétiquement de la terminer pour lui.

C'est un type génial mais... ce sera peut-être trop à pardonner.

C'est un type génial mais... tu es peut-être trop compliquée pour qu'il ait envie de se lancer dans une relation avec toi.

Mon cœur suit le potentiel Futur Reid dans chacun de ces scénarios et j'ai envie de hurler. Combien de femmes sur lesquelles j'écris pensaient-elles être des femmes bien ? Combien d'erreurs doit-on commettre pour devenir malfaisant ? Cela commence-t-il par un mensonge innocent, progresse lentement vers l'arnaque... et pire encore ? Commettre une mauvaise action pour une bonne raison, cela compte-t-il ? OK, au départ, c'était juste une question de compétition mais, par la suite, j'ai commencé à préférer être Cat plutôt que Millie, parce que je partageais avec Reid quelque chose que je n'avais jamais partagé avec personne, et je suis tombée amoureuse de lui.

L'oxygène ne parvient plus à mes poumons lorsque le mot se met à danser dans mon esprit. Parce que maintenant que je l'ai prononcé en pensée, je ne veux plus revenir en arrière.

Amoureuse.

Le savais-je il y a une heure ? Hier ? Depuis combien de temps est-ce mon ressenti même si j'ai refusé de lui coller une étiquette ?

Mon moment de crise existentielle se fiche qu'Ed et Alex soient toujours dans la pièce. Ed doit me secouer par les épaules pour me faire revenir à moi.

– Tu m'entends ?

Il agite sa main devant moi, les yeux brillants, comme s'il avait réalisé quelque chose.

– Ouais. (Je tente de battre des paupières pour parvenir à me concentrer à nouveau.) Tu disais...

Ed fronce les sourcils. Son expression est la même que celle de sa mère lorsqu'elle a découvert un masturbateur masculin dans le tiroir de la cuisine et a pensé qu'il s'agissait d'une lampe torche. Elle a passé cinq minutes à essayer de mettre les piles avant que je me rende compte que quelque chose ne tournait pas rond.

– Il faut se débarrasser de Catherine. Dis à Reid qu'elle a rencontré quelqu'un, qu'elle déménage. N'importe quoi. Alex est d'accord avec moi.

Je jette un coup d'œil à Alex qui hausse les épaules.

– Mais alors, ce serait couvrir un mensonge par un autre mensonge.

– Oui, dit Ed en marquant une pause théâtrale. Mais tu pourras toujours arranger les choses. Fais dégager Catherine et *parle-lui.* Avoue-lui tes sentiments et mets-toi à nu devant lui. C'est ce qu'il veut, Millie. Tu l'as lu toi-même, il *veut* être avec toi. Catherine le fait douter, mais Catherine c'est toi ! Donne-lui ce qu'il veut.

Je me frotte les tempes. Puis-je donner à Reid ce qu'il veut ? Je n'ai même pas à y réfléchir : je ne veux pas le perdre.

– Mais comment ? (Je *grimace* presque, comme si j'avais peur d'admettre que je le considère.) Que devrais-je lui dire ?

Ed et Alex se penchent tous les deux et nous nous rapprochons de l'îlot de la cuisine.

– Dis-lui que ton grand-père est mort, qu'il t'a laissé un manoir en héritage et que le testament spécifie que tu dois t'y installer et...

– On n'est pas dans *Scooby-Doo*, Ed, lance Alex en secouant la tête. Faisons simple.

– D'accord. Autant faire simple.

Ed se redresse et regarde autour de lui. Ses yeux étincellent en se posant sur sa pochette d'ordinateur. Une fois allumé devant lui, il le tourne vers moi.

Sceptique, je m'identifie sur le site, puis ouvre le compte de Catherine. Le bouton RÉPONDRE semble clignoter sur l'écran.

– D'accord, lance Ed avant d'avaler nerveusement sa salive. Voilà ce que nous allons faire.

Chapitre 14

Reid

Il y a peu de choses qui m'apaisent autant quand je suis stressé ou préoccupé que d'aller au labo, attraper des lames dans l'un des placards de mes étudiants et retrouver l'obscurité tranquille de la salle des microscopes.

Mon nouvel étudiant, Gabriel, mesure des épines dendritiques du cortex visuel et il commence à maîtriser le protocole de coloration. Les fluorophores sont d'un vert brillant, éclatant, leur niveau est bas. Tandis que je passe en revue ses dernières expériences, une bouffée de fierté commence à prendre le pas sur ma nervosité d'il y a une vingtaine de minutes.

Dans l'obscurité, mon téléphone s'illumine : j'ai une nouvelle notification d'IRL, un message de Cat. En l'espace d'une seconde, mon ventre se serre à nouveau. Le moment est arrivé : après avoir échangé autant de messages, nous allons enfin nous rencontrer.

De : Catherine M.
Envoyé le 7 avril à 17:54

Salut Reid,
Ton dernier message était très dense et plusieurs choses ont changé de mon côté, donc j'ai pris le temps de chercher les bons mots.
Pour commencer, je voulais te remercier d'avoir été aussi honnête avec moi, et de m'avoir toujours tout dit. Ce que tu m'as appris sur ton amie ne m'a pas énervée, je sais comment ces choses fonctionnent. J'admire vraiment le fait que tu ne tournes pas autour du pot et que tu saches exprimer tes désirs et tes besoins. C'est quelque chose que je dois améliorer de mon côté.
Donc, parce que nous parlons aussi ouvertement maintenant, bien sûr qu'il y a d'autres personnes. Je suis sortie hier soir avec un autre homme. C'est quelqu'un que je connaissais déjà et tout s'est vraiment bien passé. Tellement bien en réalité que j'aimerais donner sa chance à cette relation. Étant donné la situation avec ton amie et cet homme, il me semble que nous devrions mettre notre correspondance en pause.
Je suis sûre que tu vas penser qu'en réalité je suis un type qui vit au fin fond de la campagne anglaise et qui te joue un mauvais tour, mais je te promets que je suis une femme qui n'a que de bonnes intentions.
Tout cela pour dire que j'espère vraiment que ça fonctionnera avec ton amie.
Parfois, ce que nous voulons est sous notre nez et nous sommes les derniers à nous en rendre compte.
Prends soin de toi, Reid,
C.

Je relis le mail, parce que je ne comprends pas à la première lecture. Après tout ça, toute cette correspondance – chaque lettre, chaque instant de franchise –, nous ne nous rencontrerons jamais ?

La stupéfaction qui me frappe est presque impossible à décrire. D'un côté, si je suis réaliste, je ne suis pas plus mal en point que je ne l'étais il y a un mois quand cette aventure a commencé : avec Millie, la situation est trouble, et je n'ai aucune autre perspective de relation en vue. Ma vie amoureuse n'est pas très mouvementée, mais je vais plutôt bien.

D'un autre côté, j'ai l'impression d'avoir été largué deux fois.

J'en suis à ma troisième lecture du message de Cat quand la photo de Millie – qu'elle a prise et ajoutée à mon répertoire, avec son immense sourire, ma casquette de baseball Cal sur la tête et les lunettes de Chris – apparaît sur l'écran.

J'ai envie de rire. Cat vient de m'envoyer sur les roses. Je n'ai pas parlé avec Millie depuis hier soir donc, évidemment, c'est le moment qu'elle choisit pour m'appeler.

– Salut, Mills.

– Salut, Reidy.

À l'autre bout du fil, elle semble triste ou nerveuse. Quoi qu'il en soit, elle est assez morose pour que je me demande si elle a réalisé que sa réaction post-coïtale n'a pas été géniale.

Elle reste un instant silencieuse et je retire la lamelle du microscope pour la ranger.

– Quoi de neuf ?

– Ça te dit de venir chez moi ? Dîner ? Ou je peux te rejoindre ? (Une pause tendue, et elle ajoute.) Pour parler.

– Parler ?

Millie n'a jamais envie de *parler.*

– De nous. (Elle s'éclaircit la gorge.) L'autre soir. Je veux dire, la première nuit, la nuit chez tes parents, hier. De tout ça.

Waouh, j'ai l'impression d'avoir été frappé par la foudre.

– OK. J'arrive dans vingt minutes.

Elle laisse échapper un rire tremblotant.

– Prends ton temps. Il faut que je boive un ou deux verres avant.

Je marque une pause, légèrement ennuyé, et elle finit par grogner :

– Je plaisante. Seigneur, je suis vraiment nulle. Reid, viens, d'accord ?

Le printemps commence déjà à étendre ses doigts brûlants sur Santa Barbara ; la chaleur de la journée s'attarde après le coucher du soleil et, même dans l'habitacle de ma voiture, l'odeur des vignes en fleurs devant la maison de Millie me parvient.

Dans l'allée, je sors mon téléphone et regarde le profil de Catherine. Honnêtement, je suis déçu qu'elle ait trouvé quelqu'un d'autre et qu'elle soit suffisamment intéressée par lui pour mettre notre conversation en suspens. C'est ce niveau de connexion que je recherche avec quelqu'un. Je pensais que Millie et moi pourrions redevenir de simples amis. Et Catherine était peut-être la bonne. Mais depuis une heure, son profil est désactivé – je ne peux plus faire défiler les pages. Il ne reste que la photo qu'elle a depuis le début : le menton tourné, l'épaule dénudée, la petite cicatrice. Avec le temps, j'ai fini par apprécier qu'elle montre peu de choses d'elle mais partage bien plus dans ses messages.

– Eh bien, dis-je dans la voiture silencieuse. Je suppose que c'est fini.

J'appuie sur l'icône IRL sur l'écran, attends que l'app se mette à trembler, puis l'efface.

Je lève les yeux et vois Millie qui m'attend sur le porche, les mains serrées l'une contre l'autre. Tout dans cette scène me semble étrange : elle m'attend dehors, elle a envie de parler, elle a l'air nerveuse, elle m'adresse un immense sourire en me voyant.

– Tu es bizarre.

Je monte sur la première marche de son porche.

– Je sais, je sais. (Elle s'essuie les mains sur son jean et mon attention est attirée par ses bras nus, son long cou à la peau soyeuse.) Laisse-toi guider. Je suis hyper-nerveuse.

Et à l'instant où elle s'avance vers moi, je suis submergé par le soulagement. Cat m'a mis un coup au moral.

Ma relation avec Millie me préoccupe. Je suis déçu que Daisy ait été un tel échec. Mais en fin de compte, la femme qui s'apprête à m'enlacer me donne envie de me liquéfier devant sa porte.

Elle se blottit contre moi, passe ses bras autour de mon cou, m'attire contre elle. C'est comme si je rentrais d'un long voyage, et une étrange impression de déjà-vu me donne envie de la serrer encore plus fort. C'est le genre de câlin qui a sa raison d'être après une dispute ou une séparation. Je suis apaisé, je soupire dans son cou, son épaule, et dépose les lèvres sur sa cicatrice discrète.

Sa cicatrice.

Mon cœur se met à battre la chamade, il tonne de plus en plus dans ma poitrine. Je repense à l'un des messages de Cat :

Tout a bien commencé, je suis parvenue à ne pas me faire pipi dessus ou à me couvrir de honte, mais très bite, j'ai réalisé que je ne le voyais nulle part.

La même faute de frappe stupide (bite au lieu de vite) que Millie fait toujours.

La même cicatrice.

Je recule d'un pas et me frotte les yeux. C'est impossible.

– Reid ?

J'essaie d'être objectif, de passer en revue les informations dont je dispose.

La mère de Millie est morte quand elle était jeune.

Son amie, Avery, a mentionné que le père de Millie était malade.

Et maintenant, la cicatrice de Millie. La faute de frappe de Millie. La blague sur le Monopoly. *Girls Trip.* Et Cat sur le point de commencer une relation avec quelqu'un au moment où je lui propose de la rencontrer.

La dernière ligne résonne dans mon esprit : *Parfois, ce que nous voulons est sous notre nez et nous sommes les derniers à nous en rendre compte.*

C'est quoi ce bordel ?

– Reid ?

Millie pose la main sur mon avant-bras et me pince délicatement.

– Désolé, j'ai... j'ai eu un vertige.

Je la dévisage, je scrute ses yeux verts et tente de comprendre. J'ai envie de tourner son visage et de lui demander : *Regarde vers le bas, un peu, sur le côté, exactement comme ça. J'ai besoin de voir si tu es elle.*

Ai-je perdu la tête ? La connexion que je viens de faire est-elle absurde ? Mais je sais que ce n'est pas le cas. Je viens de comprendre que Catherine est Millie. Je le sais de la même manière que mon père sait quand il va pleuvoir et ma mère quand le pain a fini de cuire sans jeter le moindre coup d'œil à sa montre.

Et je le sais, parce que c'était sous mon nez depuis le début.

L'information est presque trop déstabilisante pour que je sache quoi en faire. Je suis debout sur son porche – avec Millie, avec Catherine – et je réalise que non seulement c'est ma meilleure amie et la fille avec qui je couchais mais c'est aussi celle à qui j'ai ouvert mon cœur sur Internet.

Au milieu de ma réaction chaotique – gêne, soulagement, espoir, excitation, confusion –, je n'arrive pas à reprendre pied.

Est-ce la raison pour laquelle elle m'a demandé de venir ?

Je cligne des yeux pour éclaircir mes pensées et la dévisage.

Elle est inquiète ; la ride sur son front s'est creusée, elle a les lèvres serrées.

– Ça va ?

– Ouais. (Je prends une grande inspiration et soupire lentement. J'ai commencé à éprouver des sentiments pour deux femmes qui n'en sont qu'une.) J'ai eu la tête qui tourne, mais ce n'est rien.

– Viens boire un verre d'eau.

Cette nouvelle perspective change tout. Elle m'a probablement écrit depuis ce canapé en tant que Cat. Lorsque je l'ai embrassée pour la première fois dans sa cuisine, j'embrassais aussi Cat. Au bout du couloir, il y a sa chambre et le mur contre lequel nous avons baisé hier. Je suis parti et j'ai immédiatement écrit à une autre femme – elle – pour tout lui raconter.

Seigneur, je voudrais me souvenir de mon dernier message mot pour mot. À quel point ai-je dévoilé mes sentiments pour Millie à Cat ? Je lui ai dit que je m'étais senti minable à cause de Millie ! Et Millie m'a répondu en tant que Catherine qu'elle allait passer à autre chose avec un homme de son passé.

Mon ventre se serre.

– Reid, tu es un peu... vert.

– Non, ça va. (J'accepte le verre d'eau qu'elle me tend et le vide avant de reprendre mon souffle.) De quoi voulais-tu parler ?

Elle rit, nerveuse, et me fait signe d'aller m'asseoir sur le canapé. Elle pose ses mains sur ses cuisses.

– D'accord. Allons-y. Donc hier soir, après avoir... (Elle désigne vaguement le couloir.) Par *ici*... tu es parti... j'ai pensé que j'avais peut-être mal réagi.

– Tu veux dire en te refermant comme une huître quand je t'ai demandé ce que le sexe représentait pour nous, puis en suggérant que je pouvais t'attendre pendant que tu passais au bureau ?

La réponse qui m'échappe me surprend un peu. Millie glousse, mal à l'aise, puis passe une main frémissante dans ses cheveux.

– Oui. Exactement. Je crois... je crois que j'étais en train de paniquer. Enfin, il *fallait* que je passe au bureau cinq minutes et j'ai pensé que te retrouver une fois de retour à la maison serait sympa, mais je me rends compte que la manière dont je te l'ai proposé... ça ne sonnait pas bien du tout.

Je ferme les yeux, assis sur le canapé. Il y a deux issues possibles : Millie a réalisé que je suis en train de tomber amoureux d'elle et elle veut rompre avec tous les aspects romantiques de notre relation, comme Catherine l'a fait. Ou Millie réalise que je suis en train de tomber amoureux d'elle et veut m'avouer l'existence de Cat pour que nous puissions être ensemble pour de bon. Je suis inquiet, car je n'ai aucune idée du chemin qu'elle souhaite prendre.

Ce qui m'épuise.

– Ce n'est pas grave, Mills.

– Si, c'est grave, me corrige-t-elle calmement. Je voudrais m'améliorer. En matière de communication, je veux dire. Je crois... (Elle marque une pause, me jette un coup d'œil puis lève les yeux au ciel.) Je crois... je veux dire, je sais... que je veux...

– Crache le morceau.

Je ris, en tentant de ne pas la braquer alors qu'elle est en train de bafouiller.

– J'ai envie d'essayer d'être avec toi. Comme... ça.

– Comme *ça* ? je la taquine.

Elle tend la main pour me tordre le téton.

– En couple, d'accord ?

Je m'écarte.

– Quoi de plus romantique qu'une torsion de téton ?

– N'est-ce pas ? renchérit-elle. (Elle sourit, rayonnante. Les fleurs surgiraient de la terre pour voir ce sourire. Le soulagement me frappe la rétine, illuminant tout autour de moi.) Donc, est-ce un oui ?

Elle se penche, je me penche et sa bouche touche la mienne. Un seul baiser, tendre.

Mais soudain, une ombre me submerge.

Ça y est, je réalise. Elle n'a rien dit de son alter ego. Elle ne m'a pas avoué être Catherine.

Vais-je laisser passer ça ? Dans tous les cas, si nous commençons une relation de long terme, elle va devoir apprendre à me parler. Elle va devoir *éviter* de me mentir. Millie et moi ne sommes jamais allés plus loin ensemble qu'à cet instant.

– Je veux essayer moi aussi, du moins je crois. Mais il faut que je sois honnête avec toi. (Je croise son regard en y cherchant un point d'ancrage. Elle est calme, mais il y a de l'anxiété dans son expression.) Il y a quelqu'un d'autre. (Ses joues rougissent légèrement.) Cat, tu te souviens ?

– C'est vrai, je sais. (Elle hausse les épaules.) Ce n'est pas un problème. Je chattais avec quelqu'un moi aussi.

Non, Millie. Ne fais pas ça.

Je l'observe longuement, elle détourne le regard.

– Elle était... (J'hésite. Comment décrire la version vulnérable de Millie – Catherine –, par rapport à sa version dure à cuire ? Celle en face de laquelle je me trouve.) J'avais une vraie connexion avec elle et j'ai cru qu'il y avait quelque chose entre nous. Elle me *parlait*. J'ai eu l'impression de devenir son ami. Et... (Je m'essuie le visage.) je l'admets, je voulais peut-être plus. (Je marque une pause et attends.) Mais elle est sortie avec un autre mec, elle a envie de continuer avec lui. On dirait bien que je ne la rencontrerai finalement pas, je suis très déçu.

Voilà. Saisis l'opportunité, Mills. Assume. Avoue.

Elle fouille mon regard et hésite longuement avant de se forcer à sourire.

– Mince alors.

Mon cœur se serre. Je lui laisse une dernière chance.

– Tu crois que tes sentiments pour elle affecteront... ? commence-t-elle.

Elle nous désigne du doigt. Cat aurait dit tout de go : *Tes sentiments pour elle seront-ils un obstacle pour commencer une relation avec moi ?*

Alors pourquoi Millie s'en révèle-t-elle incapable ?

– Je ne sais pas, je lui réponds avec franchise. J'appréciais notre dynamique de franchise radicale. C'est ce que je recherche chez ma partenaire. Je vais être franc avec toi, Mills. J'ai énormément d'attraction pour toi – jusqu'à ne plus pouvoir penser à autre chose – et j'adore passer du temps avec toi, mais j'ai besoin que tu communiques avec moi. Sur ce qui compte vraiment pour toi.

– Je peux le faire, répond-elle immédiatement.

Comme en ce moment, je pense.

– J'ai besoin de savoir que tu seras *honnête* avec moi.

Elle acquiesce.

– Je peux le faire. Je le ferai. Je sais que je ne suis pas la plus douée pour communiquer, mais j'ai envie de m'améliorer. (Elle me prend la main et l'embrasse.) J'ai envie de m'améliorer pour toi.

Et puis, comme si on venait d'appuyer sur un interrupteur, elle se lève rapidement et me tire par la main.

– Tu as faim ?

Et je comprends maintenant qu'elle va faire ses adieux à Catherine. Elle va faire disparaître son alter ego et prétendre qu'il n'a jamais existé – hilarant, étant donné que nous sommes en train de parler de sa capacité à être ouverte et honnête.

Je plonge mes mains dans mes poches.

– Ça te dérange si on reporte le dîner à une autre fois ?

– Tu vas *t'en aller* ?

Son front se plisse soudain.

– J'ai besoin de réfléchir à tout ça avant de me jeter à l'eau. Tu es ma meilleure amie, tu sais. Je crois qu'on devrait être absolument sûrs d'être prêts.

Millie s'efforce de masquer sa réaction, mais je vois un nuage passer sur son visage.

– Oui. Bien sûr. Ma proposition sort de nulle part. (Elle effleure le canapé du bout des doigts.) Je comprends.

Je dépose un baiser sur sa joue, puis sors de chez elle, complètement abasourdi. Je descends les marches, atteins ma voiture.

– Reid ! crie-t-elle.

Je me tourne, le ventre plein d'acide.

– Ouais ?

Elle me dévisage pendant de longues secondes.

– Tu es sûr que ça va ?

Elle *sait.*

Elle sait que je sais.

Je soutiens son regard.

– Je ne suis plus trop sûr, lui dis-je avec honnêteté, avant d'ouvrir la portière.

Après coup, je me sens mortifié parce qu'elle m'a dupé. Millie couchait avec moi et m'écrivait comme si c'était une autre personne pendant tout ce temps, en prévoyant de me le cacher pour toujours. Elle pensait que je ne m'en rendrais jamais compte. Que gagnait-elle à feindre d'être Catherine ? Et si elle veut être avec moi – *pour de bon* –, comment peut-elle envisager de commencer notre relation sur un mensonge ?

Je m'affale sur mon siège, allume le contact et prends une grande inspiration. Mieux vaut ne pas lui parler en face aujourd'hui. Ou tirer des conclusions définitives sur cette situation. Je démarre, les mains crispées sur le volant, en tentant de me concentrer uniquement sur la route devant moi. Je m'efforce de ne pas penser que je viens peut-être de perdre ma meilleure amie.

Reid Cambell
Les mariages arrangés me semblent de plus en plus tentants.

Christopher Hill
Mec, ce n'est qu'un dîner.

Stephen (Ed) D'Onofrio
Qui va se marier ?

El Cabrón
Reid est un imbécile.

Stephen (Ed) D'Onofrio
Attends. Qui est-ce ? Alex ?

El Cabrón
Ouais.

Stephen (Ed) D'Onofrio
C'est quoi ce délire ? Nouveau pseudo ?

El Cabrón
J'ai invité une fille du département tech d'UC à sortir et ça ne s'est pas bien passé.

Christopher Hill
Et donc ton contact est devenu « le connard » pour toute l'université ?

El Cabrón
Plus ou moins.

Reid Cambell
Mail ?

El Cabrón
Tout. Mail, chat, mon nom sur le portail
de l'université, sur le site du département.

Christopher Hill
Putain, c'est hilarant.

El Cabrón
Mon administrateur n'est pas du même avis.
Mais qu'il solutionne le problème lui-même parce que
je ne risque pas d'aller la voir pour qu'elle le règle.

Christopher Hill
J'aimerais rencontrer cette fille.

Reid Cambell
Idem.

El Cabrón
Croyez-moi, ce n'est pas une bonne idée.

Reid Cambell
Au moins elle a accepté
de te rencontrer en personne.

Stephen (Ed) D'Onofrio
Oh oh. Ça ne va pas avec Catherine ?

Reid Cambell
Draguer à vingt ans, c'était incroyable.
Draguer à trente, ça craint.

El Cabrón
Je crois que vous oubliez que NOUS NE SOMMES ABSOLUMENT PAS OBLIGÉS DE VENIR ACCOMPAGNÉS À CET ÉVÉNEMENT.

Reid Cambell
Je sais.

Reid Cambell
Je me rends compte que nous nous sommes tous laissé emporter par cette histoire de *dates*, mais je crois qu'il était temps de nous lancer, en général.

El Cabrón
Euh, ouais, je le faisais DÉJÀ avant, moi.

Christopher Hill
Et ça t'a clairement réussi, El Cabrón.

Reid Cambell
Ouais, comme passer à l'action
dans la chambre noire.

Christopher Hill
Quoi ?

El Cabrón
Ed a apparemment pris possession de lui.

Stephen (Ed) D'Onofrio
Oh, pardon, c'était un secret ?

El Cabrón
Lol !

Reid Cambell
On peut se voir un peu plus tard, les mecs ?
Sous le voile de la confidentialité ?

El Cabrón
Pourquoi tant de mystère ?

Christopher Hill
Tu veux déjeuner ?

Reid Cambell
Je préférerais boire un verre.
Ce soir, Red Piano, 20h ?

Stephen (Ed) D'Onofrio
Je viens de réaliser que Mills n'est pas dans la conversation. C'est un verre entre mecs ?

Reid Cambell
Oh oui.

L'obscurité du bar me tranquillise autant que celle de la salle des microscopes, avec l'atout supplémentaire de l'alcool. J'ai déjà descendu deux bières quand Chris arrive, suivi d'Alex, et dix minutes plus tard, d'Ed, qui ne s'est pas rendu compte qu'il a toujours ses lunettes de laborantin sur la tête.

– Désolé pour le retard, dit-il, l'air préoccupé.

Il sursaute lorsqu'Alex retire délicatement les lunettes de sa masse bouclée.

– Ça va ? (Je sais qu'aujourd'hui, il aidait Gabriel à mener une expérience qu'ils planifiaient depuis plusieurs semaines. Mais au second coup d'œil, je me dis que je préfère ne pas poser la question tout de suite.) Laisse tomber. Je te poserai la question plus tard.

Il passe une main dans ses cheveux avant d'attraper la carte des bières.

– Ça vaut probablement mieux.

– OK, alors, je commence en fixant la mousse de ma pinte à moitié vide. Je me sens un peu mal de faire ça – d'en parler ici –, mais j'ai besoin de conseils et de vos avis à tous parce que je suspecte qu'ils seront différents.

Alex se décale sur sa chaise et jette un coup d'œil à Ed.

Chris est le seul qui me regarde dans les yeux.

– Bien sûr.

– Chris est au courant. Il y a un peu plus d'un mois, j'ai couché avec Millie.

La nouvelle ne déclenche aucune réaction. Aucun cri, aucune bouche béante. Les expressions restent neutres, le silence est total. Donc apparemment, Chris n'était pas le seul à supposer que Millie et moi avions déjà franchi le pas.

– On a recommencé chez mes parents. Puis encore une fois, il y a quelques nuits.

Alex acquiesce lentement.

– D'accord ?

– Mais pendant tout ce temps, je chattais aussi avec Daisy – qui ne m'a pas plu en personne – et avec Catherine. (Je bois une gorgée et me concentre sur la table.) Après avoir quitté Millie l'autre soir, je me suis senti perdu. Alors j'ai envoyé un message à Cat et je lui ai plus ou moins raconté tout ce qui se passait dans ma vie.

Ed tousse.

– Je lui ai dit que j'avais des sentiments pour l'une de mes amies – Millie –, mais aussi que je souhaitais la rencontrer. Pour faire court, Cat m'a répondu qu'elle sortait avec quelqu'un qu'elle connaissait déjà et qu'elle voulait tenter sa chance avec lui.

– Sérieusement, mec ? demande Chris. C'est... c'est pour le moins bizarre.

Je ne loupe pas le fait qu'Alex se penche et se prend le front entre les mains. Sans le quitter des yeux, j'articule :

– Si vous êtes en train de penser que Millie est Catherine, vous avez raison.

Ils lèvent tous les trois la tête et me dévisagent.

– Attends, *quoi* ? s'exclame Chris.

– J'ai deviné hier soir chez elle. Elle me racontait qu'elle voulait nous donner une chance, je me suis penché pour lui faire un câlin et j'ai réalisé qu'elle avait la même cicatrice sur l'épaule que Cat sur sa photo de profil. Et Cat fait la même faute de frappe que Millie. Vous savez, « bite ».

(Je lève les yeux pour m'assurer qu'ils ne pensent pas que j'ai perdu la tête.) Autre chose – son père est malade, sa mère est morte quand elle était jeune. Et elle a une petite sœur dont elle n'est pas proche non plus. Je l'ai démasquée et je lui ai servi l'opportunité de tout m'avouer sur un plateau mais... elle ne l'a *pas* fait. Je suis sûr à environ 99% que c'est Catherine et je lui ai donné toutes les occasions envisageables de me le dire ouvertement, mais non. Elle a continué à mentir.

Personne ne pipe mot. Ils absorbent l'information, choqués.

– Et d'un côté, je comprends. Quelque chose s'est passé entre nous en personne et elle n'a pas envie que son alter ego se mette en travers. Mais de l'autre, pourquoi a-t-elle fait une chose pareille et pourquoi me le cacher ?

– Mec, marmonne Chris. Si c'est le cas, c'est tordu.

Il me faut plusieurs secondes pour capter qu'Ed – qui a une opinion sur *tout* – reste silencieux comme une tombe. Il a l'air tendu, comme s'il s'attendait à ce qu'on lui crie dessus... l'expression qu'il a quand je le surprends en train de reluquer les fesses des étudiantes.

– Qu'est-ce qui t'arrive ? je lui demande.

Il ne lève pas les yeux de la serviette qu'il déchire méthodiquement.

– Rien.

– Tu te moques de moi. (Je me souviens soudain du matin où il se comportait bizarrement chez mes parents.) Sérieusement, Ed.

– Juste... (Il jette un coup d'œil à Alex.) Je lui ai *dit* de te le dire.

Je ne comprends pas tout de suite. La signification de ses paroles me frappe lorsqu'il jette un coup d'œil à Alex et qu'Alex porte sa bière à ses lèvres en secouant la tête.

– Mec, c'est toi qui l'as aidée à rédiger son dernier message, marmonne Alex.

– Je lui ai dit un million de fois de tout lui avouer ! proteste Ed.

– Attendez. (Je pose mon verre et lève une main.) Attendez. Attendez. Que se passe-t-il ?

Je suis tellement pris de court que je ne trouve plus mes mots. Je me contente de fixer Ed, puis Alex, et enfin Ed à nouveau.

Ed écrase le poing sur la table.

– Ce genre de choses ne fonctionne jamais !

Le silence se fait et Chris siffle.

– Tu étais *au courant* ? (Je perçois l'irritation dans mes paroles.) Depuis quand ? (Je m'arrête en secouant la tête.) Attends, tu savais dès ce matin-là chez mes parents, n'est-ce pas ?

– Je vous ai entendus*, les mecs.*

– Tu les as entendus baiser ? demande Chris en riant. C'est dégueulasse.

Alex fait signe à la serveuse qu'il veut une autre bière.

– Je suis *toujours* mort de rire à l'idée qu'ils aient couché ensemble chez ses parents alors qu'on était tous là, renchérit Alex.

Je me tourne vers Alex.

– Quand l'as-tu appris ?

– Il y a seulement deux jours.

– Il y a seulement deux jours ?

Mon sang ne fait qu'un tour.

L'inquiétude se peint sur le visage d'Ed, lorsqu'il ajoute :

– Je suis au courant depuis seulement une semaine. Tu dois savoir qu'elle est dans tous ses états.

Chris secoue la tête en fixant Ed comme s'il n'arrivait pas à y croire.

– Normal, non ?

– Elle est venue me demander conseil sur ce qu'elle devait faire. Elle a lu ton dernier message et...

– As-*tu* lu mon message ?

Ed regarde Alex, puis moi.

– Ouais, on l'a lu tous les deux.

– Bordel. (J'enfouis mon visage dans mes mains.) Les mecs. C'est tellement tordu.

– Ça ne fait pas longtemps que c'est parti en vrille, dit Alex en essayant de m'adoucir. Sérieusement. Tout s'est passé très vite. Elle est complètement paumée, mec.

– Quoi qu'il en soit, je lui ai tendu douze perches aujourd'hui et elle m'a menti les yeux dans les yeux. *Encore une fois.*

– OK, dit Alex. Tu dois savoir qu'elle voulait tout te dire, mais qu'on a pensé qu'il serait plus simple que Cat disparaisse. Elle n'a jamais eu de mauvaise intention.

– Si elle avait envie de tout avouer, pourquoi ne pas l'avoir fait ? Comment suis-je censé me sentir ? Elle veut entamer une relation avec moi, mais elle est incapable d'être honnête le premier jour ?

– Enfin, renchérit Alex, tu l'as un peu piégée toi aussi, parce que tu savais qui était Cat aujourd'hui, alors qu'elle ne savait pas que tu savais.

– Oh, je crois qu'elle savait que je savais.

Chris laisse tomber sa tête entre ses mains en grognant.

– Vous êtes en train de me refiler la migraine.

– Pourquoi avoir créé un autre compte ? je demande, en sentant ma patience atteindre ses limites. Pourquoi m'a-t-elle donné l'accès à son profil ?

– Honnêtement ? (Ed hausse les épaules.) Je crois qu'elle a cru que tu devinerais. Elle a pris cette décision pour ne plus recevoir autant de photos de bites et être davantage « elle-même » (il mime des guillemets). Alors, elle a eu un match avec toi, elle a trouvé ça drôle et elle a juste... continué.

– Mais c'est assez rassurant, lance Alex en hochant la tête. N'est-ce pas ? C'est devenu réel pour elle aussi, non ?

– Es-tu *vraiment* en train de la défendre maintenant ?

– Je dis juste que, parfois, certaines situations nous échappent, c'est tout. On peut commencer avec de bonnes intentions et... ça peut déraper.

Je le dévisage, bouche bée.

– Ce serait une excuse décente s'il s'agissait d'une inconnue et pas de ma meilleure amie avec qui je *couche* accessoirement.

Le silence revient et je comprends : je ne crie pas souvent. Mais je brûle de l'intérieur. Alex et Ed savaient que Millie me mentait et ils l'ont encouragée à continuer. Et elle est tellement à côté de ses pompes qu'elle n'a pas été capable de prendre la bonne décision.

Je me sens comme un idiot.

Je me sens complètement mis à l'écart.

Je me sens totalement humilié.

Je me lève et laisse plusieurs billets sur la table. Mon cœur bat la chamade.

– Allez vous faire foutre, les mecs !

Chapitre 15

Millie

J'éteins la télévision et le silence envahit la maison. Je serais incapable de dire ce que j'étais en train de regarder. Une voiture passe dans la rue et, pour la première fois depuis que Reid est parti hier soir, je ne prends pas la peine de tendre le cou pour voir si c'est lui.

Il m'a dit qu'il allait réfléchir de son côté, mais j'ai travaillé chez moi aujourd'hui, je ne me suis pas éloignée une seule seconde de mon téléphone ou de mon ordinateur, je l'ai guetté, épiant chaque bruit dehors...

Je commence à être sûre qu'il ne reviendra pas.

Mes jambes sont ankylosées, je me lève pour aller dans la cuisine. J'ouvre mon réfrigérateur pour passer en revue son contenu, en essayant de me convaincre que la petite voix qui résonne dans ma tête se trompe et que Reid n'est pas en train de paniquer.

Je crois qu'il *sait*.

Je ne sais pas comment, mais je le sens. Je l'ai lu sur son visage, comme s'il avait eu une soudaine prise de conscience puis s'était efforcé de masquer son irritation.

J'ai beau me concentrer pour inspirer profondément et expirer en cinq temps – plusieurs fois –, l'affolement ne me quitte pas, il se renforce à chaque battement de cœur. Reid n'a jamais été en *colère* contre moi jusque-là. Je suis sur le point d'imploser. Il fait trop chaud chez moi. La fragrance du savon de Reid flotte dans l'air et quand je tourne la tête, je sens aussi son odeur sur mon tee-shirt.

Mes jambes flageolent, je m'éloigne pour chercher mes clés, puis me contente de monter dans la voiture.

Le soleil est à peine levé quand j'arrive à Hendry's Beach. Je n'avais pas prévu d'aller là-bas ; je suis montée dans ma voiture sans destination en tête, et lorsqu'un petit pick-up bleu avec une planche de surf à l'arrière a tourné, je l'ai suivi.

Même avec les fenêtres fermées, je perçois que l'air est salé. L'atmosphère est lourde, humide, assez fraîche sur le parking pour que je sache qu'il fera encore plus froid au bord de l'eau.

Je sors et récupère un pull dans mon coffre. Il est hideux, mais il tient chaud, c'est un vieux tas de laine que je garde pour me couvrir lorsque les gérants de *Cajé* forcent sur la climatisation et pour les escapades à la plage au petit matin. Je l'ai depuis des années, mais j'ai beau le laver, il sent toujours le café.

J'ai glissé mes clés et mon téléphone dans les poches géantes et je traverse le parking, passe devant la station de toilettage pour chiens et le restaurant aux parasols jaunes et bleus. Des touffes d'herbe poussent tant bien que mal près des rochers dans le sable et je traverse le trottoir pour descendre jusqu'à la plage.

À gauche de la tour des sauveteurs, où les chiens sont autorisés à courir sans laisse, un golden retriever particulièrement heureux bondit le long de la rive, jouant à chasser les vagues. Je m'assois dans le sable : suffisamment proche pour contempler les vagues, mais assez loin pour rester au sec. Du moins pour l'instant.

Un regard alentour me rappelle que je suis déjà venue ici avec Reid une fois, juste après le diagnostic de mon père. Le séjour en famille avait été difficile, à tel point que j'avais inventé une excuse pour revenir à Santa Barbara un jour plus tôt. C'était le même discours que lorsque mes parents m'ont annoncé le cancer de ma mère et j'ai complètement paniqué. Je me suis réfugiée dans la chambre d'amis d'Elly, le cœur battant à deux mille. Il fallait que je parte. Reid n'avait aucune idée de ce qui m'arrivait, mais il a senti que quelque chose clochait dès le moment où j'ai frappé à sa porte. Je lui ai raconté que j'avais passé une mauvaise journée et il m'a emmenée ici. *Pour regarder les chiens,* m'avait-il dit. Qui pourrait résister à la vue de chiots qui s'ébattent dans l'océan ?

Il avait raison. Nous avons remonté l'ourlet de nos pantalons, trouvé un endroit sur la plage et nous avons passé les deux heures suivantes en silence. Nous avons fini par parler du travail et de la vie. Il m'a raconté qu'il était sorti avec une fille pendant mon absence et qu'ils s'étaient embrassés dans la voiture devant chez elle pendant une heure, trop excités pour se quitter mais pas assez pour coucher ensemble le premier soir. J'ai entendu un sifflement imperceptible dans mes oreilles, je me suis sentie vaguement irritée au fil des détails qu'il me donnait. Je regardais ses lèvres bouger, j'imaginais la scène, livide.

Quand je repense à ces moments, j'ai du mal à me convaincre que notre relation ait déjà été entièrement platonique. Les regards, les contacts accidentels dans la voiture, le flirt subtil – je l'interprétais comme une marque de confiance entre nous mais, bon sang, je suis une idiote. J'ai passé cet après-midi-là allongée sur le sable, la tête sur son ventre, les yeux fermés, en respirant au même rythme, à écouter l'océan. Aurais-je fait la même chose avec Ed ? Avec Chris ? Alex ?

Sûrement pas.

Je jette un coup d'œil à l'horizon, en direction du soleil qui ne fait qu'un avec l'océan. La marée monte, les vagues lèchent la plage en laissant derrière elles des algues. J'enfonce les orteils dans le sable, hors de portée de l'écume qui se rapproche toujours davantage. Je crois que j'ai toujours été jalouse chaque fois qu'il s'agissait de Reid. Je n'avais pas forcément envie de l'embrasser, mais je n'appréciais pas non plus l'idée qu'il embrasse quelqu'un d'autre.

Ce qui fait de moi une très mauvaise personne... un thème récurrent ces derniers temps.

Mon amitié avec Reid a été l'une des plus tranquilles de ma vie. Je n'avais jamais eu un meilleur ami – encore moins quatre – parce qu'honnêtement, je ne savais pas comment faire. Résumer ces dix dernières années consisterait à faire une liste ennuyeuse de connaissances et de relations vaguement romantiques ou monogames. Rien de spectaculaire ne m'arrive jamais.

Je suppose que c'est de ma faute

Je n'ai même pas raconté à ma sœur que j'avais emménagé avec Dustin. Je ne le lui cachais pas exactement, mais cela ne m'a pas semblé être un événement marquant. Nous étions ensemble, nous n'allions pas nous marier. Vivre avec quelqu'un paraît être une énorme étape, mais finalement, c'était toujours lui et moi, au jour le jour. Je n'ai jamais supporté qu'il se lèche les dents après le repas. Mes vêtements sales par terre l'ont toujours énervé. On n'était pas prêts à se jurer un amour *éternel*, on se contentait d'être économes et de partager le loyer.

Un jour, je l'ai raconté à Reid et il a ri pendant quinze bonnes minutes avant de m'embrasser sur le front.

J'ai demandé :

– Quoi ?

– Tu me fais mourir de rire.

– Parce que je fais attention à mon argent ?

Il secoue la tête.

– Parce que tu es nulle dès qu'il s'agit d'amour.

Ça n'a éveillé aucun signal d'alerte dans mon esprit. Comme la plupart des piques de Reid, elle m'a seulement effleurée. J'ai probablement ri et répliqué : « Ouais, n'est-ce pas ? »

Mais j'imagine vivre avec Reid, ce qui déclenche une explosion dans mon ventre. Ça changerait tout. Ouvrir les yeux et le voir en me réveillant, m'endormir à ses côtés. Mes journées, mon état d'esprit changeraient du tout au tout. J'imagine passer à côté de lui dans la cuisine, à moitié endormie, et préparer le café ensemble. Il porte son tee-shirt gris préféré, je peux glisser les mains dessous et les réchauffer contre son ventre. J'imagine me plaindre de son haleine du matin et qu'il me poursuive pour me donner des baisers mouillés. Je nous imagine corriger des copies ensemble sur le canapé, mes pieds sur ses genoux, et l'entendre grogner parce que je l'empêche de se concentrer. J'imagine le soulagement que je ressentirais en me glissant sous la couette avec lui – pas seulement un corps chaud, mais *son* corps chaud – tous les soirs.

Tous ces détails me traversent l'esprit.

Je ferme les yeux en inspirant profondément l'air salé. Je sais que les gens ne sont pas seulement *bons* ou *mauvais* et que je peux avoir mal agi tout en restant quelqu'un de bien, mais ce n'est pas mon impression à cet instant présent. La honte me serre la gorge quand je pense à quel point j'ai été maladroite avec Reid et comment je me suis octroyé le droit de lui faire du mal. Je repense à mon attitude avec mon père et à la facilité avec laquelle je suppose toujours qu'Elly compensera mon absence.

Je suis amoureuse de Reid, mais je lui ai menti et il le sait.

J'aime ma sœur et mon père, et je n'ai pas été juste avec eux non plus.

Il est temps de grandir.

Mes mains tremblent lorsque je m'arrête devant chez Reid.

Il est un peu plus de 10 heures, mais la télé est allumée dans le salon, donc je sais qu'il est chez lui. Je reste assise dans le noir, observant des ombres passer devant ses fenêtres jusqu'à ce qu'un homme promenant son chien s'arrête pour me dévisager de l'autre côté de la rue.

Je lui fais un signe censé être amical, dans le genre *je n'épie personne !* avant de retirer mes clés du contact et sortir de la voiture.

Je n'ai pas encore monté les marches de son porche lorsque la lumière s'allume et la porte s'ouvre lentement. Il a dû me voir me garer.

Je le regarde, mon cœur sautille dans ma poitrine. Ses cheveux sont emmêlés, ils lui tombent sur le front. Il a l'air fatigué, a les pieds nus et porte un vieux jean et un tee-shirt bleu. Lorsqu'il avance dans la lumière, mon corps réagit presque par instinct. Je m'avance pour lui faire un câlin avant de m'arrêter net.

Je lui adresse un signe gêné de la main.

– Salut.

Le chant des criquets dans les buissons des deux côtés du porche est amplifié pendant tout le laps de temps où il reste silencieux.

Il danse d'un pied sur l'autre, enfonce ses mains dans ses poches.

– Il est tard, Millie.

Je prends une inspiration.

– Je sais. Je me demandais si on pouvait discuter.

Je n'aurais pas eu besoin de lui poser la question avant. En temps normal, j'aurais débarqué et laissé mes affaires à côté de la porte avant de m'écraser sur son canapé en cuir sophistiqué. Mais rien n'est normal entre nous depuis des semaines.

Reid me surprend en reculant d'un pas et en m'ouvrant la porte. La lumière au-dessus de la fenêtre de la cuisine est allumée et je vois que le plan de travail est propre, l'évier vide. Je suis Reid dans le salon, il coupe le son de la télé avant de lancer la télécommande sur le canapé.

Son attitude n'a rien de familier, il est solennel. Quand il est parti hier, l'ambiance était tendue, mais il y avait une étincelle dans son regard, une raideur nouvelle dans son maintien, comme s'il avait construit une forteresse autour de lui et qu'il se gardait bien d'en sortir.

Il désigne le canapé et je m'assois, soulagée qu'il m'imite.

– Je sais que j'étais censée te laisser le temps de réfléchir.

Je n'ai jamais eu peur devant Reid, mais les quelques centimètres qui séparent nos mains sur le canapé me terrifient. Le simple fait de *ne pas nous toucher* est intentionnel. J'aimerais lui prendre la main et sentir son contact rassurant. J'aimerais entendre que son amour pour moi est inconditionnel, même si je sais que je ne le mérite pas.

Reid s'éclaircit la gorge : je suis restée silencieuse trop longtemps. Je transpire, extrêmement consciente de la chaleur inhabituelle de la nuit et de l'énorme pull que je porte encore. Quand je baisse les yeux vers nos mains, je remarque qu'il y a du sable sur mes manches.

– Il faut que je te dise quelque chose. (Je grimace parce qu'il est *évident* que je suis venue lui parler. C'est la raison de ma venue, nous le savons tous les deux.) Une chose que j'aurais dû te dire depuis longtemps.

Les doigts de Reid se crispent sur le coussin. Il a de grandes mains, bronzées, noueuses. J'ai vu ces mains en action dans le laboratoire, calibrant les appareils les plus sensibles, puis au lit, me maintenant contre le matelas, enfoncé en moi. Il voit que je suis nerveuse et que j'essaie de gagner du temps, mais pour une fois, il ne me tend aucune perche, il ne me rassure pas.

– Continue.

Je tire sur mes manches et couvre mes doigts malgré la chaleur. C'est comme si j'avais besoin de construire un champ de force autour de moi, comme une armure mentale.

– Je t'ai menti – je te mens. Depuis quelques semaines maintenant.

Reid appuie ses coudes sur ses genoux.

– D'accord.

Je ne sais pas comment m'exprimer, alors je bafouille pour dissiper cette tension désagréable.

– Cat, c'est moi. C'est moi qui t'écrivais. (Un silence lourd s'abat sur nous. Il regarde Jimmy Kimmel se lancer dans un monologue à la télé, sans le son.) Je n'ai jamais pensé que ça irait aussi loin, et je ne sais même pas pourquoi je l'ai fait. En fait, si. Mais ce sont des excuses et...

– Je suis au courant.

Sa voix est calme. Alors, pourquoi ai-je l'impression que le poids qui m'écrasait les épaules pèse maintenant sur ma poitrine ?

Reid se redresse, s'essuie les mains sur son pantalon, puis se lève. Il me regarde. Il n'a rien besoin de dire pour que notre dernière conversation me revienne en mémoire.

« *J'avais une vraie connexion avec elle et j'ai cru qu'il y avait quelque chose entre nous. Elle me parlait. J'ai eu l'impression de devenir son ami. Et... je l'admets, je voulais peut-être plus. Mais elle est sortie avec un autre mec, elle a envie de continuer avec lui. On dirait bien que je ne la rencontrerai finalement pas, je suis très déçu.*

– Mince alors. Tu crois que tes sentiments pour elle affecteront... ?

– Je ne sais pas. J'appréciais notre dynamique de franchise radicale. C'est ce que je recherche chez ma partenaire. »

Franchise radicale.

Il m'a tendu une perche, m'a offert plusieurs opportunités de cracher le morceau, et je lui ai menti en le regardant droit dans les yeux.

Je sens tout le poids de son attention, mais je garde les yeux rivés sur le tapis, trop humiliée pour regarder ailleurs.

– Je crois que j'ai deviné quand tu t'en es rendu compte.

Je l'entends soupirer.

– J'ai remarqué ta cicatrice. En plus du Monopoly, de *Girls Trip*, la mention d'un père, d'une sœur. Puis j'ai soudain repensé à une faute de frappe dans un mail.

– Je suis *tellement* confuse, Reid.

Son expression se transforme et c'est à cet instant que je réalise que je ne l'ai *jamais* vu en colère avant aujourd'hui. Je l'ai vu crier contre un conducteur, je l'ai vu réprimander un interne imprudent parce qu'il avait pris un risque au labo. Mais je n'ai jamais été témoin de ça. Il a les lèvres serrées, une expression presque mauvaise sur son visage éternellement patient. De la déception, de la *colère*. La maison est si calme autour de nous que j'entends presque son énervement déferler.

Il attrape une bouteille de bière vide et s'éloigne vers la cuisine avant de s'arrêter net.

– À quoi pensais-tu, Millie ? C'était une plaisanterie ?

Je manque m'étouffer.

– Non ! Bien sûr que non. Je n'y ai pas vraiment réfléchi. J'ai juste... Vous aviez raison sur mon profil, donc je l'ai changé sans rien dire à personne.

– Pourquoi t'être appelée Catherine ?

– C'est mon deuxième prénom. J'ai pensé que c'était moins...

– Malhonnête ?

Il laisse échapper un rire sec, je grimace.

Bien sûr, il ne connaissait pas mon deuxième prénom.

– Je n'ai jamais eu l'intention d'être malhonnête. J'étais aussi surprise que toi quand nous avons fait match.

– Donc tu aurais pu dire : « Oh, comme c'est marrant, *cher meilleur ami*. Même un algorithme informatique a su voir que nous étions parfaits l'un pour l'autre. On devrait peut-être se lancer, non ? »

Il me dévisage. Je me lève et marche vers lui. Son regard est toujours aussi glacial et obstiné.

– J'étais sûre que tu devinerais. La remarque sur le Monopoly était censée te mettre sur la piste. Mais tu n'as pas deviné et...

– Tu as décidé de continuer, pour t'amuser un peu ?

– Non ! J'allais te le dire ! Mais les mecs ont commencé à dire que la fille de la photo devait être moche et à quel point Daisy était sexy... (Je m'arrête pour essuyer des larmes de frustration avec mon pull.) Je suis devenue un peu compétitive et...

– Jalouse ? termine-t-il.

Je lève les yeux vers lui. Je commence aussi à être énervée. Mais je n'arrive pas à justifier ce sentiment, donc j'acquiesce.

– Ouais. J'étais super-jalouse, Reid. Je ne supportais pas l'idée de te voir avec elle, même si je ne savais pas encore exactement pourquoi. Mais ça a changé après. (J'avance d'un pas vers lui et lui saisis le bras.) Tout ce que je t'ai écrit était vrai, chaque mot. Je t'ai dit ces choses, c'était *moi.*

Il s'écarte et je m'effondre.

– Sauf que ce *n'était pas* toi. J'adore passer du temps avec toi, Millie. Tu es intelligente et marrante et je te désire plus que quiconque... mais tu ne me racontes jamais *rien.* Ce qui manque – ce qui a toujours manqué entre nous –, c'est l'honnêteté que j'ai trouvée dans cette correspondance. Et tu t'attends à ce que je récompense ta franchise, sous pseudo, sur une stupide application de rencontre – *après avoir été découverte ?*

– Je sais et tu as raison. J'ai du mal à être comme ça en personne, à parler de sentiments et d'émotions. Je suis juste... ce n'est pas mon truc.

– Être honnête n'est peut-être pas ton truc.

Je reçois son rejet comme une attaque physique. J'imagine un missile lancé avec une précision chirurgicale faire exploser mes côtes pour atteindre des recoins que j'examine rarement moi-même et partage encore moins avec quelqu'un d'autre.

– Y a-t-il une *seule* personne avec qui tu sois totalement honnête ? ajoute-t-il.

Je ne pensais pas possible de me sentir encore plus mal, mais c'est pourtant le cas. Parce que sa voix n'est plus teintée de colère ou de chagrin, mais de compassion.

Je secoue la tête. Que dire ? Reid incarnait cette personne pour moi – mon premier meilleur ami – et me rendre compte à quel point je l'ai blessé et déçu me déchire. Je bats des paupières, mes yeux sont brûlants de larmes et je réalise soudain que j'ai tout gâché.

– Je crois... (Reid se frotte le visage.) Je crois que tu ferais mieux de partir. Il est évident que nous devons réfléchir chacun de notre côté et je ne pense pas que nous puissions le faire ensemble. Je comprends pourquoi tu as fait ce que tu as fait, Millie. Et si ça n'avait pas duré aussi longtemps, je pourrais peut-être passer outre. Mais...

Je lui prends le bras.

– Reid, l'unique raison pour laquelle j'ai réussi à m'ouvrir autant, c'était parce que je savais que c'était *toi*. Je peux m'améliorer. Je te le promets.

Il prend mes mains entre les siennes.

– Écoute-moi une seconde, d'accord ? Je t'aime, Millie. Vraiment. Mais je crois que tu vaux mieux que la façade que tu montres. (Il me lâche la main.) Et j'ai besoin de quelqu'un qui pense que je vaux la peine, moi aussi.

Les pneus crissent lorsque je freine, puis me gare dans mon allée. La plupart des maisons du voisinage sont plongées dans l'obscurité, donc je sors en faisant attention à ne pas claquer la portière. Je me sens étrangement engourdie. Il y a comme des parasites dans mon cerveau, j'ai les jambes raides, lourdes et éreintées. J'ai mal à la tête. Mais je ne suis pas fatiguée. Pas vraiment.

La chaise est toujours là où je l'ai laissée, éloignée de la table, à un angle bizarre. Je m'assois en fixant l'arbre du jardin. Mon ordinateur est tout proche, mais je n'ai pas besoin de le saisir parce que je sais ce que j'ai à faire. Mon agenda et le calendrier sont les dernières choses qui m'importent à cet instant.

Je récupère mon téléphone dans la poche de mon pull. Il est trop tard pour passer un appel, mais il est urgent d'agir. J'ouvre mon répertoire et commence à taper un texto.

> Salut. Je sais qu'il est tard, donc appelle-moi quand tu te réveilleras. J'attends de tes nouvelles pour m'organiser, mais je voulais te dire que je serai là cet été pour t'aider. Dis à papa que je l'aime et que je suis impatiente de passer du temps avec vous. Faites-vous un câlin pour moi. Je vous aime tous les deux. Vous me manquez.

Chapitre 16

Reid

Chris passe la tête par l'embrasure de la porte de mon bureau.

– Tu viens ?

Je m'écarte du clavier et me frotte les yeux. Ils brûlent, comme chaque fois que je travaille sur mon ordinateur plusieurs heures d'affilée sans m'arrêter. J'aurais dû m'attendre à son arrivée : il vient tous les lundis à la même heure.

– Non. Je déjeunerai plus tard dans mon bureau.

Cette fois, il entre et s'appuie contre le siège en face de moi, en m'adressant un regard déçu.

– Tu sais que ça fait déjà trois semaines ?

Je lui adresse un regard plat qui signifie *je ne compte pas en parler maintenant* et attrape mon café. Je suis conscient de chaque *heure* qui s'écoule.

Ça me tue à petit feu. Je ne sais pas si elle déjeune encore avec eux deux fois par semaine – je n'ai pas posé la question et Chris ne me l'a jamais dit spontanément.

Jusqu'à maintenant :

– Elle ne vient jamais, mec. Plus depuis que tout a explosé. C'est juste nous. Les mecs. Dans toute notre gloire.

J'ignore comment gérer ma réaction – de la tristesse – surtout en analysant son ton dénué de toute culpabilité. On dirait qu'il veut plutôt me rassurer sur son absence. Mais je n'aime pas non plus l'idée qu'elle soit seule et qu'elle souffre.

– Je suis sérieux. (Il s'assoit maintenant.) Ne prétends pas que ce n'est pas la raison pour laquelle tu nous évites tous.

– Je ne prétends rien du tout. C'est exactement la raison pour laquelle je vous évite. Je suis furieux que vous ayez tous *su*...

– Pas moi, me rappelle-t-il en levant les mains en signe de défense.

– On dirait que c'est devenu un jeu, et je crois que c'est ce qui me dérange le plus.

Chris secoue la tête.

– Ce n'était pas un jeu, du moins d'après ce que j'en sais. Ed n'a pas du tout apprécié de garder le secret. Alex... comment savoir ? Je suis sûr qu'il n'avait aucune envie d'être mêlé à cette histoire. Mais si j'ai bien compris, le conseil de tout le monde était « parle à Reid ».

– Eh bien, sauf quand ils l'ont aidée à écrire sa dernière missive. Et puis, en fin de compte, elle ne s'est jamais décidée à me parler.

Il marque une pause et fixe mes étagères. Il finit par hocher la tête et ajoute :

– Elle ne l'a pas fait. Pas avant d'y être obligée.

– Alors, pourquoi me manque-t-elle autant ?

À cet aveu, j'ai l'impression qu'un poignard me transperce le sternum. Je n'arrête pas d'y penser. Si Chris était dans cette situation, à ma place, ne lui dirais-je pas de rayer cette fille de son existence pour le restant de ses jours ?

Chris se tourne et m'adresse un regard plat.

– Je sais, mec. Elle me manque aussi.

Parce que ce n'est pas *n'importe quelle fille*. C'est Mills.

– Genre, elle me manque *vraiment*, putain. Et je ne sais pas comment y remédier. Elle est unique. Je n'ai jamais eu de tels sentiments pour quelqu'un d'autre. Et je sais qu'elle est dans les parages, qu'elle attend que je me décide à lui pardonner. Mais comment débuter une relation sérieuse après une trahison pareille ?

– Reid, dit-il doucement. Tu sais que je suis de ton côté, mais il faut bien admettre que Millie est très hermétique. Ça fait partie de sa personnalité. Si tu veux construire une histoire sérieuse avec elle et que tu ne supportes pas cet aspect de son caractère, alors tu vas devoir trouver le moyen de l'aider à s'ouvrir.

– C'est ce qui me coûte. Honnêtement.

– On savait tous qu'elle avait des secrets. Enfin, voyons, c'est de Millie qu'on parle. Elle aime prétendre qu'elle n'a *pas* de passé.

– Ouais. (Je joue avec un trombone et commence à le déformer.) Et, bien évidemment, je sais qu'elle n'avait pas de mauvaises intentions en se faisant passer pour Cat. Je sais qu'elle est parvenue à se confier parce qu'elle savait qui j'étais. J'en ai conscience, mais j'ai encore beaucoup de mal à me faire à l'idée que tout ce que j'ai raconté à Cat, je l'ai raconté à Millie. Je lui ai même dit que ça n'allait pas avec Millie. (Je marque une pause.) Et les mecs savaient. C'est tordu, d'accord ? Ils savaient et ils ont été loyaux envers elle – pas envers moi – jusqu'à devenir complices de son mensonge.

Nous restons silencieux, parce qu'il n'y a rien d'autre à ajouter. J'ai déjà tout ressassé tellement de fois, presque sans arrêt : il manque quelque chose à ma vie sans elle à mes côtés ; ces dernières semaines, c'est comme si j'avais perdu un proche. Mais chaque fois que je suis sur le point de l'appeler, la honte monte comme de la fumée dans mes poumons et je repose mon téléphone. Elle a eu tellement d'opportunités de tout m'avouer, et elle a choisi de ne pas le faire.

– Très bien, lance Chris. (Il se tapote les cuisses.) Je vais aller retrouver les mecs pour le déjeuner. C'est bizarre.

Vous êtes très importants tous les deux, notre lien à tous, tu sais ça ?

Je crois qu'il est sur le point d'ajouter quelque chose, mais quand je lève les yeux, il sort de mon bureau.

Travailler.

Concentre-toi sur le travail. C'est la meilleure manière de tenir bon, la manière la plus productive de gérer le stress.

Je cligne des yeux, puis reporte mon attention sur l'article que j'écris. Je remarque soudain une notification, une nouvelle demande de contact sur IRL. L'apparition de ce nom dans ma boîte mail me décontenance ; je ne suis plus retourné sur l'application depuis le jour où Cat – Millie – a pris congé de moi.

J'ouvre la notification et mon regard se pose instinctivement sur le nom de la personne, sous le logo de l'application.

Mon cœur se met à battre la chamade. J'ai reçu une demande de contact de Millie M.

De : Millie M.
Envoyé le 30 avril à 12:45

Je t'ai accordé presque un mois pour faire le point, ce qui m'a rongée de l'intérieur, mais je savais que tu avais besoin d'espace. Tu es libre de m'ignorer ou de refuser ma demande de contact. Mais tu me manques cruellement, Reid.
Je te donne l'accès à mon profil complet, que j'ai mis à jour seulement pour toi. Je n'essaie pas de rencontrer quelqu'un d'autre. J'ai déjà trouvé l'amour de ma vie, sans avoir eu besoin d'un site Internet. Mais j'ai pensé que ce serait peut-être une bonne manière de recommencer à apprendre à nous connaître, si tu es d'accord.
Je t'embrasse,
Mills

Je fixe les boutons vert et rouge en bas.

Autoriser ou refuser ?

La main sur la souris, je dirige le curseur vers la gauche et clique sur AUTORISER.

Son nouveau profil s'ouvre. Elle a choisi une photo que j'ai prise dans le jardin de Chris, un gant de four homard à la main, un plat de saumon dans l'autre, un sourire idiot aux lèvres. Elle m'a déjà dit que c'est la seule photo d'elle qu'elle adore. « La plupart du temps, j'ai l'air d'une catin ou d'une droguée », a-t-elle ajouté.

Je me souviens de cette journée comme si c'était hier. Pour nous préparer à dîner, Ed avait décidé de rôtir un canard, ce qui a provoqué l'incendie du gril de Chris et la quasi-disparition des sourcils de Ed. Millie nous a sauvé la journée en courant au supermarché pour acheter du saumon qu'elle est parvenue à cuire parfaitement au barbecue. Je l'ai prise en photo au moment où elle nous montrait le résultat avec fierté.

Sous la photo, il y a plusieurs nouveaux paragraphes à la place de sa vieille description.

> *Salut. Pas besoin de nous appesantir sur l'essentiel : née à Bellingham, toujours été une gamine excentrique. Mère morte trop tôt, sœur trop en demande, père débordé. Les aspects tristes ne sont pas un secret – ils sont juste tristes. C'est le reste qui est plus difficile à expliquer, par exemple les longues années où j'ai eu l'impression que rien d'intéressant ne m'arrivait.*
>
> *Je réalise que je suis socialement assez handicapée. Quand je retourne à Seattle, je tombe sur des gens parfaitement agréables avec moi, mais qui ne diraient jamais « oh, Millie et moi étions super-proches au lycée ». J'étais relax, joyeuse, sympa avec tout le monde. J'en ai peut-être eu marre d'être sympa. C'est peut-être pour ça que je suis si méchante avec Ed.*
>
> *Ce sera ma seule boutade, je le promets.*
>
> *Les meurtres me fascinent-ils parce qu'en comparaison,*

les femmes psychopathes me donnent l'air d'être quelqu'un d'épanoui et serein ? Peut-être. Je ne sais pas si c'est parce que ma mère est morte ou juste la manière dont ma vie se serait déroulée de toutes les manières, mais je crois que je suis parvenue à frôler la trentaine sans vraiment savoir comment prendre soin des gens. J'ai envie de m'améliorer.

C'est tout. Elle n'a écrit que ça et je ne sais pas quoi en penser. Je reste concentré sur les mots qui s'affichent sur l'écran. Le nouveau profil de Millie ressemble à un nouveau départ, un avertissement, peut être, que si ce qui viendra ensuite sera compliqué, elle mettra néanmoins du sien.

Une lueur s'éclaire en moi, une sensation croissante, chaude et cosy. J'ai bien peur que ce soit de l'espoir.

Je retourne mon téléphone, me concentre sur mon ordinateur et reprends mon article là où je l'ai laissé.

De : Millie M.
Envoyé le 1er mai à 1:39

Tu ne m'as pas répondu, mais tu m'as autorisée à t'écrire, donc je vais me limiter à un message par jour. Si je te dérange, sache que le bouton « bloquer » reste à portée de clic. Crois-moi, je l'ai utilisé plusieurs fois au début avec M. Dick Pic et M. Montre-Moi-Tes-Seins.

Bref. Il y a quelque chose que je crois que tu ne sais pas. J'ai perdu ma virginité avec un type appelé Phil. PHIL ! Je sais, c'est fou ! C'est le prénom le moins sexy que je puisse imaginer. Parfois, quand je suis seule et que je me sens triste, je repense à ce prénom et je le murmure d'une voix sensuelle jusqu'à m'étouffer de rire. C'est peut-être légèrement plus sexy qu'Ernest ou Norman. Mais seulement légèrement. Philip ? Ça, c'est sexy. Mais Phillllll.

Tout ça pour dire que j'avais quinze ans, il en avait dix-sept, et on

n'avait aucune idée de ce qu'on fabriquait. Je me souviens que tout était désordonné et que j'ai été plus gênée qu'autre chose. J'ai sali mes draps et mon père m'a surprise au moment où je les fourrais dans la machine à laver. Je suis certaine qu'il était furieux, mais comme d'habitude, il n'a rien dit, donc moi non plus. J'ai toujours été un peu comme ça, mais je suis sûre que tu t'en es rendu compte depuis le temps.
Je t'embrasse,
Mills

De : Millie M.
Envoyé le 2 mai à 15:14

J'ai peur des choses suivantes : les vans sans fenêtre, les espaces exigus, les papillons de nuit sous mon porche, les corbeaux, les moutons de poussière et les bateaux géants genre ferries de croisière.
Je t'embrasse,
Mills

De : Millie M.
Envoyé le 3 mai à 09:23

Je n'ai jamais dit « je t'aime » à Dustin. En réalité, je crois que je ne l'ai jamais dit à personne en dehors de toi et de ma mère. Quand j'y réfléchis, je réalise que j'aurais sans doute dû le répéter à Elly tous les jours. Pour quelqu'un qui a grandi comme elle a grandi – avec deux personnes faisant le deuil d'un fantôme et qui n'ont jamais réussi à trouver les bons mots – elle est assez géniale. Il faudrait que tu la rencontres un de ces jours.
Je t'embrasse,
Mills

De : Millie M.
Envoyé le 4 mai à 11:59

Il y avait une réunion à la fac aujourd'hui et j'avais tellement envie de crier à tous les mecs de la fermer pendant quinze minutes et de laisser parler LES DEUX SEULES FEMMES SUR SEIZE PROFESSEURS.
J'aurais adoré déjeuner avec toi après, mais je suis sûr que tu es soulagé de ne pas avoir été obligé de m'écouter déblatérer sur le patriarcat pendant une heure autour d'une salade Cobb merdique. (On est vendredi et le vendredi me fait toujours penser à toi. Les lundis et mercredis aussi, mais on faisait toujours quelque chose le vendredi soir. C'est pour cette raison que je suis un peu déprimée.) Quoi qu'il en soit, à la fin de la réunion, Dustin a dit une énormité que je n'ai pas pu laisser passer et je lui ai littéralement sauté à la gorge devant tout le monde. Il est venu me voir ensuite et a affirmé que je laissais notre passé interférer avec les réunions de l'université.
J'ai éclaté de rire. Vraiment, j'ai ri pendant dix bonnes minutes dans son bureau et après avoir repris contenance, je lui ai rappelé que nous avions rompu il y a deux ans, que je suis amoureuse de toi (même si ce n'est sans doute pas réciproque) et que ma frustration a seulement à voir avec son incapacité à engager des femmes et des personnes de couleur. Bien sûr, Dustin étant Dustin, il est resté bloqué sur ce que j'ai dit sur toi. Donc pardonne-moi par avance s'il se comporte bizarrement la prochaine fois que tu le verras sur le campus.
Je t'embrasse,
Mills

De : Millie M.
Envoyé le 5 mai à 16:34

J'ai regardé *Rudy* aujourd'hui et putain, quel film ! Je ne me sens pas très concernée par le football américain, mais j'ai pleuré comme un bébé à la fin. Et puis j'ai descendu les cinq cents grammes de Cherry Garcia[13] déniché dans mon congélateur que tu as dû y laisser il y a dix ans et je me suis sentie répugnante. Comment peux-tu aimer ce truc ? Chunky Monkey pour toujours.
Je t'embrasse,
Mills

De : Millie M.
Envoyé le 6 mai à 11:11

Il est 11h11, Reid. Fais un vœu.
Tu me manques.
Mills.

De : Millie M.
Envoyé le 7 mai à 10:41

Je te le jure, Reid, je fais tout pour te tenir en haleine, mais aujourd'hui a été le jour le moins riche en événements depuis des lustres. J'ai travaillé toute la journée, je suis allée chez *Cajé* environ dix-sept fois parce que je n'arrêtais pas de dodeliner de la tête derrière mon bureau et je suis partie tôt pour faire des

13. Parfum de glace Ben & Jerry's.

essayages de soutien-gorge. Il s'avère que je fais du 90C et je ne sais pas pourquoi ça me rend aussi fière, mais j'ai toujours pensé que je faisais du B alors que non !
Je voulais m'en réjouir avec quelqu'un, mais Elly et moi n'avons pas ce genre de relation et il s'avère que je n'entretiens pas non plus ce type de proximité avec une autre personne dotée de seins ! Il faut que je me penche sur la question. Mais pour l'instant, je jubile devant toi, Reid. J'ai de plus gros seins que toi ! Et ils sont enveloppés dans un nouveau soutien-gorge rouge aussi mignon que soyeux.
Je t'embrasse,
Mills

De : Millie M.
Envoyé le 8 mai à 19:57

J'ai à peine dormi la nuit dernière. En ce moment, je travaille sur le livre, qui avance vraiment bien, mais tu me manques et tout est plus compliqué après le coucher du soleil, tu vois le genre ? Hier soir, je suis restée allongée dans le noir, en repensant à toutes les choses nazes que j'ai faites dans ma vie, et je me suis sentie mal. Je suis tellement désolée au sujet de Catherine et encore plus de ne rien t'avoir dit. Je regrette de ne pas avoir été suffisamment forte pour prendre mes responsabilités depuis le début, mais je suis loin d'être parfaite. C'est cliché, mais la raison pour laquelle je t'ai menti n'a rien à voir avec toi ou ta façon d'agir. Les cachotteries, c'est mon problème. Je me suis rendu compte que me dévoiler autant devant toi était aussi terrifiant qu'excitant, et que je me sentais en sécurité. Malheureusement, ce sentiment de sécurité venait du fait que tu ignorais que c'était moi et c'est nul. Tu es honnêtement trop bien pour moi, mais ça ne signifie pas que je ne veuille pas de toi pour autant.
J'ai vu tellement de films dans lesquels l'un des membres du couple lance : « J'allais bien avant que tu débarques dans ma

vie ! » Est-ce censé signifier qu'ils allaient bien avant et se sentiront à nouveau bien après, mais qu'ils ne veulent plus aller bien, chacun de leur côté ?

Je ne suis pas sûre. Parce que je ne crois pas que j'allais « bien » avant de te rencontrer. J'étais couarde. J'étais emprisonnée dans mes propres limites. Je voudrais m'améliorer pour toi.

Oh, Seigneur, je suis en train de me transformer en Jack Nicholson dans *Pour le pire et pour le meilleur.*

(Est-on d'accord qu'Helen Hunt était vraiment trop sexy pour lui ? Seigneur. Beurk !)

Je t'embrasse,

Mills

De : Millie M.

Envoyé le 9 mai à 9:14

Je suis tombée sur Alex aujourd'hui au déjeuner et je te jure qu'on aurait difficilement pu avoir l'air plus coupables après s'être fait un câlin. On aurait dit que je n'étais pas censée conserver des relations avec les copains mecs après ce divorce – ce que nous savons bien tous les deux. Donc je voulais te dire que j'avais vu Alex, mais je te promets de ne rien prévoir avec eux sans ta permission. Ça m'a fait tellement plaisir de le voir. Tu me manques, bien sûr, mais eux aussi. Je n'ai jamais eu d'aussi bons amis. Franchement, je suis à deux doigts d'adopter un chat parce que je me sens atrocement seule.

Je voulais que tu saches qu'Ed et Alex n'avaient vraiment aucune envie d'être mêlés aux secrets de Catherine. Ed était nerveux à en mourir et Alex semblait complètement abasourdi. Si tu dois être en colère contre quelqu'un, sois en colère contre moi. Ce sont des types en or, vous êtes faits pour être potes. Désolée si je t'ai laissé croire autre chose.

Je t'embrasse,

Mills

En général, elle m'écrit le soir. Je m'y attends maintenant et je me demande ce qui arrivera si j'ouvre un jour l'app d'IRL au moment d'aller me coucher, ou au réveil, et que je n'ai pas de message.

Je les attends avec impatience, même si je ne sais toujours pas quoi lui répondre. Je me rends compte qu'aux alentours de 4 heures de l'après-midi, j'ai le cœur au bord des lèvres, les mains tremblantes, et je ressens la même nervosité qu'au moment de commencer une course : je suis excité, mais aussi un peu nauséeux.

L'honnêteté de Millie est rafraîchissante, mais elle me désoriente aussi. J'en veux toujours plus. En même temps, il est frustrant de continuer à la lire en sachant que c'est tellement plus compliqué pour elle en personne.

Mais elle fait des efforts. C'est peut-être un début.

Je relis son mail d'hier soir et pars au bureau aux aurores pour aider Shaylene à répéter une présentation qu'elle donnera devant le département à 11 heures. Arrivée au terme de sa première année de doctorat, elle doit présenter l'avancée de son travail. C'est une étape importante pour les étudiants de première année et Shaylene – qui, comme mon père, n'est pas naturellement douée pour parler en public – redoute ce moment depuis des semaines.

Il est, du coup, à la fois agréable et surprenant de trouver Ed sur place, qui l'aide à réviser ses notes. On dirait qu'ils sont là depuis un moment déjà : il y a des Post-it éparpillés sur la table de conférence, le projecteur est allumé et Shaylene modifie un slide sur son ordinateur.

Sans surprise, tout n'est pas encore revenu à la normale avec Ed. Le traiter comme n'importe quel autre laborantin plutôt que comme mon bras droit et l'un de mes meilleurs amis me fait bizarre. Il est resté professionnel depuis le drame de Millie et Cat, mais les blagues qui nous échappent sonnent un peu faux. Le voir partir déjeuner avec Chris et

Alex sans me proposer de me joindre à eux me pince aussi le cœur.

Ed lève les yeux lorsque j'entre dans la salle de conférences.

– Salut, Reid.

Il se penche pour récupérer son carnet et son stylo comme s'il allait rassembler ses affaires et me laisser seul avec Shaylene.

– Reste, Ed. Je venais juste m'assurer que tout se passait bien.

On se parle ; ce n'est pas comme si le silence complet régnait dans le labo, mais je suis sûr que tout le monde a remarqué le changement d'ambiance. Shaylene nous regarde tour à tour, l'air inquiet.

– Elle est prête, dit Ed. J'ai fait semblant d'être Scott et je lui ai posé toutes les questions possibles sur les détails techniques de l'expérience. Elle a répondu à toutes mes objections avec assurance.

Shaylene confirme d'un hochement de tête.

– Il m'a donné un fier coup de main. (Elle jette un coup d'œil à Ed et lui sourit timidement.) Merci, Ed.

– Bon... bon boulot.

J'hésite un instant. Ont-ils besoin de moi ici ? Je suis de plus en plus conscient d'être devenu Le Boss cette année, surtout depuis ma titularisation. Cette prise de conscience en précède une autre – d'une certaine manière, je leur fais peur et je ne suis donc plus le premier choix d'une étudiante pour s'entraîner à l'oral.

– OK, je serai dans mon bureau si vous avez besoin de moi.

Je me tourne pour partir, mais Shaylene m'arrête.

– Dr Campbell ? Voulez-vous prendre un café avec nous ?

Elle regarde Ed, puis hoche la tête comme pour l'encourager. Il la dévisage sans mot dire pendant quelques instants avant d'acquiescer rapidement, lui aussi.

– Oui. *Un café*. D'accord.

Je jette un coup d'œil à ma montre. J'ai fait en sorte d'éviter de passer du temps avec Ed si je n'y étais pas obligé, mais je ne vois aucune bonne raison de décliner cette proposition.

– Avec plaisir.

Mais à l'instant où nous arrivons dans le couloir, Shaylene s'arrête net.

– Vous savez quoi ? Je vais jeter un dernier coup d'œil à mes slides de transition. Allez-y tous les deux, je vous rejoins.

Ed et moi restons cois, conscients qu'une jeune roublarde de vingt-deux ans vient de nous piéger. Nous la regardons s'éloigner en direction des escaliers.

Ed grogne et le silence revient. Il se tourne pour me regarder.

– Nous ne sommes pas obligés d'aller prendre un café, tu sais.

– Shaylene vient-elle de nous forcer la main ?

– Ouaip. (Il se gratte le crâne et ses doigts s'enfoncent dans ses cheveux.) Au labo, ils plaisantent tous en disant que maman et papa sont en froid.

Je le fixe, bouche bée.

– Je crois que c'est moi la mère, clarifie-t-il. Je me sens honoré.

Et je ne sais pas pourquoi, mais j'éclate de rire. Ed finit par sourire. Et puis, il me donne une accolade et plonge son visage dans mon épaule.

– Tu m'as tellement manqué. Je me suis senti très mal. Je suis tellement, tellement désolé, mec.

Je lui tapote le dos. Le pardon donne des ailes, putain. J'ai immédiatement l'impression qu'un poids quitte ma poitrine pour la première fois depuis des semaines. Je me sens un tout petit peu plus libre, non seulement de pardonner à Millie mais aussi de me rapprocher d'elle.

De : Millie M.
Envoyé le 10 mai à 1:11

Je crois qu'il faut que je te donne les dernières nouvelles de Elly/mon père pour que tu comprennes le reste de mes divagations, donc voilà :

On a diagnostiqué la maladie de Parkinson à mon père il y a environ un an et demi. J'aurais dû te le dire, je sais. Nous ne nous connaissions pas depuis très longtemps et les parents malades ont tendance à donner aux conversations un caractère sérieux, à vitesse grand V. J'ai du mal à aborder des sujets personnels non seulement parce que je suis mal à l'aise quand il s'agit de parler de moi mais aussi parce que je n'aime pas plomber l'ambiance.

Bref. Pour commencer, ils ont prescrit à mon père un traitement à base de Sinemet, que tu dois connaître, j'en suis sûre. Donc pendant un moment, tout s'est bien passé, ça a marché. Mais les cellules produisant de la dopamine dans son cerveau ont continué à mourir, ce qui inhibe l'efficacité du Sinemet, n'est-ce pas ? Parce qu'il agit sur des cellules saines ? J'essaie de comprendre l'aspect scientifique. Bref, son neurologue recommande une procédure de stimulation profonde du cerveau, mais mon père refuse, même si Elly le pousse à essayer. Elly a réussi à s'occuper de lui jusque-là, mais avec ses jumelles, elle est au bout du rouleau. Elle m'a demandé de venir plusieurs fois et je l'ai fait – un week-end par-ci, un week-end par-là –, mais elle voudrait que je reste un bon mois pour pouvoir partir en vacances avec Jared et probablement aussi pour que je passe un peu de temps avec mon père.

Je résiste depuis le début parce que je déteste aller à Seattle. Tu te souviens de la fois où nous avons regardé les chiens au bord de la mer à Hendry's Beach ? Tu savais que quelque chose clochait, mais tu ne m'as pas tiré les vers du nez. Je venais d'apprendre pour mon père. J'ai tenu quatre heures avant de trouver une excuse pour sauter dans un avion. Je me sentais tellement coupable, mais j'étais mal à l'aise là-bas et d'apprendre que mon père était malade m'a donné l'impression de revivre le moment où l'on nous avait annoncé le diagnostic de ma mère.

Donc, je suis en train de te dire deux choses. Premièrement, j'ai commencé à voir une psy il y a deux semaines. J'y vais deux fois par semaine et jusqu'à maintenant, c'est vraiment génial. Je parle. Elle s'appelle Anna, elle est drôle et semble me comprendre. Elle m'aide à réparer mon cerveau émotionnel stupide.

Deuxièmement, je passerai trois semaines et demie chez mon père en juillet. Son opération est programmée le 22 juin et je serai là-bas quand il sortira de la maison de convalescence le 2 juillet, jusqu'au 25.

Je ne sais pas quoi dire de plus. Je redoute ce voyage, mais je me sens aussi soulagée, sans doute parce que je suis finalement en train de faire ce que j'aurais dû faire depuis un moment. Te le raconter me fait vraiment du bien.

Je t'embrasse,

Millie

Depuis onze jours, je lis ses messages et je m'en imprègne. Je les laisse glisser sur les dégâts causés par sa trahison, mais je ne peux plus supporter de rester loin d'elle. Je referme brusquement mon ordinateur, attrape mes clés et sors en courant. Si on me demandait de raconter le trajet de chez moi à chez elle, je décrirais seulement un brouillard de paysage qui s'arrête lorsque mes pneus crissent dans son allée.

J'ai du mal à respirer. Quand elle ouvre la porte en pyjama, les cheveux emmêlés et les yeux rougis, j'ai l'impression que ma respiration va se couper pour de bon.

Elle ne dit pas un mot, mais elle éclate en sanglots puis s'effondre entre mes bras lorsque je l'enlace.

Chapitre 17

Millie

Je tarde vingt bonnes minutes à reprendre le contrôle et à arrêter de pleurer. Pendant l'éternité où je sanglote, hoquète et bafouille des propos incompréhensibles, Reid m'escorte à l'intérieur, s'assoit à côté de moi sur le canapé et me serre dans ses bras. Quand il m'embrasse sur le front, mes larmes redoublent.

Il est là, à 2 heures du matin, ce qui signifie qu'il est venu directement après avoir lu mon dernier message. Ce qui veut dire aussi qu'il a probablement lu tous mes messages – comme je l'espérais – et que mes paroles ne se sont pas perdues dans le vaste néant du net.

Ce qui signifie également qu'il ne voulait pas me laisser seule après mes aveux. Il sait pour Anna, ma psy, pour mon père et mon séjour en famille cet été.

Il m'a fait attendre plus d'un mois, mais ma patience a porté ses fruits : il va me dire ce qu'il a décidé. L'issue est toute proche – même s'il m'apprend qu'il a besoin de passer à autre chose, au moins, je serai fixée.

Je me rassois et m'extirpe de son étreinte à contrecœur, avant de m'essuyer les joues avec la manche de mon pyjama. Quand je baisse le bras, je me rends compte que je viens de montrer un morceau de poitrine à Reid. Il cligne des yeux, un peu hébété.

– Oups. Désolée.

Il m'adresse un petit sourire coquin qui fait exploser plusieurs bombes dans mon ventre.

– Pas de soie rouge.

– J'espérais que tu te souviendrais de ce détail.

Son sourire se transforme lentement en une expression plus pensive – mais heureusement toujours pleine de tendresse – et il replace une mèche folle derrière mon oreille.

– J'ai beaucoup de choses à te dire au sujet de tes mails, mais après celui que tu m'as envoyé ce soir, je ne pouvais pas ne pas venir.

Une ouverture. Il vient de me l'offrir sur un plateau et je ne veux pas tout gâcher. Bien sûr, il est plus facile d'écrire face à un ordinateur et d'appuyer sur ENVOYER. Mais l'essentiel, c'est qu'il soit aussi proche de moi et que sa main se trouve sur mon genou.

La voix d'Anna résonne dans mon esprit : *Si Reid était là, maintenant, que voudriez-vous lui dire ?*

Eh bien, le moment est arrivé.

– Tu m'as vraiment manqué.

Tout doux pour commencer. Petits pas.

J'observe sa bouche, fascinée, lorsque sa langue pointe.

– Toi aussi, tu m'as manqué.

J'ai besoin d'air. Je détourne le regard pour scruter son visage. Il est mal rasé et il a les yeux un peu cernés, comme s'il avait fait un long jogging sans se réhydrater ensuite. Par réflexe, j'approche ma main de sa joue.

– Ah oui ?

Il acquiesce.

– J'ai failli t'appeler au moins cinq cents fois.

– Je comprends pourquoi tu ne l'as pas fait. J'avais – j'ai – des choses à travailler.

– Ouais. (Il me regarde intensément, puis fronce les sourcils.) Est-ce que ça va, Mills ?

Je secoue la tête et mon menton se met à trembler.

– Pas vraiment.

En voyant son front plissé, je recommence à pleurer. Que m'arrive-t-il ? Sérieusement, on dirait qu'un barrage vient d'exploser et que je ne pourrai plus jamais reprendre le contrôle sur mes glandes lacrymales. Je suis mortifiée. Mais me concentrer sur la réaction de Reid aide : il semble complètement imperturbable face à mes larmes et mes hoquets.

– Mais je suis vraiment heureuse que tu sois venu, je parviens à dire. Vraiment, *vraiment* heureuse que tu sois là. Je ne sais pas comment t'exprimer à quel point tu m'as manqué. J'étais...

– Millie. Ma belle. (Il essaie de me calmer en posant une main sur mon cou.) Je suis là.

Quand je m'étrangle encore dans mes sanglots, il se penche, prend mon visage entre ses mains et pose ses lèvres sur les miennes.

J'ignore comment il peut avoir envie d'embrasser ma bouche rouge et gonflée à cet instant exact, mais c'est clairement le cas et il le fait avec une telle dévotion et un tel soulagement qu'un vertige me prend. Je passe les bras autour de son cou et mes jambes glissent sur ses genoux. Il laisse échapper un grognement encourageant dans ma bouche et je me mets à me frotter contre lui. Il épouse mon rythme, retire son tee-shirt, puis le mien...

Mais je m'écarte en posant une main sur son torse au moment exact où il m'embrasse la clavicule.

– Attends. (Je déglutis en reprenant mon souffle. Son regard se fixe sur mon visage, il semble aussi enivré que moi.) Il faut que je te dise quelque chose.

Il reste immobile, attentif.

– D'accord.

– Je suis désolée pour tout. (J'attends qu'il acquiesce pour continuer.) Et j'essaie d'apprendre à mieux communiquer.

Il hoche la tête et murmure :

– Je t'entends. Tu me promets de me dire de quelle manière je pourrais t'aider ?

J'ai l'impression d'être un chiffon plongé dans de l'eau chaude.

Je suis tellement soulagée.

– Oui.

Reid se penche pour reprendre là où nous nous étions arrêtés, mais les dernières instructions d'Anna me reviennent en mémoire.

– Et je ne peux pas continuer... (je nous désigne tous les deux, collés l'un à l'autre) sans une sorte d'accord...

Avec un sourire, il m'embrasse doucement sur la bouche.

– C'est *ça*, ta condition ? L'engagement ?

J'acquiesce en luttant contre l'envie de lui suggérer, pour rire, de signer un renoncement de responsabilité ou de lui dire que mon vagin accepte de ne pas respecter les trente-cinq heures.

– Je t'aime. Et j'essaie d'être plus claire sur mes intentions et mes besoins.

Il acquiesce avec solennité, des étincelles dans les yeux, mais il me surprend au moment où je vais lui adresser un regard noir.

– Je ne te taquine pas, dit-il en m'embrassant encore. C'est juste très mignon de te voir agir comme ça.

Je ferme les yeux et grogne :

– C'est gênant.

– Je suis partant, Mills. Je suis engagé. (Il se lèche les lèvres et mon cœur bat à cent mille, je serais prête à le jurer.) C'est aussi ce que je veux.

– D'accord. (Je soupire.) Quel soulagement.

Je sens son haleine dans mon cou juste avant qu'il m'embrasse.

– Je t'aime aussi. (Il ponctue chaque mot par un baiser.) J'aime tout de toi. Ton grain de folie, ton calme, ton esprit de contradiction, ton sarcasme et même ça. (Il m'embrasse sur l'épaule.) Ton côté tendre. (Il m'attrape par la taille.) J'aime sentir que tu te donnes tout entière.

Avec un sourire, je lui demande :

– Eh bien, as-tu envie que je me donne tout entière sur le canapé ? Ou préférerais-tu que ça se passe dans mon lit ?

Reid éclate de rire, ce qui m'aide à recoller les morceaux éparpillés dans le salon durant ce mois passé sans lui. Il se lève en me tenant dans ses bras et m'embrasse sur le nez.

– Je te reconnais bien là.

Épilogue

Millie

Mon père a laissé la moitié de son dîner sur le plateau télé face à son fauteuil. Il s'est endormi, mais je ne compte pas essayer de le déplacer. D'abord parce que je serais incapable de le soulever seule même si j'en avais la ferme intention (j'ai essayé un soir lorsqu'il est tombé et mon dos s'en souvient encore deux semaines après), ensuite parce qu'il semble mieux dormir assis. Du moins jusqu'à présent.

La convalescence après l'implantation d'électrodes dans les zones profondes de son cerveau n'a pas été facile. Il a également subi deux fusions vertébrales, source principale de son inconfort. Elly et moi ne voulons pas nous montrer trop optimistes – parce qu'il vient de se faire opérer et qu'il prend beaucoup de médicaments –, mais à ce stade, les électrodes semblent fonctionner. Ses symptômes se sont apaisés depuis la dernière fois que je l'ai vu.

L'avance reçue pour mon livre a suffi pour payer l'infirmière qui s'occupe de mon père la nuit. Ainsi, je peux dormir dans la maison que j'ai louée pour un mois et décompresser après une journée à courir partout, à m'inquiéter et à me comporter comme une fille digne de ce nom, comme je ne l'avais jamais réellement expérimenté jusqu'à maintenant. Je vis différemment la vulnérabilité de mon père. Peut-être parce que Reid est dans ma vie. Peut-être parce que je vois les filles d'Elly et que je comprends à quel point sa famille est heureuse, peut-être également parce que je mesure le soulagement, le répit que ma présence peut lui apporter aujourd'hui. Être de retour dans ma ville natale ne s'est pas révélé source de claustrophobie ou d'angoisse. C'est stressant, bien sûr, mais il est aussi extrêmement agréable d'agir pour le bien de ma famille, de faire exactement ce qu'elle attend légitimement que je fasse.

À environ 23 heures 30, je transmets les informations nécessaires à Deborah, l'infirmière – ce que mon père a mangé, les médicaments qu'il a pris, le nombre de pas qu'il a faits aujourd'hui, entre autres – avant de partir. M'occuper de lui ne me fatigue pas physiquement, mais ça m'épuise émotionnellement et j'ai l'impression que mes pieds sont pris dans du béton.

Je suis désormais consciente qu'il ne reste pas à mon père des décennies à vivre et je n'arrive pas à croire que j'ai bien failli laisser tout ce temps me filer entre les doigts.

Après un court trajet en voiture, j'entre dans la maison de location et suis submergée par une odeur d'ail, de saumon et de... sulfure ?

Je pose mon sac dans le salon et passe dans la petite salle à manger. Le Monopoly est déjà installé sur la table.

Mon sourire faiblit.

– Vous vous moquez de moi ?

Trois paires d'yeux se lèvent, trois sourires m'accueillent.

– Allons, lance Alex, ça fait une semaine qu'on est là et on n'a pas encore joué une seule fois. On commence à en avoir marre des petits chevaux.

Reid ouvre grand les bras et je m'assois sur ses genoux avant de retirer mes chaussures.

– D'accord, mais alors on joue avec les armes du crime du Cluedo. Je veux être la corde.

Ed surgit du porche où, je suppose, il passait son coup de fil nocturne à sa nouvelle – et adorable – copine, Shaylene.

– Es-tu sûre de ne pas être une meurtrière frustrée ?

– ... C'est possible.

Reid s'immobilise et je me tourne pour lui donner une pichenette sur le nez.

– Je plaisante.

Chris se lève :

– Ta meuf est bizarre, Reid.

– Tout comme la tienne, je réplique.

Alex étouffe un sifflement. Il répète sur tous les tons qu'il n'a aucune envie de s'engager avec une femme, mais je ne suis pas convaincue. Un jour – *un jour* – la tendresse que nous inspire à tous l'union de Chris et de Rayme ne lui flanquera plus la nausée.

– Peut-être bizarre, acquiesce Reid, mais incroyable.

Il m'embrasse sur la nuque et, pour la millième fois, je pense : *cet homme est un saint.* Non seulement parce qu'il m'a accompagnée un mois mais parce qu'il me partage pendant la journée avec mon père et le soir avec un défilé ininterrompu d'amis et de proches qui cherchent un hébergement temporaire à Seattle. Ses parents sont venus nous rendre visite il y a quelques semaines sur un coup de tête et, Dieu merci, il n'y a pas eu de crise extraconjugale. (Il s'avère que Marla est lesbienne et que le père de Reid avait pour seule intention de fertiliser ses terres – au sens propre – pour se lancer dans une comparaison régionale.) Les jumelles d'Elly sont venues dormir plusieurs fois à la maison. Et j'ai même proposé la chambre d'amis à Avery quand elle a rendu visite à Elly.

Je ne peux pas dire que je l'apprécie plus qu'avant.

Donc je suis sûre que Reid est content que les mecs soient restés une semaine pour des activités plus enthousiasmantes que la visite des vignobles locaux, les cancans ou les contes du style *Les trois petits cochons.*

Je saisis la bière de Reid et prends une longue gorgée.

– Qu'avez-vous fait aujourd'hui ?

– Chris a planché sur sa demande de bourse, donc on a dû évacuer la maison jusqu'à 15 heures, répond Reid. On est allés se promener, et puis on était tellement fatigués qu'on est tombés sur une nouvelle brasserie et on a un peu forcé sur la bière.

– Tu sens un peu la bière, c'est vrai. (Je lève son poignet et regarde sa montre.) Et vous êtes toujours réveillés, un verre à la main, à minuit ? Vous êtes mes héros.

Ces types adorables ont pris des jours de vacances pour accompagner Millie, leur amie désespérante et émotionnellement cabossée. De toutes les choses que nous avons faites en équipe – tournois de cornhole, site de rencontre... louer une limousine et aller écouter (et respirer le même air que) Barack Obama – cette semaine a de loin été la plus incroyable. Je suis en pleine rédemption familiale, ils explorent la scène de la bière à Seattle.

Chris se rend dans la cuisine, en direction du four. Il revient et pose une assiette devant moi : du saumon grillé, des choux de Bruxelles rôtis et du riz.

Quand il est là, tout le monde s'attend à ce qu'il cuisine, parce que Chris cuisine mieux que nous tous réunis. Tous les soirs, une assiette m'attend, parce qu'il sait que je n'ai jamais faim quand mon père dîne à 4 heures et demie. Il mérite sans doute que je le récompense avec un incroyable set de clubs de golf à thème coq à la fin de ce voyage.

– Tu. Es. Le. *Meilleur.*

Il hoche la tête.

– Je sais.

– Il me semblait bien que ça sentait le pet quand je suis entrée. (Je pique un chou de Bruxelles.) J'ai supposé que c'était Ed.

Ed s'apprête à protester, mais décide que ça n'en vaut pas la peine.

Je reconnais la chaleur qui se répand dans ma poitrine et je ne suis pas suffisamment ignare en matière d'émotions pour ne pas reconnaître la gratitude. Pourtant, il me reste du chemin à parcourir pour communiquer davantage sur ces sujets. Un silence plein d'attente se fait dans la pièce.

– Merci pour le dîner, dis-je à Chris. C'est délicieux comme toujours.

Il hoche la tête, mais le silence revient. Et nous savons tous que le silence n'a rien à voir avec ma reconnaissance.

– Donc, j'ai abordé le sujet avec mon père aujourd'hui. Je lui ai dit que je voulais être plus proche de lui.

– Et ? demande Reid.

Il sait à quel point les conversations sérieuses avec mon père me stressent.

– Il a tout de suite compris où je voulais en venir.

Je me blottis contre Reid pour me réconforter grâce à sa présence. Je le sens derrière moi, il passe les bras autour de ma taille.

– Il m'a parlé très ouvertement de la mort de ma mère. C'était dur, peut-être parce que j'ai réalisé à quel point nous étions un poids pour lui. Il ne l'a jamais exprimé comme ça. Mais il était détruit et il savait qu'il nous décevait. (J'appuie ma joue dans ma main.) Je ne crois pas y avoir déjà réfléchi en ces termes. Mais je lui ai dit : « Regarde Elly. Regarde-moi. Nous allons bien. Nous sommes heureuses et nous ne sommes pas des meurtrières. »

– Tu vois ? me coupe Ed. C'est ton dessein secret.

– Quoi qu'il en soit, il a paru comprendre. Je crois qu'il est soulagé de savoir que j'ai bien tourné et que je ne suis pas devenue cinglée.

Alex s'éclaircit la gorge.

– Bon, d'accord. Pas *complètement* cinglée.

Reid parle contre mon oreille.

– Le plus fou quand on est parent, c'est qu'il s'agit d'une expérience colossale et qu'il est impossible de savoir si elle va réussir avant des dizaines d'années.

Je me tourne pour l'embrasser.

– Tu es sublimement geek.

Sur ce, le silence se fait pendant quelques secondes. Je réalise à quel point il doit être bizarre pour eux de me voir traverser les épreuves actuelles. Il faudrait sans doute que je leur exprime à quel point j'apprécie leur présence ou le fait d'être aussi entourée pour la première fois de ma vie. Mais Alex laisse échapper un rot sonore et odoriférant, Chris ouvre une fenêtre en grognant, puis Ed commence à faire semblant de frapper Alex avec le minuscule tuyau de plomb du Cluedo. Je pense : *quelle bande d'idiots !*

Reid pose les mains sur mon ventre avec un gémissement imperceptible. J'adore quand il écarte ses doigts pour couvrir le plus de surface possible de mon corps. La chaleur monte dans mon ventre tandis que le chaos envahit la pièce. On dirait que ce sont des enfants de douze ans qui rotent des phrases entières et rivalisent de plaisanteries sur les tuyaux de plomb.

– Je suis fier de toi, murmure-t-il.

– Je suis fière de moi, moi aussi. Et j'apprécie vraiment ta présence.

– Tu crois qu'on peut filer en douce ? (Il murmure dans mon oreille.) J'ai envie de toi.

J'acquiesce.

– On compte jusqu'à trois.

– Un, dit-il.

– Deux, dis-je.

– Trois.

Nous nous levons et nous éloignons lentement de la table. Alex fait une prise de judo à Ed. Chris se penche à la fenêtre pour essayer d'atteindre la chaussure qu'Alex vient de lancer dehors.

Reid et moi parvenons à arriver devant la porte de notre chambre au moment où notre absence devient notoire.

– Ne croyez pas avoir été discrets ! crie Alex.

– On va monter le son ce soir ! lance Ed. Ne faites pas de cochonneries !

– On fera de notre mieux ! je réponds.

Hier soir, j'ai aboyé comme un chien juste pour leur filer les jetons.

Ce soir, nous simulerons sans doute une fessée.

Mais nous nous glissons sous la couette, la tirons par-dessus nos têtes, allumons une lampe torche et commençons à nous raconter des histoires stupides dont nous ne sommes jamais à court, hilares. Je lui dirai que je l'aime trop de fois et il m'embrassera pour me faire taire. Et à partir de là, tout deviendra silencieux, et bien plus tendre que j'aurais pu l'imaginer un jour.

Nous avons la nuit entière devant nous – toutes les nuits, pour le reste de nos jours, si nous le souhaitons – et pendant ces huit heures parfaites, nous pouvons oublier que nous ne sommes pas seuls dans la maison, la ville, le monde.

Remerciements

Quand nous avons terminé de corriger ce livre, nous avons eu l'impression de déménager abruptement dans une autre ville. Cela faisait plusieurs livres que nous n'avions pas imaginé une troupe comme celle de *My favorite half-night stand* et même si, à la fin, tout le monde est (à peu près) heureux et installé, nous avons eu du mal à faire nos adieux à ce gang, leur dynamique, leur affection évidente les uns pour les autres. Nous espérons que vous avez apprécié autant que nous de passer du temps avec eux.

Nous sommes toutes les deux mariées depuis longtemps, nous avons rencontré nos maris durant la sombre époque où les téléphones portables avaient un clapet ou faisaient la taille d'une brique, et donc l'idée des rencontres en ligne, encore davantage d'une application de rencontre, nous était totalement étrangère. Seules face au synopsis d'une histoire de rencontres en ligne, nous aurions eu l'air d'octogénaires écrivant le manuel d'utilisation d'une imprimante 3D. Nous devons tellement à notre groupe CLo & Friends qui nous a aidées en remplissant un questionnaire sur les rencontres en ligne conçu à des fins de recherche. Merci à tous ces trésors : Dana H., Summer W., Kristensparkles, Stacey L., Chandelle C., Jenn C., Melissa H., Caroline K., Saam N., Crystal J., Jessica N., Tina A., Nena, Erica

B., Jennifer N. B., Melissa B., Jacqueline, Angela I., Jessica T., Ashley H., Elle O., Cassandra L., Vera Charlotte, Floriane M., Britney B., Renata P., Sydney R., Kristen T., Amor C., Amy B., Angelica N. B., Brie S., Tabitha C., Kawtar T., Jennifer B. et Stacy Alice. Elles ont pris le temps de partager des anecdotes qui nous ont fait rire ou grincer des dents. Toute l'authenticité que vous trouverez dans ces pages est le fruit de leur aide. Tout ce qui coincerait ou semblerait ridicule, bien sûr, est de notre faute.

Comme toujours, nos livres arrivent sur le bureau de notre éditeur comme des mots fourrés dans des sacs-poubelle ficelés ensemble (c'est à peine une blague) et nous vouons un amour éternel à Adam Wilson parce qu'il parvient à faire des livres, de ces pages. Merci, Kate, d'avoir accepté de rejoindre l'équipe CLo – le déclic a été immédiat. Nous en avons de la chance ! Vous êtes tous les deux *absolument* merveilleux. Holly Root, notre agent, est sans nul doute La Personne que CLo Aimeraient Être Quand Elles Seront Grandes. Elle maintient le cap, ce qui n'est pas si facile certains jours, et d'autres, elle doit déployer des efforts qui nous laissent penser qu'elle est peut-être à moitié cyborg. Kristin Dwyer est notre Précieuse, alias notre attachée de presse. Si elle n'existait pas, nous serions perdues quelque part en Méditerranée sans portefeuille, ou itinéraire, et aucun Honest Trailer à regarder. Merci à notre fantastique équipe chez Simon & Schuster : Carolyn Reidy, Jen Bergstrom, Jen Long, Aimée Bell, le département des ventes (vous êtes nos héros), Rachel Brenner, Molly Gregory, Diana Velasquez, Mackenzie Hickey, Abby Zidle, Paul O'Halloran, John Vairo, Lisa Litwack, Sarah Lieberman, Louisa Solomon, Lauren Pires et Ellen Gutoskey. Ed Schlesinger, tu ne fais techniquement pas partie de l'Équipe CLo mais nous t'incluons sans te laisser le choix. Trop tard, il n'y a pas de retour en arrière possible.

Erin Service, nous t'aimons à l'infini et au-delà, parce que tu lis notre prose dans son état le plus primitif et que tu ne te moques jamais. Merci, Marion Archer, pour ton énergie et tes critiques constructives. Merci à tous les blogueurs, Bookstagrammers, Booktubers, commentateurs de Goodreads, abonnés sur Twitter/Instagram/Facebook – vraiment, ce que vous faites pour nos livres nous permet de continuer à en écrire. Au risque d'écrire une platitude, il n'y a rien qui nous donne plus de bonheur que de savoir que vous avez aimé l'un de nos livres.

Nos familles nous obligent à rester à la maison et à moins voyager, donc merci à nos lecteurs internationaux pour leur compréhension. Il fallait ralentir un peu le rythme. Et merci à nos maris de comprendre pourquoi JE ME FICHE DE CE QU'ON DÎNERA CE SOIR, DÉCIDE TOUT SEUL n'est pas censé être désagréable, cela signifie juste que l'échéance approche. Tout le temps. Vous êtes les meilleurs.

PQ, tu me fais rire. Je t'adore.

Lo, tu es parfaite sous toutes les entournures et tout le monde devrait te ressembler. J'adore que tu décides du contenu de ma partie des remerciements avant de les envoyer à notre éditeur. Tu es la meilleure.